권혁태
대하소설

노고단
老姑壇

차 / 례

49. 종손宗孫 / *7*

50. 방황 / *99*

51. 도시로 나가는 아이들 / *187*

52. 월남 파병 / *223*

49 종손 宗孫

설날 아침에는 종갓집에 모두 모여서 합동 차례를 지낸다. 집안 식구들은 설빔을 차려입고 아침 일찍 큰집으로 모두 모인다. 여자들은 부엌에서 음식을 하느라 바쁘게 움직인다. 어른들도 한복을 입고 차례상 앞에 모인다. 아이 중에는 몇 사람만 차례 의식에 참석한다. 철영과 철원도 차례상 앞에 서 있다. 차례상이 차려지고 인철이 차례를 주도한다. 인석과 인영이 인철을 도와서 차례를 지낸다. 차례상에 술을 올린다. 모두가 함께 절을 한다. 차례가 끝나자 떡국으로 아침 식사를 시작한다. 큰방에서는 어른들이 모여서 떡국을 먹는다. 아이들은 아랫방에 자리를 잡는다. 떡국을 먹느라 와자지껄 정신이 없다. 떡국을 먹고 나자 안방으로 다시 모여든다. 아랫목에는 어른들이 자리를 잡는다. 인철과 인석, 인영이 자리를 잡고 앉아 있다. 아이들이 차례로 세배를 올린다.

철원과 철영이 먼저 세배를 올리자 어른들은 웃는 얼굴로 덕담을 건넨다.

"오냐. 오래는 나이를 한 살 더 먹었으니 모두 소원성취하고 건강해야 한다."

아이들은 무릎을 꿇고 덕담을 듣는다.

"철영이는 이제 이 집안에 제일 큰형 아니냐. 동생들과 잘 지내고, 밖에서 싸우지 말아야 한다. 학교에서 친구들과 다투는 일이 있더라도 참아야 한다. 알겠느냐?"

"예."

인철은 철영에게 다시는 주먹질하며 싸우지 말라고 말하는 것이다. 이명일 때문에 빨갱이 집안이라고 손가락질받은 것만으로도 이씨 집안의 수치다. 명일이 아들인 철영이까지 손가락질받는 일은 막아야 할 일이다. 철영에게 알아듣게끔 다짐을 시키고 싶은 마음이다. 툭하면 아이들과 주먹다짐을 하며 싸웠던 철영은 뜨끔하다. 내가 하는 일을 집안 어른들이 다 보고 계신다는 생각을 한다. 집안 어른들의 다시는 싸우지 말라는 훈계로 받아들인다. 인철은 세뱃돈을 준다.

철민이도 세배한다. 인철은 쑥쑥 커가는 철민을 보며 미소를 짓는다.

"아따, 우리 철민이도 많이 컸네. 곧 핵교 간다고?"

"예."

49. 종손宗孫

철민은 쑥스러워 작은 소리로 대답한다. 인철은 철민에게 세뱃돈을 준다. 아이들이 차례로 세배를 하고 세뱃돈을 받는다.

국민학교를 졸업한 수지는 전주로 학교를 보내기로 한다. 전주야말로 교통편도 구례구역에서 기차를 한 번만 타면 도착하는 곳이기도 하다. 경자가 잘 아는 곳이 전주이고, 선교사들이 세운 기전 여학교야말로 수십 년 된 전통 있는 학교라고 여겨 왔기 때문이다. 기전 여학교는 경자가 처녀 시절에 예수 병원에서 일했었고, 간호원이 되기 위해 기전 여학교를 다니다가 몸이 아파서 다니지 못했던 한을 풀고 싶은 마음도 남아 있기 때문이다. 경자는 수지가 기전 여학교를 졸업하고 간호대학을 나와서 간호원이 되었으면 한다. 기전 여학교는 예수 병원에서 운영하는 간호학교와 인접해 있다. 경자는 인철을 설득하여 수지를 전주로 보내기로 한다. 경자가 수지와 함께 짐을 챙겨서 기차에 오른다. 기차를 타고 전주로 향한다.

'뿌우루~ 닐리리~ 뿌우루~ 뿌루루~ 루루루~.'
수오당 누마루에서 단소 소리가 구슬프게 울려 퍼진다. 백경이 도포 자락을 휘날리며 부르는 단소 소리가 심금을 울리는 묘한 매력의 소리이다. 영혼을 울리는 백경의 단소 소리는 애절하기도 하다. 구슬프고 처량한 소리이기도 하다. 맑고 고운 높은 소리가 청청하게 수오당에 울려 퍼진다. 각종 악기를 섭렵한 스승에 비하면 백경은 초라하기 그지없다. 백경은 스승의 경지를 넘어서려고 부단히 노력한다.

미물인 까마귀의 효행을 보고 부끄러워 까마귀와 연관된 당호를 지었다는 수오당羞烏堂 집터는 그야말로 명당자리이다. 노고단에서 수오당까지는 구릉이 미끄러지듯이 연결되어 있다. 중간에 산등성이가 하나 가로막히지 않을 만큼 형세形勢가 일품이다. 수오당 누마루에서 노고단을 바라보는 절경은 노고단 산세가 구례 읍내 절골 수오당까지 이어진 모양새를 갖추었다.

'뿌우 우우우루 삘리리 삘힐리 삘~ 우우 우우루루 삐힐리 삘릴리 삘…'

인철이 수오당 누마루에서 대금을 분다. 중저음이 은은하게 울려 퍼지는 소리는 심금을 흔들어 대는 힘이 있다. 천년의 소리이다. 마력의 소리로 다가온다. 구름이 노고단 중간 산허리를 맴돌고 있다. 소리는 읍내 절골 수오당羞烏堂에서 노고단 산허리를 타고 아스라이 퍼져 나간다. 인철이 부르는 대금 소리와 함께 노고단 산세를 더듬는다. 그 소리에 구름이 춤을 춘다. 장단 몰이가 느려지고 소리가 점점 작아지기도 한다. 인철의 볼이 씰룩거리고 어깨가 들썩일수록 대금 소리는 길고 긴 몰이를 한다. 여섯 개의 지공指孔을 열고, 닫기에 따라 소리가 부드럽고 신비로운 음색으로 거듭난다. 높아진 음색은 화창한 소리로 들리기도 하고, 청아한 소리는 가슴 깊은 곳으로 파고들기도 한다.

백경이 눈을 지그시 감고 인철이 부는 대금 소리를 감상하고 있다. 고개를 끄덕이며 인철의 대금 소리에 푹 빠져든다. 인철의 대금을 부는 솜씨가 제법이다. 인철은 백경과 함께 수오당 누마루에서 어울리는 시간이 점점 많아진다.

퉁~ 텅~ 띵~.

백경이 수오당 누마루에 앉아 거문고를 탄다. 도포를 입고 정갈하게 자세를 잡았다. 눈빛 하나 흔들리지 않는다. 거문고를 유심히 들여다본다. 거문고를 바라보는 눈빛이 진지하다 못해 거문고 송판까지 뚫을 기세다. 거문고를 타는 솜씨가 제법 수준급이다. 거문고 현을 한 손으로 누르며, 한 손으로는 술대를 내리치듯 현을 퉁긴다. 묵직하고 박력 있게 내리친다. 도포 자락의 흔들림에 따라 몸을 기울이며 움직이는 모습이 사뿐사뿐하다. 소슬한 바람이 수오당을 스친다. 거문고는 연주를 시작하면 그 소리를 듣고 검은 현학玄鶴이 멀리서 훨훨 날아와 춤을 추게 했다는 소리이다. 그래서 거문고를 현학금玄鶴琴이라고도 불렀다. 너울너울 소리가 지리산을 휘감고 돌아 노고단의 능선을 미끄러지듯이 타고 내려오는 소리이다. 학이 춤을 추듯 바람에 실린 소리가 마당에 피어 있는 꽃들과 함께 춤을 춘다. 그 소리는 검은 학이 노고단 계곡에서 훨훨 날아와 수오당에 사뿐히 내려앉을 기세다. 거문고 소리에 수오당이 고고한 모습으로 빛을 발한다. 울림이 길어진 거문고 소리가 읍내 절골 수오당에 널리 퍼진다. 들으면 들을수록 심금을 울리는 중저음의 소리는 수오당의 누마루를 흔들어 놓는다. 수오당 누마루에서 바라보는 노고단의 전망이 아스라이 다가온다. 거문고 소리가 노고단을 살포시 품어 안는다.

율객律客들이 수오당으로 몰려든다. 절골 돌담길을 기웃거린다. 바람이 살랑거린다. 바람이 제법 생기가 있다.
우스스스- 싸르르르- 쏴….
우거진 대나무 숲에서 나는 시원한 소리가 제법 운치를 자아낸다. 수오당은 소리꾼과 악기 연주자들에게는 사랑방이 되었다. 수시로 모여서 소리를 하고 악기를 연주한다. 대숲과 어우러진 수오당의 누마루에는 악기를 든 율객들의 소란거리는 담소가 이어진다. 백경의 지휘로 수오당이 잠시 숙연해진다. 율객들은 저마다 악기에 혼을 쏟기 위한 준비에 돌입한다.
삘리리 리리 릴리… 퉁뚜당 타당당… 당당당당….
각각의 악기들이 선율을 내뿜는다. 거문고, 가야금, 세피리, 대금, 해금, 단소, 장고가 합주되어 어우러진다. 구례향제줄풍류(현악영산회상絃樂靈山回想) 향연이 펼쳐진다. 줄풍류는 바람은 타고 넘실거린다. 현악의 소리는 심금을 파고드는 묘한 매력이 있다.
'뿌우루~ 늴리리~ 뿌우 우우우루 삘리리 삘힐리~ 퉁~ 텅~ 땡~ 따당….'
현악기와 타악기, 피리 소리로 제각각 향연을 펼친다. 서로 다른 악기로 조화를 이루어 울려 퍼지는 소리는 수오당을 들썩거리게 한다. 구례향제줄풍류의 소리는 점점 거세게 들판을 가로질러 휘몰아친다. 노고단을 집어삼킬 듯이 바람까지 몰고 올 기세다. 영산회상의 연주가 계속 이어진다. 그 소리에는 지리산의 산새들을 모두 불러 모으는 힘이 있다. 하늘을 날던 산새들이 수오당에서 흘러나오는 가락에 힘을 얻어 창공을 힘차게 도약한다.

굿거리장단이 계속 이어진다. 장단 소리는 점점 빠르게 이어진다. 어깨를 들썩이게 한다. 모두가 신이 나서 어깨춤이라도 출 기세다. 소리를 듣고 모여든 구경꾼들은 자리에서 일어나 손을 살포시 올린다. 눈을 지그시 감고 가락에 맞추어 허리를 돌리며 손을 하늘로 향해 뻗는다. 다리를 오그렸다 폈다를 반복하며 흥겨운 소리에 어깨춤으로 덩실덩실 움직인다. 수오당 누마루도 들썩거린다. 풍류에 흠뻑 물든 수오당도 함께 춤을 춘다.

수오당 누마루에서는 판소리도 수시로 울려 퍼진다. 수오당 누마루에서는 국창을 지냈던 송만갑과 소리꾼들이 모여든다. 내로라하는 유명한 구례 출신의 명창들과 그 제자들도 함께 수오당으로 모여든다. 박봉래와 박봉술도 구례 용방면 출신의 유명한 소리꾼들이다. 송만갑이 누마루에 서서 부채를 들고 소리를 한다. 도포 자락을 휘날리며 소리에 집중한다. 고수가 북을 치며 소리꾼의 장단에 호흡을 맞춘다. '적벽가'의 한 대목을 목청껏 뽑아낸다.

조조가 목을 늘여 사면을 살펴보니 그 새 적벽강에서 죽은 군사들이 원조寃鳥라는 새가 되어 모두 조승상을 원망을 허며 우는디 이것이 적벽강 새타령이라고 허든가 보더라.

산천은 험준허고 수목은 총잡叢雜헌디 만학萬壑에 눈 쌓이고 천봉千峰에 바람 칠 제 화초목실花草木實이 없었으니 앵무원앙이 끊쳤난디 새가 어이 울랴마는 적벽화전赤壁火戰에 죽은 군사 원조라는 새가 되어 조승상을 원망허여 지지거려 우더니라 나무나무 끝끝터리 앉어 우는 각 새소리 도탄塗炭에 싸인 군사 고향 이별이 몇 해런고 귀촉도歸蜀道 귀촉도 불여귀不如歸라 슬피 우는 저 초혼조招魂鳥 여산군량如山軍糧이 소진消盡헌디 촌비노략村匪擄掠이 한때로구나 소텡소텡 저 흉년새 백만 군사를 자랑터니 금일 패군이 어인 일고 입삣죽 입삣죽 저 삣죽새 자칭 영웅 간 곳 없고 백계도생百計圖生의 꾀로만 판단 꾀꼬리 수리루리루 저 꾀꼬리 초평대로草坪大路를 마다허고 심산 총림叢林에 고리걕 까옥 저 가마귀 가련타 주린 장졸 냉병冷病인들 아니 드리 병이 좋다고 쑥국 쑥쑥국 장요張遼는 활을 들고 살이 없다 설어 마라 살 간다 수루루루 저 호반湖畔새 반공에 둥둥 높이 떠 동남풍을 내가 막어 주랴느냐 너울너울 저 바람맥이 철망의 벗어났구나 화병火兵아 우지 말어라 노고지리 노고지리 저 종달새 황개 호통 겁을 내어 벗은 홍포를 내 입었네 따옥따옥이 저 따옥이 화용도華容道가 불원不遠이로다. 적벽풍파가 밀어온다 어서 가자 저 게오리 웃난 끝에는 겁낸 장졸 갈수록이 얄망궂다 복병을 보고서 도망을 허리 이리 가며 팽당그르르르 저리 가며 행똥행똥 사설 많은 저 할미새 순금 갑옷을 어데다가 두고 살도 맞고 창에도 찔려 기한飢寒에 골몰汨沒이 되어 내 단장丹粧을 부려 마라 상처의 똑기를 쫓아 주마 뽀족헌 저 징구리로 속 텡 빈 고목 안고 오르며 때그르르 내리며 꾸벅 때그르르 뚜드럭 꾸벅 찍꺽 때그르르르르 저 때쩌구리는 처량凄凉허구나 각 새소리 조조가 듣더니 탄식헌다.

"우지 마라 우지 마라 각 새들아 너무나 우지를 말어라 너희가 모두 다 내 제장諸將 죽은 원귀寃鬼가 나를 원망허여서 우는구나."

 국창으로 명성을 날렸던 송만갑의 소리는 하늘을 찌를 듯한 쇳소리로 창을 이끌어 간다. 목소리에 기교를 부리기보다는 타고난 목소리를 힘껏 뽑아낸다. 소리는 웅대하기도 하고 맑고 개운하다. 지리산 노고단의 큰 산맥의 기운을 받아서인지 팔도의 사람들이 극찬을 아끼지 않았다. 임금님이 계신 어전에서도 꿋꿋하게 기세를 날렸던 목소리다. 그 기운이 수오당 누마루를 흔들거리게 한다. 소리로 모든 것을 압도해 나간다.

"얼씨구!"

 북장단으로 추임새를 하는 고수의 소리도 경쾌하다. 송만갑의 소리가 점점 고조되자 수오당에 모인 사람들도 판소리에 취한다.

"잘한다!"

 소리꾼과 듣는 사람 모두 판소리에 빠져든다. 백경은 송만갑 소리를 '저 우뚝 솟은 지리산의 푸른 정기, 강철같이 꿋꿋하고 쟁쟁한 그 목청, 저 굽이쳐 흐르는 섬진강 비단 물결, 구슬같이 해맑고 고운 음조'라고 설파한다. 박봉래와 박봉술도 소리를 한 가락 뽑아낸다.

철민이 마당에서 잘 놀고 있다. 철민을 보자 경자는 미라를 생각한다. 동서도 참 무심한 사람이라고 여긴다. 일본을 다녀온다던 미라는 아직 편지 한 장 없다. 얼마나 경황이 없으면 자식을 집에 놔두고도 연락이 없을까? 아직도 마음이 안정되지 않았을까? 경자는 덤덤히 받아들인다. 부모도 없는 철민을 경자가 계속 돌보고 있다. 운명이란 것이 묘하기도 하다. 다행히도 부모도 없는 상황에서 아무것도 모르는 철민은 무탈하게 커 가고 있다.

"전보요!"
우체부가 전보를 전해 준다. 경자는 전보를 들여다본다.
'남미라 사망.'
경자는 미라의 사망 전보를 보고 나서 고개를 떨군다. 결국은 미라의 친정엄마처럼 우울증을 극복하지 못하고 죽었다고 생각하니 불쌍한 마음이 든다. 일본으로 가기 전에도 얼마나 고통스러워했던가? 함께 있는 동안에 얼마나 견디기 힘들었는지를 경자가 보아 왔기 때문에 더욱 동정이 간다. 남편이 죽고, 친정어머니까지 죽은 미라는 참으로 견디기 힘든 날을 보냈다. 미라 옆에서 안타까워했던 경자도 심란하기는 마찬가지였다. 미라는 인호와 결혼을 하기 전부터 우여곡절을 겪었다. 집안의 반대도 있었지만, 부모도 없이 홀로 집에 덩그러니 남아 있던 몸이었다. 미라 아버지도 반란 사건으로 산으로 올라가서 죽었는지, 살았는지도 모른다. 경자는 미라를 측은하게 여겼다. 결혼하고부터는 미라를 도와주고 싶었다. 나이도 어린 데다가 친정에 아무도 없었기 때문이다. 집안일이 서툴러도 경자가 미라를 항상 챙겨 왔다. 철민을 낳은 기쁨도 잠시였다. 육군사관학교에 간 남편이 전쟁 통에 죽었을 때 얼마나 상심이 큰지는 겪어본 당사자만 알 일이다. 정신이 나간 사람처럼 변해 버렸다. 연이어 친정어머니의 죽음 후로는 더 심하게 무너졌다. 몹시 견디기 힘들어했던 미라를 떠올린다. 힘들어할 때마다, 미라가 태어났던 고향이 그리웠을 거라 본다. 우울감이 심해서 제 몸 하나 다스리기도 힘들어했던 미라를 생각하니 불쌍한 생각이 든다. 나에게도 그런 상황이 닥쳤다면, 미라보다도 더 힘들어했을지도 모를 일이다. 미라와 함께 부엌에서 고생했던 기억이 떠오른다. 철민을 등에 업고 부엌일을 하던 미라가 생각난다. 무엇보다도 아직은 어린 철민이 걱정된다. 고아 신세가 되어 버린 철민을 키워 내야 하는 책임감이 온통 경자에게 다가온다.

경자는 놀란 가슴을 마음속으로 다스린다. 집안사람들에게나, 아직 어린 철민에게도 비밀에 부쳐야 할 일이라고 판단한다. 슬픈 일이지만, 호들갑을 떤다고 좋을 게 없다고 판단한다. 경자는 집안 식구들에게 전보 소식을 전하지 않고 조용히 움직인다.

경자는 전보를 들고 안방으로 터벅터벅 올라간다. 인철에게 전보를 건넨다. 인철은 '남미라 사망'을 확인하자 천장을 쳐다본다.

부모가 모두 죽었으니 철민이는 이제 고아가 된 것이다. 인철은 죽은 미라도 미라지만, 어린 철민을 돌봐야 하는 경자의 처지를 생각한다. 종갓집의 종손과 종부가 떠안아야 할 운명인 것이다. 집안의 모든 일이 좋든지, 싫든지 받아들여야 하는 숙명이라고 여겨야 할 판이다.

"자네가 또 고상을 해야 쓰것네."

인철은 고나나 다름없는 철민을 키워야 하는 경자가 안쓰럽기만 하다. 종갓집 일도 복잡하고 힘든 일인데, 철민이까지 또 떠안게 생겼으니 말이다. 경자는 인철이 무슨 말을 하는지 알아듣는다.

"아직 철민이가 어린데… 부모가 이제 모두 죽었으니… 이제 철민이는 내가 키워야지요."

경자도 담담하게 말한다.

"자네도 참 복이 많네. 인석이 아재도 키워냈지, 고모 민정이도… 이제는 어린 철민이까지 키우게 생겼으니 말일세."

인철은 경자가 시집온 후로 사촌과 조카까지 키워내야 할 팔자를 복이 많다는 표현으로 대신 한 것이다.

"그러게 말입니다. 내가 복이 많아서 그러겠지요?"

경자도 인철의 말을 듣고 보니, 결혼해서 본인이 낳은 자식뿐만 아니라, 사촌 시동생과 애기씨까지 키워냈던 일이 스쳐 지나간다. 종갓집의 종부로서 피할 수 없는 운명인 셈이다. 종갓집에 닥친 일은 잘 해결해야 하는 게 종부의 역할이다. 철민이도 아직 어리지만, 종갓집의 종부가 됐으니 더욱더 잘 키워야 한다는 책임감을 느낀다.

한편으로는 아무 탈 없이 잘 자라고 있는 철민을 생각한다. 이제 철민은 부모가 없는 고아 신세가 됐다. 철민에게도 당분간은 미라의 죽음을 전하지 않으려 다짐한다. 철민에게도 모르는 게 더 좋을 거라고 여긴다. 괜히 알려 줬다가 부모도 없는 자식이 되어 방황할까 염려된다. 철민이 좀 더 크면 부모님에 대하여 알려 줘야겠다고 마음먹는다.

인석의 집 마당에는 덕석이 깔렸다. 집안 식구들에게 국수를 맛보게 하는 날이다. 인석이 노고단 작전도로 공사장에 다닌 품삯으로 밀가루 10포대를 또 가져왔다. 그동안 받아 왔던 밀가루도 아직 남아 있다. 화개댁은 밀가루를 보자 큰 부자가 된 느낌이다. 밀가루가 한꺼번에 많은 양이 생기니 아이들에게 수시로 수제비를 끓여 준다. 수제비 맛도 제대로 못 본 아이들은 수제비를 먹느라 정신이 없다. 화개댁은 큰맘 먹고 방앗간에서 국수를 뽑아왔다. 밀가루만 가져다주면 기계를 이용하여 국수가 만들어져 말리고, 자르면 국수 묶음이 되어 나온다. 마당에는 아이들과 어른들이 모두 모여든다. 선애가 철열의 뒤를 따라다니며 돌보고 있다. 철열이 마당을 뛰어가자 선애가 뒤따라간다.

"철열아 천천히 다녀! 넘어진다니까!"

철열은 웃으면서 마당을 계속 달린다. 달리다가 넘어진다.

"앙앙앙~."

철열이 넘어져 울고 있다. 선애가 철열에게 달려온다.

"내가 천천히 가라고 했잖아."

선애가 넘어져 울고 있는 철열을 일으켜 세운다. 철열은 선애가 일으켜 세우자 울음을 뚝 그친다.

"천천히 다니라고!"

철열은 선애가 말을 해도 씩씩하게 마당을 계속 돌아다닌다. 철중과 미옥이 철구를 데리고 마당으로 천천히 들어선다. 선애는 미옥과 철구가 집안으로 들어서자 기분이 좋아진다.

"철구야!"

선애는 아장아장 걸어오는 철구를 반갑게 맞이한다.

"우리 철구 많이 컸네."

선애가 철구를 반기자 씩 웃는다. 철구가 철열을 보자 마당으로 뛰어간다. 철열은 철구를 보자 더 신이 난다. 마당을 철구와 철열이 뛰어다닌다. 미옥과 선애는 그 모습을 바라보고 웃는다.

"철중 오빠 어서 와!"

"그래, 선애야."

"미옥 언니! 우리 공기놀이할까?"

"응."

미옥과 선애가 마당 한쪽에서 공깃돌 놀이를 한다. 철영도 철삼이와 마당으로 들어선다. 공깃돌 놀이를 하던 선애가 일어선다.

"철영 오빠! 어서 와!"

"우리 선애 오랜만이다!"

"철삼 오빠도 어서 와!"

철영은 선애가 반겨 주니 기분이 좋아 대답을 한다. 철삼은 선애가 인사를 하자 씩 웃고 만다. 철원이 마당으로 들어선다.

"철원 오빠 어서 와!"

"그래. 우리 선애가 점점 예뻐진다."

철원은 선애가 예쁘게만 보인다. 선애 집에 오랜만에 들어선다. 주로 아이들이 모두 모이는 날은 철원이 큰집에서만 친척들이 모였었다. 선애 집에서는 모일 일이 없어서, 철원은 집 안을 돌아다니며 구경한다. 오막살이 3칸 초가집이다. 집 안이 좁고 초라해 보인다. 아래채는 소와 돼지를 기르는 마구간과 헛간이 있다. 마당도 좁아서 아이들이 뛰어놀 공간이 부족하다.

"철민이 오빠!"

선애가 철민에게 다가가 반갑게 맞이한다. 철민은 시무룩하다. 선애의 반가움에도 관심이 없다. 선애는 철민이 시무룩하여지자 즉시 다른 사람에게 관심을 가진다. 아이들은 한동네에 살아도 자주 만나기 힘들다. 모두 바쁘게 사느라 얼굴 보기가 힘들다. 명절이나 제삿날이 되어야 큰집에서 볼 수 있다.

"이 집에 맛난 국수를 했다고?"

"어서 오이소! 성님!"

마당에 들어서는 경자와 인철을 화개댁이 맞이한다.

"아따, 이 집에 맛난 냄새가 나네."

"얼릉 오이소! 성님!"

화개댁이 송정댁을 맞이한다.

"국수를 했다고? 우리 식구까정 먹을 게 있을랑가?"

"어서 와! 동서!"

천변댁과 인영도 들어선다. 어른들과 아이들이 모두 인석의 집 마당으로 들어선다.

"우리 야들 아부지가 노고단 공사판에 다녔더니 밀가리를 많이 가져왔다 아입니꺼. 그래서 큰맘 묵고 방앗간에서 국수를 뽑아 왔어애. 요즘은 세상이 좋아져서 밀가리만 가져다줬는데, 국수를 기계로 뽑아 불더라니까요. 국수를 널어서 말리고, 잘라서, 묶어 주더라니까요. 옛날 같으면 국수를 해 묵기가 얼마나 어려웠능기요. 밀을 맷돌에 갈거나, 절구통에 찧어서, 체로 일일이 받쳐서 밀가리를 만들라면 어깨도 아프고 얼마나 고된 일인기요? 밀가리가 얼마나 귀했던지. 내 생전에 국수를 해 먹어 보기는 처음이그만요. 귀한 거니까 우리 식구들 맛이라도 보라고 불렀다 아이요."

화개댁은 집안 식구들에게 국수를 대접하느라 얼굴에 웃음이 가득하다. 국수를 삶아서 채반에 건져 놓았다. 간장에 각종 재료를 넣고 양념간장을 만든다.

"얼릉 어른들부텀 먼저 국수를 가져다주자고!"

화개댁은 국수를 뚝배기에 가득 올려서 가져가게 한다. 덕석 위에 자리를 잡은 아이들에게도 국수를 그릇에 고봉으로 올려서 가져다준다.

"국수는 많이 있응깨로 묵고 또 묵어라!"

화개댁은 아이들에게 많이 먹으라고 권한다. 아이들은 별미인 비빔국수를 먹느라 정신이 없다.

"우리 여자들도 요리 앉아서 얼릉 묵읍시다."

아이들 옆 덕석에 자리를 잡고 앉는다. 그야말로 집안 식구들이 모여서 국수 잔치가 열린다. 오랜만에 국수 잔치로 배부르게 먹는다.

화개댁은 동서들에게 밀가루를 한 포대씩 건넨다. 송정댁은 남편이 없고, 천변댁은 남편이 다리를 다쳐 공사판에 갈 수가 없는 형편을 헤아린다. 여유가 있을 때 동서들에게 인심을 베푼다. 송정댁과 천변댁은 밀가루 포대를 머리에 이고 간다.

날씨가 푹푹 찌는 무더운 날씨가 이어진다. 꽁보리밥을 아침에 지어서 공기가 통하는 대바구니에 넣어서 부엌에 걸어 놔도, 점심 때가 되면 밥이 쉬어서 못 먹을 정도로 무더운 날씨다. 열무김치를 담가서 사흘만 지나도 부글부글 끓어올라서 혀가 꼬부라질 만큼 익어 버린다. 철삼이 변소를 수시로 들락거린다. 배탈이 났는지 설사를 계속한다. 설사를 여러 번 하더니 구토까지 한다. 다시 구토하려고 웩웩거리자 송정댁은 철삼에게 다가가 등을 두드려 준다.

"야가 뭘 잘못 먹었능갑다. 설사하고, 토하기까지 하는 거 봉깨로 탈이 나도 크게 났는갑다."

송정댁은 걱정이 되어 철삼을 안쓰럽게 바라본다. 철삼은 기운이 없어 방에 들어가 눕는다. 송정댁은 부엌에서 뚝배기에 된장 물을 들고나온다.

"요거, 된장 물인깨로 꿀떡 마셔라. 탈 난 데는 된장 물이 최고인깨로. 된장 물을 마시면 속이 편안해질 꺼다. 얼릉 마셔라."

철삼은 뚝배기를 받아 들고 된장 물을 벌컥벌컥 마신다. 철삼은 기운이 없어 방에 다시 눕는다. 송정댁은 철삼을 혼자 놔두고 국밥집에서 장사하느라 정신이 없다. 송정댁이 집에 돌아오자 철삼이 계속 누워 있다.

"철삼아!"

철삼을 부르자 대답이 없다. 부리나케 방문을 열어본다. 철삼이 얼굴이 창백한 채로 누워 있다.

"아직도 설사가 계속 나오냐?"

철삼이 고개를 끄덕인다. 송정댁이 누워 있는 철삼의 이마에 손을 댄다. 철삼이 몸에서 열이 펄펄 난다.

"아이고 어쩔끄나! 열이 펄펄 나고 있네?"

송정댁은 철삼이 아파도 해 줄 수 있는 게 없다. 곁에서 열이 내려가라고 계속 부채질을 하고 있다. 철삼이 열병에 걸린 것 같다. 송정댁은 철삼이 이마에 손을 다시 가져간다. 손도 만져 본다. 다리도 만져 본다. 온몸에 열이 가라앉지 않음을 느낀다.

"어쩔끄나. 열이 통 가라앉질 않네."

송정댁은 철삼이 열이 가라앉지 않자 겁이 덜컥 난다. 밖으로 나가서 찬물을 함지박에 담아 가지고 들어온다. 수건을 찬물에 적시어 꽉 짠다. 물 묻은 수건을 이마에 올려놓는다. 부채질을 계속한다. 시장통에서 장사한다고 철삼이 아픈 일은 잊어버렸다. 아들은 아프면서 크기 때문에 대수롭지 않게 여긴 것이다. 철중은 우여곡절을 겪으며 반항아로 컸지만, 철삼은 순둥이처럼 성격이 온순한 편이다. 다른 아이들과 싸움도 한 적이 없다. 부모에게 속 썩이는 일도 없이 컸다. 그런 아이가 열이 펄펄 끓고, 가라앉지 않으니 걱정이 이만저만이 아니다. 날이 밝아 오자 송정댁이 진료소로 향한다. 진료소 소장에게 철삼의 증세를 말한다.

"우리 아들이 열이 펄펄 나고 있그만요. 설사도 나고, 먹는 것을 계속 토하그만요."

송정댁은 진료소 소장에게 철삼의 증세를 말해 준다.

"설사를 계속하고, 토하는 증세가 있고, 열이 계속 나면 장티푸스 증세로 봐야 합니다. 요즘 장티푸스가 유행입니다. 우선은 열을 내리게 해야 하니깐 약을 먹이고 열을 계속 체크해야 합니다."

진료소 소장은 약을 지어 주면서 주의를 당부한다.

"장티푸스가 뭐다요?"

"아~ 장티푸스가 뭐냐면요, 염병을 장티푸스라고 해요. 그 집 아들은 시방 들어 봉께로 장티푸스 증세로 보면 돼요. 찬물도 묵게 하면 안 되고, 물을 펄펄 끓여서 식혀 줘야 합니다. 설사가 멈추게 먹는 거를 조심해야 합니다. 아셨죠?"

"지가 된장 물은 줬거든요."

"된장 물보다는 약을 우선 먹게 해야 설사가 잡힙니다. 된장 물도 탈수를 막기 위해서는 줘도 됩니다. 된장 물도 찬물에 주지 말고, 끓인 물에 타서 줘야 합니다."

송정댁은 고개를 끄덕인다. 약봉지를 받아서 집으로 돌아온다. 누워 있는 철삼을 일으켜 세워 약을 먹인다. 철삼이 염병에 걸렸다는 소리로 알아듣는다. 염병이 걸렸다면 주의를 단단히 해야 할 일이다. 염병으로 죽어 가는 아이들이 자주 있었다. 철삼이는 심한 열병이 든 것이라고 여긴다. 진료소에서 약을 지어다 먹였는데도 열이 가라앉지 않는다. 송정댁은 부엌에서 쌀죽을 만든다. 아궁이에 불을 피우고 주걱으로 가끔 저어 준다. 쌀죽을 만들어서 방으로 가지고 들어선다.

"철삼아. 일어나서 죽을 좀 묵어라."

설사해서 기운이 없는 철삼에게 죽을 먹게 한다. 철삼은 일어나서 죽을 서너 숟가락 먹다가 그만 숟가락을 놓는다.

"더 묵어야지. 그래야 진료소에서 가져온 약도 묵고 기운을 채려야지."

송정댁은 철삼이 숟가락을 내려놓자 더 먹으라고 재촉한다. 철삼은 다시 누워 버린다.

"아이고 내 새끼. 얼릉 일어나야지."

송정댁은 철삼의 이마를 쓰다듬는다. 아직도 열이 나고 있음을 느낀다. 일어나서 밖으로 나간다. 수건을 찬물에 적시어 꾹 짠다. 그 수건을 들고 방으로 들어온다. 수건을 철삼의 이마에 얹어 놓는다. 송정댁이 철삼이 옆에 앉아서 부채질을 계속한다. 철영도 철삼이 염병에 걸려 누워 있자 수시로 들락거리며 철삼을 돌본다. 철삼을 부축하고 변소도 다녀온다. 철삼은 점점 기운을 잃어 간다. 철영이 부축하여 천천히 걷는다. 철삼은 얼굴이 창백해졌다.

철영과 송정댁의 보살핌에도 철삼은 일어나지 못하고 죽는다.
"아이고 아이고 아이고…"
"엉엉엉…."
송정댁과 철영이 큰 울음을 쏟아 낸다. 집안 친척들이 달려와 송정댁을 위로한다. 철삼이 죽자 송정댁은 실성한 사람처럼 넋이 나가 버린다. 자식이 죽으면 가슴에 묻는다고 했던가? 송정댁은 죽은 아들을 잊을 수가 없다. 일할 기운도 없고, 식욕도 잃어버린다. 송정댁은 몸져누워 버린다.

천변댁과 화개댁이 찾아와 송정댁을 위로한다. 부엌에 들어가 음식을 해서 철영에게 주면서 엄마를 잘 챙기라고 신신당부한다.
"죽은 자식은 이제 서운해도 빨리 잊어 뿔고, 산 사람이라도 살아야 댕께로 자네가 정신을 채려야 되네."
경자가 누워 있는 송정댁을 찾아와 옆에 앉아서 위로한다. 자식을 잃은 어미에게 큰 위로가 되지 않겠지만, 남편도 죽고 열심히 살아가고 있는 송정댁을 보면 안타깝기 그지없다. 큰집에서 돌봐준다고 해도 소홀하기 십상이다. 서로 바쁘게 살다 보니 큰일이 있을 때나 들여다볼 뿐이다.

인영은 딸과 아들 둘로 다섯 식구가 되었다. 밥상에 둘러앉아 밥을 먹는다.

 "건강했던 철삼이가 갑자기 아파서 죽어 버렸는데, 느그들도 손도 깨끗하니 자주 씻어야 한다. 손만 자주 씻어도 염병에 안 걸린당께로. 알것제."

 천변댁은 아이들에게 주의를 시킨다. 아이들은 밥을 먹으면서 고개를 끄덕인다.

 "하 참, 형수님이 안됐구먼."

 인영도 철삼의 죽음을 안타까워한다.

 인석도 딸과 아들 하나에 네 식구가 되었다. 네 식구가 밥상에 앉았다.

 "와! 내가 좋아하는 수제비다."

 선애는 밥보다 수제비를 더 좋아한다.

 "수제비 많이 묵어라. 엄마가 또 수제비 해 줄 테니까."

 화개댁은 아이들이 걱정이다. 수제비라도 많이 챙겨 먹어야 아프지 않을까 하는 기대에서이다.

 "느그들도 많이 묵고, 손을 뽀독뽀독 잘 씻어야 한대이. 그래야 염병이 안 온다 아이가. 알것제?"

 화개댁이 아이들에게 다짐을 받는다. 선애가 고개를 끄덕인다. 철열은 듣는 둥 마는 둥 수제비를 먹느라 정신이 없다.

 "송정댁 형님이 참으로 안됐심더. 생때겉은 자식이 갑자기 죽었으니 속이 얼마나 상할까요."

화개댁은 철삼의 죽음이 믿어지지 않는다.

"그러게 말이시. 형수님이 안됐어. 자네가 자주 들러서 집안에 뭐 도울 일이 없는지 자주 살펴보라고. 형수님이 제정신이 아닐 테니까."

"성님이 누워 있어서, 부엌에 들어가 밥도 해서 철영에게 해 주고 왔다 아입니꺼. 죽은 철삼이도 안됐지만, 송정 성님이 안 됐다 아입니꺼."

화개댁은 안타까워 눈물을 훔친다.

"작은아버지 안녕하세요!"

"응. 우리 철영이 어서 오느라!"

인석이 철영을 반갑게 맞아 준다.

"어무이가 가 보라고 해서요."

"그래 잘 왔다. 지금 쓰고 있는 지게가 말썽이다매. 일을 할라면 내 몸에 맞는 지게가 있어야 일을 제대로 할 수가 있제. 철영이도 핵교를 졸업했응깨로 농사일을 본격적으로 할라면, 지게가 필요할 것 같아서 내가 새 지게를 하나 만들어 줄라고 불렀다. 지금 있는 것은 몸에도 잘 맞지 않다매?"

"예."

송정댁이 인석에게 철영 몸에 맞는 지게를 새로 하나 만들어 달라고 미리 부탁해 놨었다. 기존에 있던 지게도 한동안 쓰지 않아

삐그덕거린다. 철영에게 농사일을 본격적으로 시키고 싶은데, 가장 필요한 것이 지게였다. 인석은 지게를 만들려고 산에서 나무를 구해다 놨었다. 지게 멜빵도 짚으로 엮어서 준비해 놨다. 철영의 키에 맞추어, 지게 크기를 조절하면 된다.

"이리 와서 어깨끈이 맞는지 맞춰 봐라."

철영은 나에게 맞는 지게가 생긴다니 기분이 설렌다. 철영은 인석의 지시에 따라, 지게 끈이 맞도록 고개를 끄덕인다. 인석은 철영이 몸에 맞도록 지게 높이와 멜빵을 알맞게 조절하여 지게를 완성한다.

"지게를 메어 봐라!"

"딱 맞는디요."

"지게는 땅에 끌리면 안 되고, 멜빵도 꽉 조여져야 힘을 쓸 수가 있거든. 지게가 니 몸에 맞어?"

"예. 지 몸에 지게가 딱 달라붙는구만요. 얼릉 짐을 지고 싶은 디요!"

"쓰던 것은 이제 버리고 새로 맨든 걸로 일을 열심히 해야 한다. 잉!"

철영은 새 지게에 짐을 빨리 지고 싶은 마음이 생긴다.

"작은아버지! 새 지게를 맹글어 줘서 고맙습니다."

"그래. 느그 어매 대신 열심히 일해야 한다. 잉!"

"예!"

철영은 기분이 좋아 큰 소리로 대답한다.

정월 대보름이다. 서시천에서는 달집을 만드느라 바빠진다. 달집 안을 잘 타는 물건들로 가득 채운다. 청년들이 나서서 볏짚단을 모아오고, 푸른 대나무를 꺾어 와서 원뿔 형태의 거대한 달집을 만든다. 달집이 모양새를 갖추고 우뚝 서 있다. 마을 어른들도 모여서 대보름 축제를 준비하는 데 손을 보탠다. 종이와 천에 소원을 빌며 글씨를 적어서 달집에 걸어 놓는다. 대나무로 만든 긴 장대에 매달아 놓은 각종 만장이 유난히 돋보인다. 바람에 펄럭이지 않도록 달집에 꽁꽁 묶어 놨다. 각 가정에서도 소원을 적어 달집에 매달아 놓는다. 아이들은 달이 떠오르기 전부터 쥐불놀이하느라 정신이 없다.

"농자 천하지대본, 국태민안, 풍년 기원, 소원성취."

달이 떠오르기 직전에 간단한 제를 지낸다. 마을 사람들 모두가 대보름 축제에 들떠 있다. 해가 지고 밤이 되자 마을 사람들이 서시천에 모여든다. 아이들이 돌리는 쥐불놀이는 어두워진 서시천에 도깨비가 접근하지 못하도록 정신없이 돌려 댄다. 깡통에 구멍을 내고 불쏘시개를 넣는다. 줄을 매달아 돌린다. 깡통에 불이 붙는다. 활활 타오르며 둥그런 원형을 만들어 낸다. 둥글둥글 돌아가는 쥐불놀이는 보름달이 떠 있는 모습처럼 보인다. 아이들이 돌리는 불 깡통이 보름달처럼 서시천을 멋지게 장식한다. 둥근 보름달이 밤하늘에 떠오르자, 달집에 불을 넣는다. 달집에 불이 붙는다. 달집이 활활 타오른다.

괘갱맹맹 치키치기 괘갱맹맹 치키치기 괘갱맹맹 치키치기 꽹꽹꽹….

농악 소리가 대보름 잔치에 흥을 돋운다. 달집 행사에 참여한 마을 주민들도 어깨를 들썩이며 보름달을 향해 두 손을 모은다. 소원을 빌고 또 빈다.

달집 행사를 마치자 청년들은 장터 여수옥에 모여든다. 청년 중에는 여자들도 제법 많이 참석하였다. 낮에는 거지 행색으로 분장을 하고, 마을을 돌아다니면서 찰밥을 얻어 놨다. 찰밥을 가져와 나누어 먹는다. 보름을 맞이하여 끼리끼리 재미 삼아 하는 일이라서 기분이 좋아지는 밤이다. 1년 중에 보름날을 핑계 삼아 오랜만에 청년들이 모였다. 철영의 친구들도 부쩍 성장했다. 그야말로 처녀, 총각이 되어 함께 어울리는 자리이다. 웃음소리도 점점 커진다. 예로부터 보름날 밤에 처녀, 총각들이 모인 자리에서 눈이 맞아 짝을 찾는 경우가 많이 생긴다. 그동안 지내 왔던 일을 얘기하느라 시끌벅적해진다. 청년들은 귀밝이술을 대신해서 막걸릿잔을 서로 주고받으며 점점 취해 간다. 철영도 막걸릿잔을 주고받다 보니 취기가 올라온다. 국민학교 졸업 후에 많은 청년이 오랜만에 모이는 자리이다. 중학교에 진학을 한 사람과 못 한 사람의 구분이 없다. 허물없이 처녀, 총각으로 어울리는 자리이다. 기분 좋은 날이라서 술잔을 주고받다 보니 기분이 들떠 있다. 철영이 맞은편에는 학창 시절에 싸웠던 오춘대가 눈에 띈다. 철영은 철없던 국민학교 시절에 춘대와 싸웠던 기억이 문득 떠오른다. 춘대를 실컷 두들겨 패 줬던 일이 있었지만, 그 후에 정식으로 오춘대에게 사과를 한 적이 없었다. 철영은 오춘대에게 미안한 마음이 든다. 이 기회에 사과하려고 오춘대를 부른다.

"야! 오춘대!"

오춘대는 못 들은 척 외면한다. 시끄러운 소리에 못 들었을 수도 있겠지만, 오춘대는 철영이 부르는 소리를 듣고도 오히려 외면한다. 이철영이 부르는 소리가 기분이 나쁘다. 철없던 국민학교 시절이었지만, 철영에게 두들겨 맞았던 오춘대는 아직도 기분이 풀리지 않았다. 그 후로도 중학생이 된 오춘대와 철영이 사이는 점점 벌어졌다. 가방 사건으로 철영이 지서까지 다녀온 사건으로 둘 사이는 계속 사이가 좋지 않았다. 잘잘못을 따지기 전에 일단 이철영에게 맞았다는 사실이 기분 나쁜 일이라고 여긴다. 서로 정식으로 사과를 한 적도 없다. 오춘대도 이런 자리에서 이철영을 만났다는 게 기분이 나쁘다. 학창 시절에 이철영에게 빨갱이라고 했다가 맞아서 코피를 흘렸던 기억 때문에 철영을 더욱 무시하고 싶다. 빨갱이 자식이면서, 중학교도 못 간 처지를 업신여기고 싶은 마음뿐이다. 철영이 사과를 해 온다고 해도 무시할 생각이다. 철영은 오춘대를 불렀는데도 쳐다보지도 않자, 그러려니 하고 옆 사람과 계속 수다를 떤다. 막걸릿잔이 계속 오고 가고 취기는 점점 심해진다.

모임이 끝나자 철영이 일부러 오춘대 옆으로 다가간다.

"야, 오춘대! 오랜만이다."

철영은 오춘대에게 오랜만이라고 인사를 건네자 오춘대는 대답이 없다.

"아까, 내가 너를 불렀는데, 못 들었나 보지?"

철영이 시끄러워서 못 들었을 거라고 말하자, 오춘대는 정색을 하며 철영을 쳐다본다.

"아니, 들었는데도 일부러 아는 체를 안 했어."

춘대는 기분 나쁘다는 듯이 철영을 쳐다본다. 철영은 춘대의 대답에 놀란다. 일부러 대답을 안 했다고 말하자, 미안하다고 화해를 하려는 마음이 식어 버린다. 철영은 춘대가 아직도 그때 일을 마음에 담아두고 있구나 하면서 오랜만에 만난 자리이니까 다시 화해하려고 한다.

"야, 오춘대. 우리가 학창 시절에 싸웠던 거 기억나나? 나는 그 일을 생각만 하면 오춘대에게 미안하단 말이야. 그때는 철없던 시절에 일어났던 일이었으니까. 내가 오늘 정식으로 사과할게. 미안하다."

철영은 웃으면서 춘대에게 정식으로 사과를 요청한다. 춘대는 철영의 사과가 기분 나쁘다. 어디 빨갱이 자식 주제에, 중학교 진학도 못 한 놈이 사과한다고? 사과를 받아들일 생각이 없다.

"뭐야? 나한테 사과를 한다고? 나는 아직도 기분이 나빠서 사과를 못 받겠는데!"

오춘대는 눈을 내리깔고 철영을 제대로 쳐다보지도 않는다. 철영을 완전히 무시하려고 작정을 한다. 철영은 춘대의 대답에 당황한다. 기분 좋게 사과하려 했는데, 춘대의 대답을 듣자 기분이 좋지 않다. 다시 용기를 내어 춘대에게 사과를 요청한다. 오춘대와 이철영이 옥신각신하자 우르르 몰려든다.

"야, 철영이가 미안하다고 하잖아. 친구들끼리니까 사과를 받아 줘라."

친구들도 싸움을 막기 위하여 사과를 받아 주라고 요청한다. 여기서 싸우면 크게 싸움이 벌어질 조짐이다. 철영은 친구들이 싸움을 말리자 숨을 길게 내뱉는다. 호흡을 가다듬는다.

"야, 춘대야 그때는 미안했다니까."

철영은 어쨌든 춘대를 때린 사람이어서 미안할 뿐이다. 춘대가 아직 기분이 덜 풀렸더라도 화해를 하고 싶을 뿐이다.

"미안이고 나발이고 다 필요 없어. 빨갱이 자식 주제에…."

춘대는 철영의 사과를 완전히 무시한다. 빨갱이 자식이라고 다시 들먹거린다. 철영은 춘대가 빨갱이 자식이라고 하자 표정이 순식간에 변해 버린다. 빨갱이를 다시 들먹거리는 춘대를 용서할 수 없다. 그동안 빨갱이 때문에 주변 사람들로부터 얼마나 심한 트라우마에 시달렸던가? 부모가 빨갱이라고 자식과 가족 모두에게 빨갱이 굴레를 씌워서 얼마나 고통을 받아 왔던가? 미안하여 죄인처럼 살아왔던 과거가 생각나자, 철영은 열이 확 올라온다. 부모가 빨갱이라고 하지만, 나는 빨갱이도 아니잖은가? 철영은 술기운이 확 올라오면서 화도 함께 솟구친다.

"뭐라고? 너 말 다 했어?"

"그래. 다 했다. 빨갱이 새끼야!"

춘대는 철영을 완전히 깔아뭉개려 든다. 철영에게 욕까지 해 가며 철영의 심기를 건드린다. 철영도 사과를 받아들이지 않은 춘대를 계속 노려본다. 철영은 술기운에 숨이 점점 가빠지고 있다.

"뭐야? 이 새끼가 죽을라고 환장을 했구먼. 그 빨갱이라는 말 당장 취소 못 해!"

철영은 빨갱이라는 말에 순간적으로 화를 참지 못하고 춘대에게 큰소리로 욕을 하며 달려든다.

"그래. 취소 못 하겠다. 어쩔래?"

춘대도 지지 않고 철영에게 달려든다.

"뭐야?"

철영은 달려드는 춘대를 향해 순식간에 주먹을 힘껏 날린다. 철영의 주먹은 춘대 얼굴을 정통으로 가격한다. 춘대도 질세라 철영을 향해 주먹을 날린다. 철영의 얼굴을 정확히 가격한다. 서로 치고받으며 싸운다. 덩치가 더 좋은 철영은 춘대를 향해 사정없이 치고받고 발로 차 버린다. 춘대는 철영에게 싸움의 상대가 되지 못한다. 힘든 농사일로 다져진 철영에게 춘대는 실컷 두들겨 맞아 쓰러진다. 얼굴에는 코피가 터지고 얼굴 전체에 피로 범벅이 되어 버린다. 철영은 인정사정없이 춘대를 짓밟아 버린다.

"야! 오랜만에 만난 친구들끼리 뭐 하는 거야?"

친구들이 달려들어 싸움을 말려 보지만, 소용이 없다. 철영은 술기운에 힘이 넘쳐나서 친구들이 싸움을 말려도 춘대를 실컷 때려 준다. 친구들이 우르르 달려들어 싸움을 겨우 말린다. 철영은 아직도 씩씩거리며 춘대를 더 때려야 직성이 풀릴 기세다. 철영은 친구들에게 떠밀려 싸움 장소에서 벗어난다. 춘대는 땅바닥에서 한참을 일어나지 못한다. 친구들의 도움으로 부스스 일어나 부축을 받는다. 얼굴에 묻은 피를 닦아 준다. 철영과 춘대의 싸움으로 기분 좋았던 보름날 밤은 엉망이 되어 버린다.

오춘대 부모는 노발대발하여 경찰에 고발한다. 그 일로 인하여 철영이 지서에 잡혀간다. 춘대의 부상 정도가 심하다. 얼굴에 멍이 들고, 코가 부어올랐다. 부모가 고발한 사항이어서 철영은 폭행죄로 지서 유치장에 갇히는 신세가 된다.

철영은 술이 깨고 나서부터 본인이 철없는 행동을 하였음을 후회한다. 춘대에게 폭력을 행사하여 상처를 입힌 것은 벌을 받아야 마땅하다. 춘대가 먼저 시비를 걸어왔지만, 참았어야만 하는 일이다. 철영도 춘대에게 주먹으로 얼굴을 맞아 쌍방이 폭행했지만, 춘대가 얼굴에 상처를 더 많이 입어서 철영만 폭행죄로 몰린다. 그놈의 빨갱이 소리에 순간적으로 화를 멈출 수가 없었다. 본인은 공산당과 아무런 상관도 없는 사람이다. 철영은 지서 유치장에 있으면서 괜한 원망이 몰려온다. 어쩌자고 공산당에 가입하여 자식에게까지 고통을 주는지 아버지가 원망스럽다. 철영에게는 공산당에 대한 반감이 마음 깊숙이 남아 있다. 아버지에 대한 원망과 공산당에 대한 원망이 한꺼번에 몰려온다.

　송정댁은 지서를 오가며 발을 동동 구른다. 이대로 놔두면 철영은 폭행죄로 감옥으로 이송된다는 소리를 듣는다. 집으로 돌아온 송정댁은 안절부절못한다. 화개댁과 천변댁이 송정댁을 위로하려고 모여든다.
　"아이고… 이를 어쩔끄나?"
　송정댁은 땅을 치며 통곡을 한다. 자식이 사람을 때려서 감옥에 가게 생겼다고 울면서 하소연을 한다. 화개댁과 천변댁이 옆에서 송정댁을 위로한다.
　"서방 복도 없는 년은 자식 복도 없다더니, 내가 그 신세가 아닝가 말이시. 아이고! 흑흑흑…"
　송정댁은 철영이 감옥에 가면 큰일이라고 걱정이 태산이다. 송정댁은 큰집에 올라와 울먹이며 인철과 경자에게 자초지종을 털어놓는다. 인철은 사안이 매우 급함을 알아차린다. 정장 차림을 하고 집을 나선다. 철영을 구할 방법을 백방으로 알아본다. 이 지역의 유지가 된 만식에게도 도움을 요청한다. 철영이 아이들 가방을 빼앗은 사건으로 경찰에 잡혀갔었는데, 또 경찰에 잡혀갔으니 사안이 점점 복잡해진다. 철영이 가중 처벌을 받을까 걱정을 한다. 철영이 악의는 없었고, 순식간에 친구들 사이에서 벌어진 일이라고 설득한다. 피해자에게는 충분한 보상을 해 줄 것을 약속한다. 피해자를 설득했으니 경찰을 설득하는 일만 남았다. 만식이 나서서 경찰들을 설득한다. 쌍방이 폭행했으니 정상을 참작해 달라고 요청한다. 인철과 만식의 노력으로 철영이 감옥에 가는 길은 막아낸다.

명절이 되어 수환이 고향으로 내려온다. 만식, 수환, 인철이 장터 여수옥에서 술잔을 기울인다.
"수환이 오랜만이다. 서울 물이 좋긴 좋은가 보다. 인물이 훤해졌는데."
만식이 오랜만에 만나는 수환에게 인사를 건넨다.
"서울요? 먹고살기 힘든 곳입니다. 빈손으로 올라간 신세가 뭐 좋을 리가 있겠습니까? 그저, 처자식 굶기지 않고 살아가면 잘사는 거죠. 그나저나 만식이 성님은 새장가 들었다는 소문이 들리던데, 요즘 신혼 재미가 어떻습니까?"
수환도 만식이 새장가를 들었다니 궁금하기도 하다.
"만식이는 요즘 새장가 들어서 깨가 쏟아지겠지."
인철이 옆에서 웃으면서 수환을 거든다.
"그저 그래."
만식은 시큰둥한 말투로 대답한다. 새장가를 들었다고는 하지만, 그 사연이 가슴 아픈 사연이 있다. 반란 사건 때 아내와 자식들까지 몽땅 반란군들에게 죽었던 일과 연관 지어지기 때문이다. 전쟁을 겪고 나서야 만식은 새장가를 갔다. 전쟁 때도 그야말로

운이 좋아서 살아남았다고 생각한다.

"만식이 성은 역시나 여전히 많은 활동을 하고 있다는 소식을 들었습니다. 요즘은 지서 앞에 공회당을 짓는다고 들었습니다. 지나가면서 보니까 시설이 어마어마하던데, 광의면에서 가장 큰 현대식 건물을 지으려나 봅니다. 그 일은 잘되어 가나요?"

수환은 광장에 공회당을 짓기 위하여 공사판을 크게 벌이는 모습이 궁금하다.

"그럼. 어마어마하게 큼지막하게 짓고 있지. 지어 놓으면 이 고을에서 명소가 될 거야. 인철이 집에서 공회당을 지으라고 땅까지 일부를 기부해 줘서 공회당 짓는 일이 순조롭게 잘 진행되고 있그망. 이왕에 짓는 거 현대식으로 짓기로 했어. 강당인데, 극장 시설까지 갖추어 짓고 있지. 공회당이 완성되면, 이 지역에 영화관도 생기는 거고, 각종 모임이나 집회도 할 수 있는 장소가 되리라 보고 있어. 어쨌든 인철이에게 이 기회를 빌어서라도 다시 한번 더 고맙다는 말을 꼭 전해 주고 싶네."

"그랬어요? 역시 인철이 성 집은 이 고을에서 가장 부잣집이지만, 맘 씀씀이가 다르다니까요. 공회당 짓는데도 땅을 기부해 줬다니 고맙기만 하네요."

"암, 고맙고말고."

만식도 인철에게 고맙다는 인사를 연속으로 표시한다. 전쟁 중에 장터 국민회관이 빨치산들에 의하여 불에 타 버렸다. 그 자리에 다시 건물을 짓는 계획이 나왔지만, 장터는 장날만 되면 혼잡

하고, 새로운 건물을 지으려면 국민회관 장소로는 협소하다는 의견이 나왔다. 이왕에 지을 거면, 공회당을 지어서 이 지역에서 여러 용도로 쓸 수 있는 규모로 크게 짓자는 의견이 모였다. 국민회관이 있던 시장 터는 다른 용도로 사용하기로 하고 지서 앞, 구 장터 가축전 자리 넓은 광장에 공회당을 짓기로 결정이 났다. 지서 앞 광장을 넓게 확보하여 광장을 살려 두려면 뒤편으로 땅을 확보해야만 했다. 공회당 건물을 짓기에는 땅이 많이 부족했다. 이왕에 공회당을 지으려면 규모도 크고, 멋진 시설이 지어지기를 바랐다. 지서와 보건진료소 부근에서부터 오포대 언덕까지의 모든 땅이 인철네 전답이다. 공회당을 짓는 데 더 필요한 땅은 인철의 땅이다. 만식은 공회당 건물을 짓는 책임자로 활동 중이다. 인철에게 사정 얘기를 하고 도움을 요청한다. 인철은 만식의 부탁을 받고 그야말로 이 지역에 명소가 생기는 일을 반긴다. 공회당을 짓는 데 기꺼이 땅 일부를 제공한다. 인철이 땅 일부를 기부해 주는 바람에 지서 바로 앞에 광장도 확보하고, 거대한 공회당을 짓게 된 것이다. 인철도 지역사회 일이라면 발 벗고 나서고 싶은 심정이다. 공회당을 지어 놓으면 각종 집회나 여러 가지 용도로 쓰일 수도 있지만, 중등 야학도 할 수 있는 곳이라고 판단한 것이다. 그래서 서슴없이 땅을 기부한 것이다. 인철이 해방 후에도 장터 국민회관에서 야학을 해 왔었는데, 국민회관이 불타 버린 바람에 중등 과정 야학이 없어져 버렸다. 중등 야학을 나온 아이들이 읍내 고등학교에도 진학하여 졸업 후에는 관공서나 농협에 취업하는 아이들이 생겨나고 있다는 소식도 들려온다.

"인철 성님은 읍내 중학교 선생을 한다고 하던데, 할 만해요?"

"응. 할 만한데 사정이 있어서 그만뒀어. 그리고 봉깨로 우리가 이렇게 셋이서 장터 여수집에서 만난 게 얼마 만이야? 해방 전에 그놈의 후지하라가 갑자기 징용, 징병을 독려하기 위해 소인극을 하라고 명령해서, 어쩔 수 없이 무대를 만들어 명령을 이행했었지. 소인극 무대에서 연극을 하면서도 갈등이 많았지. 후지하라의 명령에 따라서 하기 싫어도 해야 하는 일이었지만, 조선의 젊은이들에게 징병, 징용을 독려하는 소인극은 도저히 양심상 계속할 수가 없었지. 우리가 역적모의하여 깽판을 쳐 버렸던 기억이 엊그제 같은데… 세월이 참 빠르지!"

인철은 장터 가설무대에서 소인극을 했던 일이 주마등처럼 스쳐 간다. 나라도 빼앗기고 일본 놈들이 일으킨 태평양 전쟁에 조선인에게도 동원령이 내려져서 징병, 징용을 독려하기 위해 혈안이 됐던 시기였다. 후지하라 주재소 소장의 명령에 따라 소인극 무대에서 연극을 하긴 했지만, 양심을 거역할 수 없었다. 연극을 통해서 조선 사람들에게 일본의 전쟁 야욕을 위한 징용, 징병을 독려하는 일은 용납할 수 없었다. 첫 번째 무대를 올리고 나서는 인철과 만식의 주도로 일부러 작당 모의를 하였다. 핑계를 만들어 연극 무대를 펑크내 버리자, 후지하라는 단원들에게 징병, 징용장을 발부했다. 인철은 집안의 장남이라서 대신에 인수가 징병으로 끌려갔고, 각자 살기 위하여 야밤에 도망을 쳤던 기억을 떠올린다.

"그때, 우리가 겁도 없이 일을 저질렀지. 연극 무대를 올렸던 사람들이 펑크를 내자 징용, 징병으로 끌고 가려고 혈안이 돼서 후지하라가 수배령을 내렸잖아. 나야 지리산 속으로 숨어 버렸지. 내가 그때 수환이에게 지리산으로 함께 도망을 하자고 했더니, 수환은 동생들도 줄줄이 있는 바람에 도망치지도 못한다고 했던 일이 기억나네. 본인이 지리산 속으로 도망을 쳐 버리면, 수환이 대신 동생들을 잡아갈 것이 뻔하기 때문이었겠지. 그러는 바람에 수환이는 징용으로 끌려갔다 왔잖아. 일본 탄광으로 억울하게 끌려간 수환이가 고상을 많이 했지."

수환은 고개를 끄덕인다.

"그때 일본 탄광까지 끌려갔다가 죽지 않고 살아 돌아온 것만으로 감지덕지죠. 조상님이 돌보지 않았다면… 죽은 목숨이나 다름없었죠. 죽지 않고 용케도 살아 돌아온 일은 지금 생각해도 기적 같은 일입니다. 탄광으로 끌려가서 지하 탄광에서 죽어 나간 조선의 젊은이들만 생각하면, 일본에 대한 적개심이 불타올라서 아직도 화가 가라앉지 않은 것 같아요. 먹을 것도 제대로 주지도 않고 늘 배가 고팠지만, 탄을 캐는 작업장은 항상 위험했거든요. 언제 갱도가 무너져 내릴지 몰랐거든요. 갱도 안에서 수시로 사람들이 죽어 나가는 모습을 보면서도, 일본 놈들에게 강압적으로 매일 갱도로 끌려가야만 했거든요. 쪽바리 새끼들!"

수환은 그 시절만 생각하면 치가 떨린다. 일본 놈들에게 어떻게 해서라도 복수하고 싶은 마음이 간절하다. 나라를 빼앗긴 조선 사람들은 일본 앞에 힘이 없었다. 나라를 잃은 국민은 온몸으로 처절하게 시련을 견디어 내야만 했다. 조선의 수많은 젊은이가 전쟁터로, 강제 노역으로 끌려가서 죽어 나갔다. 참으로 억울하고 안타까운 일이었다.

"야! 지금 와서 그때를 생각하니 감회가 새롭다. 우리가 일제 치하에서도 견디어 냈지, 해방 후에는 전쟁 통에서도 살아남았지, 우리 셋은 운이 좋은 사람들이야. 그렇지!"

"암. 그리고말고. 참으로 운이 좋은 사람들이지. 왜정 시대에도 징병, 징용으로 잡혀가서 죽어 나간 사람이 얼마나 많냐고. 징병, 징용으로 끌려가지 않은 것만도 다행이지. 수환이는 징용으로 끌려갔는데도, 살아 돌아왔으니 얼마나 운이 좋은 거냐고."

"맞아요. 살 사람은 어떻게 해서라도 살아남는 운명을 타고나나 봐요. 사람이 운이 없으면 접시 물에도 빠져 죽고, 운이 좋으면 호랑이에게 물려 가도 살아남는 것이 사람 운명인가 봐요."

십여 년 전의 일이지만, 아직도 생생하게 기억을 하고 있어서 새삼스럽기까지 하다.

"참, 세월이 빠르다, 빨라! 불과 십여 년 전의 일인데도 엊그제 일어났던 일처럼 생생하게 기억이 나니 말이야."

"맞아요. 엊그제 일 같아요. 그때 우리가 함께 어울리면서 동고동락을 했던 걸 기억하자면, 형님들 덕을 제가 많이 봤죠. 아무것도 모르는 시절에 형님들과 함께 한 동네에서 어울리면서 많은 것을 배우게 됐죠."

"그나저나 반란 사건도 겪고, 전쟁까지 겪으면서 살아남아 있다는 게 용한 일이야."

"그러게 말이어요. 지는 해방 후 서울에 있었는데, 전쟁이 터졌단 말입니다. 처음에는 대수롭지 않게 여겼다니까요. 방송에서도 안심하라고 하니까 서울까지 인민군이 쳐들어오겠나 싶었죠. 인민군들이 전쟁 사흘 만에 서울 시내를 장악해 버리더라니까요. 남한에도 정부가 수립되고 국군이 있다는데, 인민군들이 사흘 만에 서울을 장악해 버린 걸 보고, 깜짝 놀랐다니까요. 철환이 동생을 데리고 남쪽으로 피난을 해서 지리산 속에 숨어 있었습니다. 집으로 오면 징집을 당할 염려도 있고, 서울서 내려오다 보니, 시일이 걸려 늦게 피난을 왔기 때문에 부산으로 피난을 가다가 중간에 인민군에게 잡히기라도 하면 징집을 당하는 것이 제일 무서웠습니다. 전쟁 중에는 징집을 당하는 일이 제일 무서운 일이라는 걸 왜정 시대를 겪으면서 경험했잖아요. 전쟁은 총칼로 싸우는 군인도 필요하지만, 노무자들도 수없이 필요하거든요. 그래서 지리산으로 숨어든 겁니다. 어느 날 갑자기 인민군들이 지리산 속으로 숨어 들어오는 바람에 발각이 되었는데, 용케도 도망쳐 나와 살았습니다. 나중에 알고 보니까 인천상륙작전이 성공해서 인민군 패잔병들이 지리산 속으로 숨어들었던 거더라고요."

"야, 수환이가 서울에서 가장 먼저 전쟁을 겪었구나. 수환이도 운이 좋았구나. 전쟁 중에 살아남은 사람들은 각자 다 사연이 있을 거야. 전쟁이 얼마나 무서운 일이냐고. 재수 없으면, 순식간에 죽어 나가는 게 전쟁이야. 얼마나 많은 사람이 죽어 나갔냐고?"

"형님들은 전쟁이 났을 때 어떻게 했당가요?"

"나와 만식이도 다행히 부산으로 피난을 했기 때문에 살아남은 거야. 우리가 반란 사건을 경험했기 때문에 전쟁이 나자마자 부산으로 피난을 하였기 때문에 살아남았지."

"다행히도 우리 셋은 군인으로 잡혀가지 않아서 살아남은 거지. 전쟁에 군인으로 잡혀갔다면 죽었든지, 병신이 되어서 돌아왔을 거야. 정기훈이도 나랑 부산으로 피난하였다가 초량교회 덕으로 부산 항구에서 미군 부대에서 짐을 나르는 일을 했지. 부산 초량동 뒷산에서 움막 생활로 버티었는데, 어느 날 갑자기 정기훈이 사라져 버린 거야. 어디를 갔는지 알 길이 없었어. 전쟁이 끝나고 나서 정기훈이 살아 돌아왔는데, 부산 시청 앞을 지나가다가 갑자기 군인으로 징집이 되어 버렸다는구먼. 압록강까지 진격하였는데 인민군에게 포로가 되어 버렸대. 포로수용소에서 살아 돌아왔잖아. 인철이 동생들도 모두 군인으로 잡혀갔잖아."

만식은 전쟁에 대한 말을 하면서도 인철의 눈치를 본다. 인철의 아픈 곳을 말한 것 같아서이다. 전쟁에서 아버지와 인호가 죽고, 인영이까지 다리 병신이 되어 돌아왔기 때문이다. 전쟁도 전쟁이지만, 반란 사건 때는 만식이 본인도 가족을 모두 잃지 않았던가. 전쟁을 겪은 무용담은 계속된다. 그야말로 죽지 않고 살아남았다는 일이 기적 같은 일이라고 말한다.

"그나이나, 수환이 너는 서울에서 어떻게 지내고 있나?"

만식은 수환이 서울에서 어떻게 지내고 있는지 궁금하다.

"지는 전쟁 전에는 쌀집에서 쌀을 배달하였는데, 전쟁 후에 서울로 다시 올라가 보니까, 서울이 폭격을 당해 점방도 몽땅 무너져 버렸더라고요. 쌀집으로 다시 갈 수가 없어서 뭘 할까 궁리를 하다가 장사를 해 본 사람이어서 지는 남대문시장에 발을 들여 놨습니다. 전쟁 후에도 남대문시장은 활기 넘쳤거든요. 처음에는 지게를 지고 물건을 배달하는 일을 하다가, 아무래도 장사를 하는 게 돈을 벌 수 있을 것 같아서 노점상부터 시작했습니다. 그래서 그 이후로 쭉 남대문시장에서 장사하고 있습니다. 남대문시장은 사람들로 인산인해입니다. 사람들이 얼마나 많은지, 어깨를 부딪치면서 겨우 걸어갈 수 있을 만큼 사람들이 많습니다. 그래서 그런지 무슨 물건이든 가져다 놓기만 하면 팔려 나갑니다. 지금은 잡화를 팔고 있는데, 요즘 석유곤로가 나와서 대 히트를 치고 있습니다. 아직도 대부분 가정집에서 나무로 불을 때서 밥을 해 먹고 있기는 하지만, 점점 땔감 구하기가 어려워지고 있거든요. 요즘은 연탄이 공급되어서 나무 대신 연탄으로 대체하기는 하지만, 연탄불로 밥을 해 먹는 것도 쉬운 일이 아니거든요. 연탄불이 겨울에는 아궁이에 불을 때야 하니까 괜찮은데, 하절기에는 연탄불을 별도로 피워야 한단 말입니다. 때마침 석유곤로가 보급되어서 각 가정에 음식을 해 먹는 도구로 인기를 끌고 있습니다. 그래서 음식을 해 묵을라면 집집에 석유곤로가 필요할 것 같아서 그 품목을 눈여겨보고 있습니다. 곤로를 진열해 놓기만 하면 팔려 나간단 말입니다. 곤로를 도매상에서 사들여서 손님들에게 되팔아야 하는데, 장사 밑천이 있어야 말이죠. 할 수 없이 잡화만 팔다 보니 가족들 입에 풀칠하기도 어려운 실정입니다. 장사는 뭐니 뭐니 해도 장사 밑천이 있어야만 되는 일입니다. 장사 밑천이 없으면 그림의 떡입니다."

수환은 좋은 상품이 있어도 장사 밑천이 없어서 아쉽다는 말을 건넨다.

"그렇구나. 수환이 서울 남대문시장에서 장사하고 있다 보니, 요즘 어떤 상품이 최근에 유행하고 있는지 금방 알아차리겠구나. 우리 같은 시골 촌구석에서는 세상이 어떻게 돌아가고 있는지 알 수가 없는 일이지. 앙 그래?"

"그래. 수환이가 서울 남대문시장에서 잘 나가는 상품이나 정보를 꿰차고 있는 거 같구나. 앞으로도 좋은 정보가 있으면 우리에게도 알려 줘라. 우리도 투자해서 한몫 잡게."

"참, 성님들도. 지야 서울 남대문시장에서 장사하고 있는데, 뭘 얼마나 알겠어요. 그저, 요즘에 그렇다는 얘기지요."

"아니야. 너같이 시장에서 일하는 사람들이 눈치 빠르게 세상 돌아가는 모습을 가장 빨리 만날 수 있는 것이야. 정보력은 시장이 가장 빠르지. 시장이야말로 실물이 살아서 움직이는 곳이잖아. 나야 아직 장사를 안 해 봤지만, 이론상으로는 어느 정도 알고 있지. 그렇지만 시장 현장에 있는 사람이 제일 빠르게 알 수 있고, 판단력도 생기는 거지."

"맞아. 나도 시골이지만, 해방 전에는 점방을 운영해 봐서 잘 알지. 손님들에게 뭐가 필요한지, 유행되는 물건은 무엇인지 가장 빨리 알 수 있는 곳이 장사하는 사람들이지."

만식도 장사를 해 본 경험이 있으므로 한마디 거든다. 인철도 장사는 안 해 봤지만, 수환이 우리나라 제일인 서울 남대문시장에서 장사한다고 하니까, 현재의 시장 상황이나 유행에 대해 가장 빨리 정보를 습득할 수 있을 거라고 본다. 전쟁 중에 피난하였을 때, 부산 국제시장의 활기찬 모습을 본 인철은 서울 남대문시장에서는 부산 국제시장보다 더 많은 사람과 상품이 거래될 것으로 본다. 부산 국제시장은 피난민들로 일시에 몰려들었지만, 전쟁이 끝났으니 부산보다는 우리나라의 수도 서울 중심지에 있는 남대문시장에 더 많은 사람과 물품이 모여들 거라는 판단을 해 본다. 그런 곳에서 수환이 장사를 하고 있다니 호기심이 간다. 인철은 청년 시절에 대도시와 일본까지 나가서 학교에 다녀 본 경험이 있어서 외부 돌아가는 상황에 대해 관심이 많다. 배달되는 신문도 빠짐없이 꼼꼼히 보는 중이다. 셋은 오랜만에 만나서인지 오고 가는 얘기가 많아진다. 수환은 헤어지면서 인철이에게 다가와 서울 올라가기 전에 다방에서 만나자는 약속을 한다. 인철도 수환의 요청을 수락하고 헤어진다.

광일 다방에 수환이 먼저 와서 기다리고 있다. 수환은 다방 입구를 수시로 바라본다. 광일 다방은 명절 끝이라 사람들로 제법 붐빈다. 고향에 내려온 사람들이 광의면에 하나밖에 없는 다방으로 몰려들고 있다. 인철이 다방에 들어선다.

"어서 오세요!"

다방 종업원이 인철을 반갑게 맞이한다. 다방 안은 많은 사람으로 인해 시끌벅적하다. 다방 종업원이 인철을 반갑게 맞이하는 소리에 수환이 다방 입구로 고개를 돌린다. 인철이 들어서는 것을 발견하자 수환이 자리에서 일어선다. 손을 들어서 인철에게 자리를 알린다. 인철이 수환을 발견하고 곁으로 다가간다.

"오래 기다렸어?"

"아니요. 지도 조금 전에 도착했그만요."

"아따, 다방이 오랜만에 사람들로 북적북적하그마. 명절 쉬려고 고향을 찾은 사람들이 많은가 보네."

"그런가 봅니다. 저 겉은 사람들이 객지에 나갔다가 명절 때나 고향을 내려온깨로, 고향에 온 짐에 고향 사람들을 만나서 안부를 묻고 싶어서 다방으로 몰려든가 보네요."

"그렇갑그만. 여기 다방 아니면 만날 장소가 마땅치가 않으니까, 약속 장소로는 다방이 제일이것제. 수환이 니는 언제 서울 올라가나?"

"글쎄 말입니다. 서울로 올라간다고 해도 장사 밑천이 없으면, 맨날 그 팔자가 그 팔자라서… 올라갈까, 말까 망설이고 있그만요."

"아니. 전번에 너 애길 들어 봉깨로 요새 새로 나온 석유곤로가 없어서 못 판다며. 그 장사를 하면 금방 부자 되는 거 아닝가?"

49. 종손宗孫　51

"긍깨 말이어라. 요즘 석유곤로는 없어서 못 파는 상품인디… 그것도 장사를 할라면 밑천이 있어야 한당깨라. 밑천이 없응깨로 잘 나가는 상품을 구입하지 못해서 하늘만 쳐다보고 손가락만 빨고 있다니까요. 장사라는 게 밑천이 없으면 아무리 좋은 상품이라도 일단 도매상에서 가져와야 하는데, 돈이 없으면 누가 물건을 주나욤."

사실 수환은 인철을 만나자고 한 것이 인철의 도움을 받을 수 있을까 하는 기대를 하고 있어서였다. 인철이 부잣집이어서 돈이 많이 있는 것은 모두가 아는 사실이다. 인철의 도움을 받고 싶지만, 차마 도와달라는 말을 꺼내기가 힘든 일이라는 걸 수환은 알고 있다. 어떻게 하면 인철에게 도움을 요청할까 고민 중이다. 수환은 인철의 눈치를 계속 본다. 인철과 만나기 전에는 만식에게 부탁해서 투자해 달라고 해 볼까도 했었다. 돈을 투자해서 도움을 받기가 쉬운 일이 아니라는 것쯤은 알고 있다. 만식과 인철이 친한 친구 사이여서 만식에게 대신 부탁을 해 볼까 하는 생각도 했지만, 돈을 투자해 달라는 이야기는 아주 신중한 일이어서 인철에게 직접 부탁을 하는 것이 도리일 것 같다는 판단을 내린 것이다. 괜히 만식이까지 끼어들게 해서 상황이 어려워지면 일이 더 안 된다고 생각한 것이다. 인철과 단둘이 있을 때 용기를 내서 말을 해 보고 싶었다. 말을 꺼냈다가 인철이 거절하면 할 수 없는 일이다. 인철이 수환과 한 동네에서 어렸을 때부터 함께 지내온 사이이긴 하지만, 각자 속마음은 어떻게 생각하고 있는 줄도 모른다.

괜히 돈 얘기를 꺼냈다가 마음이 맞으면 몰라도, 그렇지 않으면 서로에게 상처만 남길 수 있다고 생각한 것이다. 수환은 어떻게 해서라도 인철의 투자를 끌어내야만 서울에서 돈을 벌 수 있으므로 절박하기도 하다. 그렇다고 무슨 큰 사업체를 만들어 거창하게 사업을 하는 것은 아니지만, 석유곤로는 분명히 없어서 못 파는 물건이기 때문에 조금이라도 돈을 빌릴 생각이다.

"인철이 성님… 지가 사실은 부탁이 있는데요."

수환은 말을 쉽게 꺼내지 못하고 머뭇거린다. 인철은 수환이 머뭇거리자 궁금하다.

"뭔 말을 하려다 말고 뜸을 들이냐? 말해 봐."

인철은 수환이 머뭇거리자 더 궁금하다. 수환에게 말을 해 보라고 독촉한다.

"지가 사실은 서울 올라가기 전에 고민을 많이 했습니다. 지가 서울 남대문시장에서 장사를 계속하려면 돈이 좀 필요하거든요. 전에도 말했듯이 석유곤로 장사를 좀 크게 해 볼라고 하는데, 밑천이 좀 필요하거든요. 성님도 알다시피 우리 집은 부모님이 전답도 없고, 주변에 돈을 빌릴 친척도 없습니다. 전쟁 후라서 집집마다 상황이 아주 형편이 안 좋습니다. 웬만하면 성님에게 이런 부탁을 안 드리려 했는데, 그래도 인철이 성님과 한동네에 살면서 인연을 이어 와서, 고민을 많이 했는디… 혹시나 말을 꺼냈다가 서로에게 부담만 주고 우리 사이가 더 어색해지면 어쩌나 하고… 지 나름대로 고민을 많이 하다가 인철이 성님께 한 번 부탁이나 해 보는 겁니다."

　수환은 인철에게 돈을 빌려 달라는 말이 쉽게 떨어지지 않지만, 용기를 내어서 부탁한다. 수환은 말을 꺼내면서도 인철의 얼굴을 제대로 쳐다보지 못한다. 돈을 빌려 달라는 것 자체가 미안할 따름이다. 인철은 수환이 머뭇거리면서 돈 이야기를 꺼내는 이유를 듣게 된다. 인철은 수환이 얼굴도 제대로 마주치지 못하면서 부탁을 하자, 수환이 착한 사람임을 느낀다. 어렵게 부탁을 하는 모습이 안쓰럽게 느껴진다.

　"수환이가 고민을 많이 했나 보구나. 나는 뭔 소리인지 궁금했잖아."

　인철도 수환이 무슨 말을 하려는지 궁금했는데, 돈을 빌려 달라는 말이 나오자 대수롭지 않게 받아들인다.

　"이런 부탁을 해서 미안합니다."

　수환은 인철에게 미안하다는 표시를 계속 나타낸다.

　"아니야. 수환이 너 사정을 들어봉께로, 딱하긴 딱하다. 객지 나가서 돈을 벌고 싶어도 밑천이 없다고 하니…"

　인철은 돈 문제라서 뜸을 들인다. 착한 수환이를 봐서는 선뜻 돈을 빌려 주겠다고 말하고 싶지만, 그래도 뜸을 들이고 잠시 생각에 잠긴다.

　"지가 인철이 성님에게 괜한 부담을 준거 아닝가요."

　수환은 인철이 잠시 뜸을 들이자 미안하기만 하다. 인철도 갑작스러운 일이라 잠시 망설였던 것이다. 돈거래라는 게 간단한 문제가 아니기 때문이다. 잠시 머뭇거리던 인철은 수환을 바라보며 말한다.

"수환이 니가 그렇게 돈이 필요한 상황이라면 내가 도와줘야지."

수환은 인철이 도와준다는 소리에 귀가 번쩍 뜨인다. 행여나 거절하면 어쩌나 얼마나 걱정을 많이 했던가? 우선을 돈을 빌려 달라는 말을 꺼냈다가 서로 의리만 상하게 될까 봐 걱정을 많이 했다.

"수환아. 우리가 어떤 사이냐. 어렸을 때부터 한동네에서 함께 자란 깨복쟁이 친구들 아니냐? 서시천 장작쏘에 가서 벌거벗은 알몸으로 물장구도 치고, 고기도 잡고, 나이 들어서는 나라를 빼앗기는 바람에 일본 순사 놈들에게 대적하기 위해 반항도 해 보고… 니가 나에게 처음 부탁하는 일인데. 수환이 니 사정이 그렇다는데, 내가 외면하면 도리가 아니지. 오히려 내가 나쁜 사람이지."

인철은 이번 기회에 수환에게 돈을 빌려 줄 생각을 굳힌다. 장사 밑천을 빌려 달라는데 외면하는 일은 도리가 아니라고 판단한다. 수환이 착한 사람임을 잘 안다. 수환이 조심스럽게 말을 하자마자 흔쾌히 돈을 빌려 주겠다는 다짐을 한다. 수환은 인철이 어떻게 나올지 눈치만 보고 기다리고 있다가 다행이라고 여긴다.

"그럼 이렇게 하자. 수환이 니가 먼저 서울 올라가서 시장 여건을 더 알아보고 연락을 먼저 줘라. 그럼 나도 이 기회에 서울 올라가서 시장 여건을 돌아보고 나서 결정하는 게 좋을 성싶다. 이왕이면 나도 어느 정도 알아야 돈을 빌려 줄 것인지 결정을 하지. 앙 그래?"

인철은 수환에게 돈을 빌려주겠지만, 서울 시장의 여건이 어떻게 돌아가는지 보고 싶은 생각이 든다. 무턱대고, 그렇게 하자고 즉시 답은 피한다.

"인철이 성님. 고맙습니다. 그럼 성님 말대로 그렇게 합시다."

수환은 일어서서 인철에게 고맙다고 인사를 한다. 그야말로 이런 고마울 데가 어디 있겠는가. 돈을 빌려 준다는 일이 아무에게나 쉬운 일이 아니란 걸 알고 있기 때문이다.

"아니야. 뭘… 도울 일이 생기면 서로 돕는 것이 인지상정이지. 나도 수환이 덕분에 서울 구경 한번 해 봐야지."

인철은 서울로 올라가 보고 싶은 생각을 전에부터 가지고 있었다. 수환의 부탁을 듣고 나서부터 은근히 서울이 궁금해진다. 서울을 잘 모르기도 하거니와 수환이라면 믿을 만해서 수환에게 돈을 빌려 주겠다는 핑계로 서울을 가 봐야겠다고 서두른다.

인철이 기차를 타고 서울로 올라가는 중이다. 구례구역에서 출발한 기차는 서울역에 도착한다. 서울역에는 수환이 마중 나와 있다. 서울역 광장에는 많은 사람이 붐빈다. 전국에서 올라온 사람과 지방으로 내려가는 사람들이 서울역을 통하여 움직이고 있다. 걸어서 남대문시장으로 향한다. 우람한 남대문이 우뚝 서 있다. 잠시 걸음을 멈추고 한참을 바라본다. 남대문시장에 들어선다. 남대문시장은 일부 건물이 전쟁 중에 폭격을 맞았다. 복구하느라 곳곳에서 공사를 하고 있다. 전쟁이 끝나기도 전에 사람들은 가장 먼저 시장으로 몰려들었다. 먹고살아야 하는 시민들은 너 나 할 것 없이 시장에서 물물교환을 한다. 시장은 활기를 되찾고 점점 더 활성화된다. 남대문시장은 그야말로 인산인해를 이루고 있다. 짐을 실어 나르는 지게꾼들이 무겁게 짐을 지고 사람 사이를 빠져나간다. 시장의 좁은 골목을 사람끼리 어깨를 부딪치며 천천히 움직인다. 곳곳에서 상인을 부르는 호객 소리가 시장을 울린다. 상인들과 손님이 물건을 가지고 흥정하는 소리로 시장은 왁자지껄하다. 부산 피난 시절에 봤던 국제시장을 방불케 한다. 미로처럼 뻗어 있는 시장 골목을 따라서 수환이 장사하고 있는 점포 앞에 도착한다. 수환의 점포는 점포라기보다는 노점상이나 마찬가지의 규모다. 그야말로 1평 남짓한 모퉁이에 몇 가지의 물건을 놓고 장사를 하고 있다. 인철은 수환의 안내에 따라 가전제품이 풍성하게 진열된 잡화점 앞에 선다. 산더미처럼 쌓여 있는 잡화점 규모에 놀란다. 어디서 물건을 조달했는지 잡화점 안은 갖가지 상품들로 꽉 들어차 있다. 수환이 말했던 석유곤로도 크기와 모양별로 다양하게 진열되어 있다. 인철은 진열된 상품을 직접 만지작거리며 꼼꼼히 살펴본다. 곤로가 진열된 점포에서는 수시로 손님들과 흥정을 벌이고 즉시 팔려 나간다. 팔린 곤로를 자전거 뒤에다 실어서 배달을 나가는 점원이 눈에 들어온다. 짐을 지게에 지고 나가는 짐꾼들도 계속 오고 간다. 시장에서는 일반 시민에게 낱개로 물건을 판매하기도 하지만, 남대문시장은 지방 상인들에게도 물건을 납품한다고 전해 준다. 개인에게 한 개씩 판매하는 것보다, 지방 상인들이 서울로 올라와 수십 개씩 도매하는 규모가 어마어마하다는 것도 알려 준다. 남대문시장이 소매는 물론, 도매시장의 역할도 함께 한다는 정보도 알려 준다. 지방 상인들에게는 판매가 결정되면 기차 화물로 보내 주게 된다는 정보도 알게 된다. 시장 골목 한곳에는 옷을 파는 점포가 일렬로 늘어서 있다. 손님을 부르는 호객 소리가 요란하다. 다른 골목에는 그릇이 진열되어 있다. 갖가지 그릇이 산더미처럼 쌓여 있다. 그야말로 시장 골목마다 각각의 품목별로 점포가 줄지어 서 있다. 인철은 수환의 안내로 시장 곳곳을 들러보고 국밥집 골목으로 들어선다. 그야말로 먹자골목도 종류별로 다양하게 음식점이 문을 열고 있다. 점포마다 음식을 먹는 사람들로 초만원이다. 국밥집도 사람들로 꽉 들어차 있다. 빈자리가 없을 정도로 문전성시를 이룬다. 수환과 국밥을 먹고 시장을 빠져나온다. 인철은 활기찬 시장을 나오면서 뒤돌아본다. 참으로 많은 사람으로 붐비는 시장을 보면서 갑자기 의욕이 생기는 걸 느낀다.

"야! 남대문시장이야말로 대단하다."

인철은 본인도 모르게 감탄을 하면서 수환을 쳐다본다. 인철은 남대문시장에서 무슨 장사를 하더라도 성공하리라 본다. 워낙 많은 인파에 놀라고, 쌓아 놓은 물건에 놀랐다. 남대문시장 현장을 보고 수환에게 돈을 빌려 줄까 하고 와 본 시장인데, 시장을 돌아보고 나니 인철은 갑자기 마음이 움직이기 시작한다. 인철은 수환에게 돈을 빌려 주는 것으로만 끝낼 심산이 아니다. 아예 석유곤로 장사에 뛰어들어 본다는 복안이다. 시장에 오고 가는 많은 사람에게 물건 하나씩만 팔아도 굶어 죽지는 않겠다는 계산이다. 시장에 오는 사람 말고도 지방에 물건을 보내서 지방 사람들에게도 물건을 팔면 도대체 얼마인가?

다음 날 인철은 남대문시장을 다시 방문한다. 수환과 함께 다방에 앉아서 차를 마신다. 인철은 수환에게 곤로 장사를 시작해 보자는 의견을 제시한다. 수환은 현재 본인이 운영하는 조그만 점포에서 곤로를 취급하는 데 필요한 조금의 돈을 빌릴 생각이었다. 어느 정도 현찰이 있어야만 도매상으로부터 많은 양의 곤로를 공급받을 수 있기 때문이다. 도매상에서 외상으로 물건을 주는 일도 어느 정도 계약금이 없으면, 그것마저도 안 되는 구조다. 수환은 인철이 직접 곤로 장사를 해 보자는 소리에 놀란다. 수환은 인철이 장사에 나서 보겠다고 하니 기분이 좋아진다. 인철이 혼자서는 장사를 못 할 것이고, 함께 장사한다는 것만으로도 환영할 일이다. 인철이 장사를 한다고 하니, 수환이 적극적으로 도울 생각이다.

인철은 본격적으로 곤로 장사에 뛰어들기 위해 수환과 머리를 맞댄다. 점포를 직접 얻어 주고 수환에게 모든 경영을 맡길 생각이다. 서울에 대해서 잘 모르지만, 수환에게 모두 맡기면 인철이 직접 운영하는 것 이상으로 잘 관리되리라 믿는다. 수환에게 먼저 인철의 생각을 전달한다. 수환은 인철이 돈을 대고 함께 사업을 한다는 것만으로도 만사 오케이다. 인철은 돈을 투자하지만, 경영 능력도 부족하고 장사 경험도 없으므로 수익금은 절반으로 똑같이 나누는 조건을 제시한다. 수환은 인철의 어떤 조건도 환영한다. 돈을 조금 빌려 주는 것을 넘어서 점포까지 확보하는 돈을 투자한다고 하니, 수환은 기대 이상으로 만족한다. 수환도 욕심부리지 않고, 인철의 점포에서 전반적인 운영을 담당하는 관리자로서 역할을 충실히 할 것을 다짐한다. 인철이 돈을 투자하지 않으면 아무것도 할 수 없음을 잘 알고 있기 때문이다. 인철이 하자는 대로 모든 일이 순조롭게 진행된다.

비좁은 점포는 좀 더 넓은 지역을 확보해야만 장사를 잘할 수 있을 것인지, 곤로를 어디서 어떻게 구매할 것인지, 물건은 제대로 확보할 수 있을는지, 물건을 대 주는 도매상과는 소통이 원활한지 수환이 알아서 척척 준비를 서두른다. 취급하는 물량이 많아지면 공장을 소개받을 수 있다는 정보도 얻는다. 물량이 많아져서 공장과 직거래를 트면 물건을 훨씬 싸게 구매해 올 수 있다고 한다. 공장 직거래로 물건을 가져다 팔면 이윤이 더 많이 난다는 구조다. 여러 가지 상황을 점검한다. 수환과 머리를 맞대고 본격적으로 장사를 할 계획을 세운다. 수환의 현재 점포 부근에 새로운 넓은 점포를 구하기로 한다. 다행히 구하는 점포가 생겼다.

즉시 인철에게 점포를 보여준다. 일사천리로 점포를 계약한다. 인철도 가게로 출근한다. 새로운 점포에 물건이 들어오고 주문한 곤로가 들어와 진열된다. 인철은 점포를 바라보며 흐뭇한 미소를 짓는다. 인철의 점포가 생긴 것이다. 모든 관리는 수환에게 맡기는 구조이다. 수환이가 사장이지만, 진짜 주인은 인철이인 셈이다. 점포의 모든 일은 수환이가 주도적으로 운영해 나가고 있다. 석유곤로는 계절도 타지 않는 물건이다. 각 가정에 한 개씩 필수품으로 보급되기만 한다면 매년 불황도 없이 꾸준히 팔려 갈 것으로 기대한다.

인철은 남대문시장에 점포를 열어 놓고, 수환에게 모든 것을 맡기고 구례로 내려온다. 경자에게 남대문시장에 점포를 얻어서 수환에게 맡겨 놓고 왔다는 소식을 전한다. 이왕에 장사를 시작했으니, 서울에 집을 장만하자는 의견을 말한다. 아이들도 점점 자라는데 아이들을 서울로 유학을 시키고 싶은 마음이 자리 잡고 있었다. 수지와 철원이 커서 대학을 갈 텐데, 대학교는 이왕이면 서울로 유학을 보내고 싶은 마음이다. 이 기회에 서울에서 자리를 잡아 볼까 하는 생각을 가진다. 경자도 인철이 하는 계획이 좋다고 여긴다. 서울 남대문시장에서 장사한다는 것도 반대하지 않는다. 경자도 결혼 전에 전주 도시에서 신식 문물을 봐온 사람으로서 아이들이 크면 서울로 유학을 보낸다고 하니 괜히 기대에 부푼다. 본가는 구례에 있지만, 아이들을 서울로 유학을 보낼 계획이라면 서울에 집을 번듯하게 장만해야 한다는 인철의 의견에 적극적으로 찬성한다.

수환은 남산 쪽 산꼭대기에서 살고 있다. 인철은 수환의 권유로 서울역에서 가까운 서대문 부근에 집을 구한다. 인철과 경자는 기차를 타고 서울로 향한다. 새로 장만한 서울 집에 대문을 열고 들어선다. 아담한 한옥이다. 본채와 아래채도 있는 집이다. 마당도 꽤 넓은 집이다. 부엌 바로 앞, 마당에는 우물이 자리 잡고 있다. 경자는 집 안 구석구석을 돌아본다. 방 안으로 들어선다. 본채는 안방과 거실 건너편에 작은방이 있는 집이다. 아래채에도 방이 2개나 있고 작은 창고와 화장실이 있는 집이다. 경자는 고개를 계속 끄덕이며 만족해한다. 구례에 있는 대궐 집에 비하면 초라하지만, 그런대로 규모가 있는 집이라 안심이 된다.

철영은 통신연수로 중학교 과정을 마친다. 인철은 철영을 서울로 불러들인다. 철영이 남대문시장에서 자전거에 짐을 실어서 배달을 나간다. 농사로 단련된 몸이다. 철영은 자기 몸 크기의 자전거를 끙끙거리며 움직인다. 손님들이 물건을 사서 서울역까지 배달을 원하면 서울역까지 자전거로 배달을 해 주고 있다. 철영은 온종일 눈코 뜰 새 없이 바쁘게 움직이고 있다.

"철영아! 얼릉 배달해 줘라! 요것은 서울역에 가서 기차 화물로 부치고."

"예."

수환의 지시에 따라 철영은 크게 대답을 하고 물건을 자전거 뒤에 실어 나간다. 짐을 뒤에 실은 자전거를 타고 서울역에 도착한다. 남대문시장에서 자전거로는 금방이다. 서울역 안으로 들어선다. 서울역은 기차를 타기 위해 오고 가는 사람들로 붐빈다. 철영은 물품을 기차 화물로 부치고 서울역을 빠져나온다. 다시 자전거에 올라타 남대문시장으로 돌아온다. 기차 화물 딱지도 순서대로 잘 보관한다. 기차 화물이 도착하지 않아서 애를 먹이는 경우가 종종 발생한다. 기차 화물 딱지를 잘 보관해 두면, 기차로 보낸 물건을 확인하는 데 수월하기 때문이다. 서대문에 있는 큰집 문간방에 기거하며 자전거로 남대문시장까지 이동하면서 지낸다. 바쁘게 지내지만, 서울 한복판인 남대문시장에서 일한다는 게 신나는 일이다. 중학 과정을 통신으로 마쳤기 때문에 영어 간판도 눈에 띄지만, 곧 이해한다.

남대문시장 점포는 이제 지방에까지 물건을 대 주는 상황으로 번창을 하였다. 수환과 인철이 마주 앉아 있다.

"요즘은 남대문시장에서 개인에게 팔려 나가는 물건 양은 어느 정도 커버가 되는데, 지방 상인들이 요청하는 물품량은 물건이 딸려서 걱정입니다."

수환이 인철에게 요즘 시장 사정을 전한다.

"그럼 물건을 미리 확보해 놔야 하지 않나?"

"그렇지요. 장사는 신용을 파는 건데, 물건을 주문해 놓고 가는데도 물건을 구하지 못해서 기차 화물로 보내 주지 못하는 경우가 왕왕 있어서 문제입니다. 물건을 주문하고 지방으로 내려간 상인들은 곤로가 일찍 도착해야 지방에서도 팔 수가 있는데, 물건이 서울에서 내려오지 않으니까 매일 독촉 전화를 해 댑니다. 지방에 물건을 보내주고 나면, 시장 점빵에서는 당장 팔 물건이 없습니다. 물건을 구하기도 쉽지 않습니다. 돈을 들여서 물건을 미리 확보해 놓는 일이 매우 중요한 사안입니다. 다행히 물건을 대 주는 사장님을 만났는데, 최대한 주문하는 대로 물건을 대 준다고는 합니다. 곤로를 제조하는 사장님이 물건을 원활하게 대 준다고 해도 보관할 장소가 없습니다. 물건을 확보하는 길만이 이번 기회에 한몫 잡을 수 있다고 봅니다. 물건을 보관할 창고를 하나 확보하는 일이 시급합니다. 공장이 강 건너 영등포 쪽에 있으니까 물품 창고는 굳이 남대문시장 쪽에 있지 않아도 될 것 같습니다. 물건을 영등포에서 시내 한복판까지 운반하는 일도 만만찮습니다. 물건을 강 건너로 가져왔다가 다시 기차역으로 가져가서 화물로 부치려면 이 과정도 만만찮습니다. 그래서 물품 창고 부지는 영등포역이 가까운 곳으로 구하면 좋을 듯싶습니다. 지방으로 보낼 물건은 영등포 창고에서 곧바로 영등포역으로 가서 화물로 부치면 됩니다."

인철은 수환의 말을 듣고 고개를 끄덕인다. 수환은 서울에 오래 살아서 지리도 꿰뚫고 있고, 장사 수완이 밝은 사람이라서 수환의 말이라면 판단 능력이 정확하리라 믿는다. 수환도 남대문시장이 잘돼 가니까 점점 규모를 늘리려면 물품 창고의 확보가 시급하다고 판단한다. 이대로 가다가는 지방 손님들이 주문한 물품을 공급해 줄 수 없어서 약속이 잘 지켜지지 않으면 손님들을 다른 가게에 뺏기는 것이다. 남대문시장 점포는 수환이 운영하는 점포만 있는 것이 아니니까. 그야말로 장사는 치열한 경쟁에서 이겨야 살아남는 곳이다. 여건이 안 맞으면 고객들은 금방 본인 구미에 맞는 곳으로 발길을 돌려 버리기 때문이다. 수환과 인철은 영등포 쪽에 물품 창고를 급하게 사들인다. 그저 허름한 창고지만, 물품 창고로서는 쓸만한 곳이다. 지방 상인들이 남대문시장에서 주문한 물건은 영등포 창고로 즉시 연락을 한다. 영등포 창고에서는 전화로 잘 전달받아서 영등포역에서 화물로 부치면 되는 일이라고 판단한다. 창고지기는 철영에게 맡기기로 한다. 철영이 시장에서 물건을 자전거에 실어서 자주 화물로 보낸 경험도 쌓았고, 똘똘하고 야무지게 일을 잘해 왔다. 철영은 영등포 창고에서 일어나는 일과 장부 정리도 잘해 낸다.

영등포 창고에는 수시로 물건을 가득 실은 차량이 드나든다. 철영이 영등포 물품 창고에서 물건을 차에 옮기는 작업을 일꾼들과 함께하고 있다. 차에 옮긴 물품은 영등포역에 가서 화물로 부친다. 물건이 빠져나간 자리에는 다시 물건을 실은 차량이 수시로 오고 가면서 창고에 물건이 가득 쌓인다. 물건을 창고 가득히 확보하는 일이 곧 돈을 벌 기회이다. 물건을 확보만 하면 지방 곳곳으로 물건이 팔려 나간다. 수환도 그야말로 바쁘게 움직인다. 몸이 열 개라도 모자랄 만큼 장사가 잘되고 있다. 수환은 서울에 올라온 후로 이렇게까지 장사가 잘된 적이 없었다. 인철의 도움으로 사업이 계속 확장되고 있다. 수환도 장사가 잘되는 만큼 돈을 많이 벌고 있다. 사업은 그야말로 일사천리로 달려 나간다.

인철도 석유곤로 장사가 잘되어 가는 바람에 서울 집에 머무는 시간이 점점 길어진다. 사업 준비를 하고 돈만 대주고 나면 인철은 구례와 서울을 오가면서 여유 있게 바라만 보려고 했는데, 장사를 시작하자마자 너무 잘되는 바람에 일손을 거드는 일이 자주 생긴다. 수환도 인철에게 자주 도움을 요청한다. 인철도 수환이 하는 장사에 뛰어들었지만, 이왕이면 이번 기회에 수환이도 한몫 벌게 하고, 인철이 투자한 장사가 잘되었으면 하는 바람이다. 전에는 수환에게만 맡겨도 일이 잘 돌아갔지만, 장사가 잘될수록 도움의 손길이 필요하여 수환으로부터 이것저것 해 달라는 요청이 계속된다. 인철이 돕지 않으면 일꾼을 더 뽑아야 하는 상황이 생긴다. 인철도 시장에 나와 있는 시간이 점점 길어진다. 석유곤로를 실은 차량이 속속 도착한다. 철영은 석유곤로를 창고에 차곡차곡 쌓아 올린다. 창고에 차곡차곡 쌓아 올린 물건은 금방 또 빠져나간다. 빠져나간 물건은 영등포역에 화물로 부치는 작업이 계속된다. 그야말로 물건 확보만 되면 물건이 팔리는 것은 순식간이다.

철영도 땀을 흘리며 창고에도 일꾼을 더 확보하여 일을 빠르게 처리해 나간다. 철영은 서대문 큰집에서 나왔다. 영등포 공장 한쪽에 숙소를 만들어 창고에서 숙식을 해결한다.

인철과 수환이 가끔 영등포 창고에 들러서 창고 상황을 둘러본다.

"큰아부지 오셨어요!"

"그래. 우리 철영이 수고가 많다. 창고에서는 지낼 만하냐?"

"예."

"철영이 물건 취급량이 엄청난데도 잘 처리하고 있습니다. 장부 정리도 정확하게 잘하고 있습니다."

"그래. 우리 철영이가 야무져서 잘할 거야."

인철은 철영에게 수고한다는 격려도 아끼지 않는다. 수환도 철영이 일을 잘해 줘서 칭찬을 아끼지 않는다. 물품 창고는 천장까지 물건이 쌓여 있다. 곤로를 사들인 돈도 점점 늘어난다.

비가 추적추적 내린다. 비는 사흘째 계속 내린다. 바람도 거세게 불어온다. 가로수가 휘청거릴 정도로 바람의 강도가 점점 거세진다. 태풍이 불어닥친다는 예보이다. 계속해서 인정사정없이 비가 내린다. 라디오 방송에서는 강력한 태풍이 한반도를 강타할 것이라는 방송이 계속 나온다. 근래에 들어서 가장 강력한 태풍이라서 한반도 상공에 많은 비를 뿌릴 것이라는 예보가 계속 흘러 나온다. 태풍 피해가 없도록 예방 조치를 취하라고 한다. 계속 내리는 비로 인하여 한강 저지대에 사는 주민들은 대피하라는 방송이 보도된다. 강력한 바람과 함께 비가 계속 쏟아져 내린다. 천둥 번개가 요란하게 쳐댄다. 하늘에 구멍이라도 난 듯싶을 정도로 거센 비바람이 몰아닥친다. 가로수가 뽑히고 거리는 온통 물바다가 되어 버린다. 강력한 태풍은 한반도를 강타한다. 한강 상류 지역에도 물 폭탄이 쏟아진다. 태풍과 함께 집중호우로 순식간에 엄청난 비를 뿌리고 지나간다. 한강 하류의 물이 점점 불어나서 수위가 높아진다. 서울에서 내린 비가 간헐천을 따라 한강으로 흘러들지 못하고 빗물은 서울 시내 쪽으로 오히려 달려든다. 한강 상류의 물이 계속 급하게 밀려 내려오는 바람에 한강 수위가 점점 더 높아져서 빗물이 서울 시내를 점점 집어삼킨다. 한강 주변에 있던 땅은 점점 물에 잠기기 시작한다. 비가 오면 올수록 빗물은 서울을 집어삼킬 듯이 한강 수위가 높아져 버린다. 한강변의 주택과 건물들은 물에 둥둥 떠다니고 있다. 미쳐 높은 지대로 대피하지 못한 사람들은 긴급하게 확보한 고무보트나 뗏목을 타고 움직인다. 물을 피해 겨우 몸만 빠져나온다. 철영도 영등포 창고에 물이 들이닥치자 겨우 몸만 빠져나온다. 물이 창고로 계속 밀려들자 철영이 어떻게 해 볼 도리가 없다. 물이 계속 들이닥치자, 철영은 창고 골목에서 멀리 대피를 한다. 멀리서 물에 잠긴 창고를 바라보기만 한다.

　영등포 창고가 반쯤 물에 잠긴다. 창고 인근 골목도 물에 잠겨 물바다가 되어 버린다. 창고 근처는 물길이 되어 버려 사람이 얼씬거리지 못한다. 창고에 가득 넣어 두었던 물품들이 물에 젖어 버린다. 창고 주변까지 물이 차올라 버리는 바람에 창고에 있던 물건을 꺼내지도 못한다. 인철과 수환이 달려와서 창고 주변 상황을 멀리서 바라만 본다. 안타까워서 발만 동동 구른다. 창고에 있는 물건을 일부나마 꺼내 보려고 하지만, 창고 근처에 접근조차 어렵다. 이미 젖어 버린 물건은 쓸모없는 물건이 되어 버린다. 석유곤로는 물에 잠기면 녹이 슬어 버려서 상품 가치로서 쓸모가 없는 불량품이 되어 버린다. 태풍은 한반도에 워낙 많은 비를 뿌리고 지나갔다. 한강 상류 지역에 내린 빗물은 계속 흘러내려 한강 수위가 좀처럼 낮아지지 않는다. 영등포 물품 창고는 일주일째 잠겨 버린다. 허름한 창고는 물에 잠겼다가 폭삭 내려앉아 버린다. 창고 안에 있던 물건이 물 위에 둥둥 떠내려가 버린다.

물이 서서히 빠지면서 창고는 폐허가 되어 버렸다. 떠내려가지 않은 남은 물건이나마 건져내 보지만, 물건은 온통 물에 젖어 버렸다. 흙탕물에 범벅이 되어 버렸다. 포장지는 폭삭 내려앉아 버렸고, 석유곤로는 물을 머금어서 들어 올리기만 해도 물이 질질 흘러내리고 있다. 흙탕물을 씻어낸다 해도, 쓸모없는 상품이 되어 버렸다. 물에 젖은 제품은 금방 녹이 슬어 버린다고 한다. 그동안 자금을 들여 사들였던 물건을 몽땅 폐기처분해야 할 처지다. 그동안 쏟아부었던 돈만 따져도 큰돈이다. 예상치 못한 자연재해로 순식간에 큰돈이 날아가 버린 것이다. 물건을 공급해 줬던 공장도 물에 잠겨 버려 공장 가동이 멈춰 버렸다고 한다. 석유곤로 제품을 만들 수가 없게 되어서 공장이 복구되기까지는 오랜 시간이 걸린다고 한다. 당분간은 곤로 제품을 취급할 수 없게 되어 버린다. 태풍 피해로 인하여 그동안에 벌었던 돈과 미리 확보해 두었던 물건값까지 몽땅 날아가 버린 셈이다. 큰 손해를 본 인철은 장사를 더 할 수가 없다. 큰 재해로 인한 손실로 장사 의욕도 잃어버린다. 더는 자금을 추가로 투자할 기분이 나지 않는다. 임대했던 남대문시장 점포도 처분한다. 점포 물건을 몽땅 처분했지만, 큰 손해를 본다.

1년이 지난 후, 남대문시장 근처 다방에서 수환이 인철과 다시 마주 앉았다. 다방 안은 그야말로 사람들로 북적거린다. 다방 안에서는 음악 소리가 흘러나오고 있다. 다방 안에서 피운 담배 연기로 다방 안은 그야말로 혼란스럽다.

"그동안 잘 지냈어?"

인철은 수환에게 안부를 묻는다.

"지는 어쨌든 배운 게 도둑질이라고 남대문시장에서 장사를 계속하고 있습니다. 요즘은 옷을 파는 점빵으로 바꿨습니다."

"그래. 먹고살려면 뭐라도 해야지. 수환이 자네는 워낙 부지런해서 잘할 거야. 장사는 잘되능가?"

"예. 저야, 뭐… 그럭저럭 입에 풀칠은 하고 지내고 있습니다."

여름 태풍으로 물난리 겪고 나서 두 사람 모두 큰 손해를 봤던 터이지만, 사실 수환은 예전 그대로 빈털터리나 다름없다. 갑자기 닥친 자연재해 앞에서는 어떻게 해 볼 도리가 없었다. 그래서인지 서로에게 불만이나 원망은 없었다. 인철은 많은 돈을 투자했다가 한순간에 잃어버렸지만, 수환이 때문에 일어난 일이 아니라고 여긴다. 그렇게 생각했다면 벌써 서로 의리가 상해서 수환과 만나자고 연락해도 무시해 버렸을 것이다. 수환에게 쌓인 감정은 없다. 운이 없어서 일어난 일로 여긴 것이다. 수환도 곤로 장사로 망해 버린 사업도 누가 잘못하여 벌어진 일도 아니라서, 누구에게 책임을 전가할 문제가 없던 일로 여긴다. 워낙 갑자기 닥친 큰 손실이어서 인철이 사업에 손을 놓아 버린 일도 덤덤히 받아들인 것이다. 연락을 받은 인철이 곧바로 다방으로 나온 것이다.

"성님. 요즘 어떻게 지내세요?"

수환은 인철의 기분을 살피며 안부를 묻는다.

"나야 잘 지내지."

"저번 수해로 큰 손해를 봤는데… 괜찮으세요?"

수환은 미안하기도 하여 수해 피해 이후 사정이 궁금하기도 하다. 수환은 인철의 동태를 살피는 이유가 있어서다. 곤로 장사로 큰돈을 손해 봤지만, 이번에도 인철이 도움 없이는 안 되는 일이기 때문에 인철의 기분을 계속 살피는 것이다.

"사람이 일을 하다 보면 내 마음대로 안 되는 경우가 더 많지. 우리도 잘해 보려고 했던 일인데, 자연재해가 닥치는 데는 어쩔 수가 없었잖아. 수해를 미리 대비하지 못한 우리가 잘못이지. 자네도 빨리 잊어버리라고. 나는 괜찮으니깨."

인철은 오히려 수환에게 빨리 잊어버리라고 말한다. 수환은 인철의 말을 듣자 미안했던 감정이 가라앉는다.

"자네가 나를 만나자고 한 이유가 있을 것 같은데… 내가 연락을 받고 나오면서도 수환이가 뭐가 좋은 일이 있어서 만나자고 한 게 아닌가, 하면서 나오긴 했는데… 좋은 일이 있으면 얼릉 말해 봐."

인철은 오히려 수환이 만자나고 한 이유를 다그친다. 수환은 인철이 기분 나쁜 감정은 없다는 이유를 확인하고서야 조심스럽게 말을 이어 간다.

"성님. 사실은 곤로 장사로 큰돈을 잃어버렸지만, 또 급한 일이 생겨서 혹시나 하고 만나자고 했습니다."

수환은 조심스럽게 말을 꺼내 놓는다.

"그렇다니까. 내 예감이 맞다니까. 무슨 일인지 말해 보라고."

인철은 웃으면서 수환에게 빨리 말해 보라고 독촉한다.

"사실은 성님이 아직도 사업을 할 의향이 있는지 궁금해서 만나자고 했습니다."

수환은 조심스럽게 인철의 의향을 살핀다.

"나야, 뭔 좋은 사업이 있다면 해 봐야지. 그냥 이대로 가만히 앉아 있을 수는 없는 일이잖아."

인철도 갑자기 몰아닥친 태풍 피해로 큰돈을 잃고 사업을 접었지만, 서울에 좋은 사업이 있으면 다시 투자할 계획은 언제든지 가지고 있다. 큰돈을 잃었지만, 인철에게는 아직도 재산이 많이 남아 있는 편이다. 시골의 전답을 팔아서 조달하면 조그만 사업이야 다시 시작할 여력은 있는 셈이다.

"내가 아직도 남대문시장에서 장사를 계속하고 있다 보니까 시장 사람들과 자주 어울리게 됩니다. 내가 요즘은 옷을 파는 점빵을 하고 있다 보니까, 그쪽 관련 사람들과 긴밀한 관계를 유지하고 있습니다. 옷을 파는 주변의 점빵 사장님으로부터 긴급 연락을 받았습니다. 한강 건너 반포동 쪽에 옷을 만드는 공장 사장님이 갑자기 아픈 관계로 공장을 긴급 처분해야 한다는 연락을 받았습니다. 저희 점빵에도 옷을 납품하는 사장이라서 안면이 있던 사장입니다. 급하다길래 내가 직접 공장으로 가서 꼼꼼히 알아보니까, 옷을 만드는 재봉틀이 20대가 가동되고 있습니다. 공장 직원들도 통틀어서 오십 명 정도가 일하고 있습니다. 공장은 풀가동되고 있고, 옷을 만들기가 바쁘게 남대문시장에 주문이 들어오면 옷을 만들어서 납품만 하면 날개 돋친 듯이 팔려 나가고 있다고 들었습니다. 옷 주문을 따라가지 못할 만큼 공장은 풀로 가동되고 있는 것 같습니다. 사장님에게 물어보니, 이번에 공장을 처분할 계획이라 들었습니다. 아깝지만 급하게 인수할 주인을 찾고 있다는데, 인철이 성님에게 소개나 해 보려고 만나자고 한 것입니다."

인철은 수환의 얘기를 진지하게 듣고 있다가 호기심이 발동한다.

"그래. 수환이 니가 베멘히 알아봤겠나. 그렇지만 나도 한번 현장을 가 봤으면 좋겠다. 아무리 좋은 일이라도 니 말만 듣고 돈을 투자할 수는 없는 일이잖은가. 당장 공장이 있다는 곳에 같이 한번 가 보자."

인철은 수환의 공장 얘기에 당장에 현장을 가보고 싶은 마음이 든다.

"성님! 일단은 남대문시장 옷 점포를 한번 둘러보세요. 옷 장사가 어떻게 돌아가는지 현장을 보면 또 생각이 달라질 겁니다. 지는 오후 장사 시간이 바빠서 먼저 일어나 보겠습니다."

수환은 서둘러 일어서서 다방을 나간다.

오후가 되자 인철이 오랜만에 남대문시장 안으로 들어선다. 남대문시장은 언제나 사람들로 붐빈다. 수환이 하고 있다는 점포를 찾느라 두리번거린다. 수환이 알려 준 점방 근처에 다다르자 시장 안은 사람들의 고함에 시끌벅적하다.

"자~ 골라 골라 골라~ 자자, 떨이입니다. 옷 하나에 무조건 오백 원입니다!"

수환이 점방 앞에서 옷을 바닥에 펼쳐 놓고 사람들에게 호객 행위를 하며 소리를 지르고 있다. 수환의 호객 소리에 점포 앞을 지나가는 사람들이 우르르 몰려든다. 펼쳐 놓은 옷을 고르느라 정신이 없다.

"자! 골라 보시오. 옷 한 벌에 무조건 오백 원입니다."

옷을 고르는 사람들이 옷을 서너 벌씩 골라잡는다. 옷을 고르는 사람들이 옷을 들고 수환에게 가져간다. 수환은 옷 개수를 세어 보고 돈을 요구한다.

"사모님! 옷이 다섯 개네. 이천오백 원입니다. 이거 거저 주는 겁니다."

손님이 돈을 수환에게 건넨다. 돈을 받아 든 수환이 허리춤에 찬 돈주머니에 돈을 넣는다. 돈주머니는 얼마나 많은 옷을 팔았는지 돈주머니가 두둑해 보인다. 수환의 호객 행위에 지나가는 사람들은 계속 수환의 점방에 몰려들어 옷을 고른다. 수환이 인철을 발견하고 손을 흔든다. 이 시간에는 사람들이 몰려드는 한창 때라서 꼼짝을 할 수가 없다. 인철에게 시간을 내 줄 수 없는 시간이다. 오후부터 시작된 옷 장사는 저녁에나 끝낼 생각이다. 그때나 돼서야 인철을 다시 만날 수 있다. 인철도 수환에게 손을 흔들고 시장 구경에 나선다. 시장 옷 점포 곳곳에서 옷을 팔면서 호객 행위를 하느라 시장 안은 야단법석이다. 인철은 옷 점포 골목을 찬찬히 돌아본다. 여성복, 남성복, 아동복 점포가 줄줄이 늘어서 있다. 옷이 산더미처럼 쌓여 있다. 고급 옷을 걸어 놓은 점포도 있다. 고급 옷을 걸어 놓은 가게에 들어간다. 걸어 놓은 옷 가격을 물어본다. 천 원, 이천 원씩 하는 옷도 걸어 놓고 판매한다. 싸구려 옷만 있는 것이 아니라 고급스러워 보이는 옷을 걸어 놓은 점포 안에도 고객들이 간간이 눈에 띨 정도이다. 그래도 옷 점포 앞에는 사람들로 북적거린다.

저녁이 되자 장사를 일부 끝낸 수환이 서둘러 다방 안으로 들어선다.

"야! 수환이가 재주도 많네. 옷 장사 아주 잘하던데!"

인철은 남대문시장 곳곳에서 호객하는 모습을 전에부터 봐 왔지만, 그냥 지나쳐 왔었다. 수환이 호객 행위를 하는 모습을 직접 보니, 보는 사람까지 신이 났었다.

"묵고살라니까 자연스럽게 배워지네요. 사람은 닥치면 하게 되어 있습니다. 성님도 알다시피 이 바닥에서는 그렇게 안 하면 살아남을 수가 없습니다. 남대문시장이야말로 얼마나 치열한 생존경쟁의 현장입니까? 그렇게 안 하면 살아남지 못합니다. 옷을 파는 점빵이 얼마나 많이 있습니까. 고급스러운 옷보다도 싸구려 옷이 더 많이 팔립니다. 한 사람당 서너 벌씩 사 가잖아요. 날씨만 좋으면 하루라도 공치는 날이 없습니다. 옷만 펼쳐 놓으면 사람들이 벌 떼처럼 달려듭니다. 워낙 싸게 파니까요."

수환은 옷 장사가 할 만하다는 듯이 말한다. 인철도 시장 현장을 직접 봤고, 수환의 말을 들으니 옷만 잘 공급해 주면 옷 파는 일은 문제가 없을 듯하다. 워낙 많은 사람이 몰려들고 있는 남대문시장이다.

"성님. 제가 싸구려 옷을 파는 일은 일도 아닙니다. 지야 아직 밑천도 없고, 벌어먹고 살려고 하는 일이지만, 성님도 곤로 장사를 하면서 남대문시장을 겪어 봤잖아요. 옷 점포도 현장 판매도 판매지만, 지방에서 올라온 상인들이 옷을 산더미처럼 주문하고 간다 아닙니까. 본 장사는 밤에 더 많이 이루어집니다. 지방 사람들이 옷을 남대문시장에서 주문하면 기차 화물로 옷을 보내는 양이 어마어마합니다. 지방 상인들이 옷을 직접 어깨에 둘러메고, 머리에 이고 가는 경우도 많습니다. 옷 장사는 곤로 장사처럼 창고가 필요한 품목도 아닙니다. 고생은 되지만 옷 장사도 쏠쏠합니다. 옷 장사는 곤로에 비해 가격은 비싸지는 않지만, 옷은 물량으로 경쟁합니다. 옷을 파는 시장이 있는데, 옷을 만드는 공장은 잘만 가동되면 물건을 파는 일은 걱정 안 해도 될 것 같다는 생각에 성님에게 권했던 겁니다."

옷 공장을 인수한다고 하니 인철도 이제야 옷 장사가 눈에 보이기 시작한 것이다. 공장을 인수하게 된다면 자금이 어느 정도 필요한지 확인한다.

"옷 공장이 있는 공장은 언제 가 볼까?"

인철은 옷 파는 현장을 보자, 당장에라도 옷 공장을 가 보고 싶은 생각이 든다.

"성님 언제쯤 시간이 되세요?"

"나야 요즘 놀고 있는데, 항상 시간이 있지. 수환이 자네가 장사하고 있는데, 틈이 나는 시간만 말해. 내가 맞출 테니까."

"그럼 제가 오후부터 밤늦게까지 장사를 해야 하지만, 오전에는 시간이 좀 나거든요. 말이 나온 김에 내일 오전에 당장 공장을 먼저 가서 봅시다."

"그러자고."

반포동 현장을 다녀온 인철이 곰곰이 생각하느라 잠을 이루지 못한다. 이왕에 서울 생활에 발을 담근 인철이 계속 고민을 한다.

인철은 직접 현장에서 옷이 팔려 나가는 것을 봤다. 지방 상인들이 남대문시장으로 몰려와 옷을 사 간다고 하니 취급하는 물량이 엄청날 것으로 예상한다. 곤로 장사를 할 때도 그야말로 물건이 날개 돋친 듯이 팔려 나갔고, 지방으로 보내는 물건 때문에 창고까지 사들인 경험으로 봐서 옷은 더할 것이라는 예감이다. 옷은 어른, 아이 할 것 없이 국민 전체를 대상으로 하는 장사가 아닌가? 살아 있는 사람이라면 옷은 계절을 불문하고 일 년 내내 돌아가는 품목이라고 여긴다. 수환에게는 며칠만 여유를 달라고 전한다. 고향에 내려가서 자금 조달의 문제도 알아보고, 아내에게도 알려서 여러 가지를 검토해 보고 결정하려고 한다. 공장 인수 자금이 어느 정도인지도 파악한다. 아무리 그쪽 사정이 급하다고 하지만 공장 인수에 잠시 뜸을 들인다.

인철은 고향으로 내려온다. 무턱대고 사업을 덜컥 시작했다가는 안 되는 일이라고 여긴다. 곤로 장사로 인해서 큰돈을 잃어버린 경험이 있으므로 한 번 더 고민을 해 보자는 것이다. 고향에 내려온 인철은 자금 사정도 점검한다. 전답을 팔면 얼마간의 돈을 마련할 수 있는지 따져 본다. 공장을 인수한다고 하지만, 공장과 함께 처분할 땅을 함께 사들이는 거라서 시골 전답을 팔아서 서울에 땅을 사는 격이니, 곤로 장사 때처럼 물건을 사들이는 자금이 아니라 공장 땅을 산다고 여긴다. 서울에 넓은 땅을 확보하는 일은 훗날을 위해서도 괜찮은 일이라고 판단한다. 경자에게도 서울강 건너 반포동에 있는 옷 공장을 인수한다는 계획도 전해 준다. 그 일로 인해서 시골 전답을 팔지만, 그 대신 서울 땅을 매입하는 일이라고 설명해 준다. 인철은 결정하고 다시 서울로 올라간다.

서울로 다시 올라온 인철은 수환과 다시 다방에서 만난다. 공장이 있는 반포동을 한 번 더 방문하자고 하여 공장 현장 주변을 돌아본다. 강 건너 북쪽에는 강가 근처까지 개발이 되어 산 중턱까지 집과 건물이 들어선 것이 보인다. 강남과 강북은 그야말로 비교가 안 될 정도로 차이가 크게 난다. 강 건너 남쪽은 아직 개발이 안 되어서 옛날 시골 풍경을 고스란히 간직하고 있지만, 언젠가는 강 건너 남쪽도 개발이 되지 않을까 하는 생각도 잠시 가진다. 막연한 기대이다. 그만큼 강남은 시골 풍경을 그대로 가지고 있다. 중심도로도 버스나 화물차가 먼지를 일으키며 가끔 다니고 있고, 큰길을 따라서 골목으로 진입해야만 군데군데 들어서 있는 마을에 접근할 수 있다. 특히 여름철만 되면 한강 주변의 잦은 홍수로 인해 마을은 언덕을 끼고 있는 곳에 마을이 자리 잡고 있다. 간혹 들판에 세워진 집도 보이지만 여름철 홍수 대비하여 땅을 돋우어서 집을 지었다. 지대가 높은 곳에만 집이 들어서 있을 만큼 강남 쪽은 홍수 피해를 비껴갈 수 없는 지역이다. 다행히 공장은 지대가 높은 곳에 지어졌다. 여름철의 홍수 피해는 비껴갈 수 있는 곳이다.

 반포동 옷 공장을 사들이면 어떻게 운영할 것인지에 대해서도 구체적으로 수환이와 상의를 한다. 돈은 얼마나 드는지 꼼꼼히 따져 본다. 공장을 인수한 후에는 추가로 돈이 들어가는 여유 자금까지 점검한다. 여러 가지를 검토하고, 또 확인한다. 인철은 공장을 보고 온 후에 여러 날을 고민한다. 이번에도 자금이 많이 투입되는데, 길게 봐서 안전한 투자일지 고민을 계속하는 것이다. 사람이 살면서 의, 식, 주가 가장 필수적인 요소인데, 옷이야말로 사람 모두에게 필요한 것이다. 남대문시장에서 보았듯이 옷을 제조하기만 하면 없어서 못 팔 정도로 장사가 잘되고 있다고 하니 안심이다.

 인철이 반포동 옷 공장을 구매하겠다는 의사를 전달한다. 공장 매매 조건은 공장 증설을 위해 공장 주변에 사 놓은 꽤 넓은 지역의 전답을 모두 인수하는 조건이다. 강 건너 땅은 전혀 개발이 안 된 시골 지역이어서 강북과 비교하면 헐값에 거래되고 있다. 인철은 공장 매매 조건을 모두 받아들이기로 한다. 주변의 땅도 함께 사들이기로 한다. 공장 구매는 일사천리로 진행되어 마무리된다. 공장은 계속 잘 돌아간다. 공장에서 나오는 옷은 만들기가 바쁘게 남대문시장에서 팔려 나간다. 수환은 시장과 공장을 오고 가면서 문제점은 없는지 꼼꼼히 챙긴다. 시장 점포를 관리할 사람을 보충한다. 물난리로 곤로 장사가 망해 버려서 시골로 다시 내려가서 농사를 짓고 있는 철영을 남대문시장으로 다시 불러들인다. 철영은 지방 상인들이 주문한 옷을 서울역으로 가져가서 기차 화물로 부치는 일을 담당한다. 지방 상인들이 남대문시장으로 올라와서 사들인 물건을 서울역까지 자전거로 실어다 주는 일도 도맡아 한다. 철영은 자전거를 타고 물건을 옮기는 일에 바쁘다.

인철은 시제時祭를 모시기 위해 기차를 타고 시골로 급하게 내려온다. 수시로 다가오는 제사는 서울에서 벌여 놓은 일이 있어서 못 내려오는 때도 있지만, 시제는 빠질 수가 없는 자리이다. 집안의 장손이라서 아무리 바빠도 시제는 참석해야 한다. 시제를 모시는 날이다. 흰 두루마기를 입은 집안의 어른들이 종갓집으로 모여든다. 일 년에 종가의 모든 남자가 모이는 날이다. 시제를 지내기 위하여 며칠 전부터 집안의 여자들이 모여 시제 음식을 장만하였다. 경자는 종부 역할을 다하기 위하여 집안 여자들과 함께 바쁘게 움직인다. 시제는 남자들만의 행사가 아니라 여자들도 종갓집에 모여서 음식을 장만하느라 일손을 보탠다. 마당에는 집안사람들로 북적거린다.
"아재! 어서 오세요."
"그동안 별고 없으셨는지요?"
인철은 종갓집에 들어서는 집안의 사람들을 맞이하느라 계속 허리를 숙여 인사하고, 악수하느라 분주하다. 시제를 마치자 인철은 서울과 시골을 수시로 오간다.

"콜록 콜록 콜록…."

날씨가 쌀쌀해지자 인철이 갑자기 기침을 계속한다. 기침은 밤, 낮을 가리지 않고 계속된다. 감기 기운이려니 하고 대수롭지 않게 여긴다. 기침이 심하게 나오고 멈출 줄을 모른다. 기침이 점점 더 심해지고 멈출 기미가 보이지 않자 별별 생각이 다 든다. 시골의 맑은 공기 속에서 살다가 서울에 있는 동안에 나쁜 공기를 너무 많이 마셔서 그런가? 시제를 지내느라 피곤해서 그런가? 서울을 오고 가느라 피곤이 겹쳐서 그런가? 날씨가 추워지는 환절기에 몸살감기가 났나?

"콜록 콜록 콜록…."

인철의 기침은 며칠 동안 계속된다. 약방에서 지어 온 감기약을 먹고 나서도 기침이 멈추지 않는다. 계속되는 기침으로 목은 점점 부어오른다. 잦은 기침으로 목이 잠겨 버린다. 목소리도 나오지 않고, 침을 삼킬 때마다 목이 찢어질 듯 고통이 점점 심해진다. 몸도 열이 나기 시작한다. 몸이 불덩이처럼 열이 식지 않는다. 기침은 쉬지 않고 계속 나온다. 인철이 입을 막고 기침을 하다가 멈춘다.

"욱!"

입을 막은 손에는 각혈이 쏟아져 내린다. 손에는 검붉은 피로 범벅이 된다. 손에 묻은 피를 본 인철은 놀라서 그 자리에서 쪼그려 앉는다.

인철이 안방에 누워 있다. 인철은 온몸에 열이 펄펄 끓고 있다. 한약방의 황필수가 다녀간 후에 경자가 약탕기에 한약을 달이느라 정성을 쏟는다. 한약을 들고 누워 있는 인철 곁으로 다가간다. 인철을 일으켜 세운다. 한약을 인철에게 먹인다. 한약을 먹어도 인철은 열이 가라앉지 않는다. 경자가 인철의 병 호전을 위해 백방으로 알아봐도 병은 점점 깊어 간다.

　인철이 전주 예수 병원에 누워 있다. 피를 토하기도 하고, 열이 점점 심해져서 긴급하게 병원으로 이송되었다. 호남 지역에서 예수 병원은 아주 유명한 병원이다. 의사도 서양인 의사가 직접 진찰을 하고 수술을 하는 병원이다. 미국에서 엑스레이 장비까지 갖춘 국내 유일의 병원이라고 소문이 자자했다. 인철이 각혈을 하고 기침이 계속 나오자 예수 병원으로 긴급 이송된 것이다. 의사와 간호원이 인철을 돌본다. 우선 열을 내리는 일이 급하다. 기침은 계속 잦아들지 않는다. 병원에서는 환자 주변에 아무도 얼씬거리지 못하게 철저히 격리한다. 인철은 급한 숨을 몰아쉰다. 숨을 몰아쉬면서도 기침을 계속하면서 피를 쏟아 낸다. 의사와 간호원은 인철 옆에 붙어서 사력을 다해 인철의 상태를 점검한다. 그야말로 인철은 위급한 상황이다. 경자는 병실 부근에서 발을 동동 구르고 있다. 의사와 경자가 마주 앉았다. 환자가 급성 폐렴으로 전이되어서 위급한 상황임을 알린다. 열을 계속 내리게 하고 있지만, 열이 쉽게 떨어지지 않는다고 설명한다. 기침도 멈추질 않고 계속 나오고 있고, 기침할 때마다 각혈을 쏟아 내고 있어서 안정을 못 찾으면 목숨이 위험하다고 한다. 보호자로서 각오를 단단히 하라는 알림이다. 경자는 의사에게 살려 달라고 간청한다. 경자는 앞뒤 안 가리고 무조건 살려 달라고 애원을 한다. 당장 수술을 하면 좋아지냐고 묻는다. 의사는 수술로 당장 나아지는 병이 아니라고 설명한다. 급성 폐렴으로 점점 악화하고 있지만, 위급한 상황을 잘 넘기고 나면 안정을 찾으면서 서서히 치료해야 하는 병이라고 말해 준다. 별도로 정밀 검사도 진행 중이라고 한다. 지금으로서는 응급조치만이 최선의 치료 방법이라고 한다.

경자는 의사의 말을 전달받고 정신이 혼미해진다. 이 무슨 날벼락이란 말인가? 인철이 이렇게 급하게 쓰러질 줄을 전혀 대비하지도 못했다. 원래도 기관지가 조금 약했는데, 이렇게까지 급성으로 폐렴이 악화할 줄은 꿈에도 몰랐다. 그냥 수시로 걸리는 감기로만 여겼다. 몸 안이 이토록 정상이 아니었는 줄 몰랐다. 본인도 몰랐을까? 별별 생각이 다 든다. 사업을 한답시고, 서울을 오고 가면서 신경을 많이 써서 병이 악화했을까? 서울에 올라가서 술, 담배를 많이 했을까? 경자는 인철이 서울에서 사업을 벌여 놓고 바쁘게 오고 갔던 일이 못내 아쉽다. 이럴 줄 알았다면, 시골에서 아무 욕심 없이 편하게 지냈으면, 이런 급작스러운 병마가 달려들지 않았을 텐데 하는 안타까움이 계속 밀려온다. 수지가 인철이 입원했다는 소식을 듣고 병원으로 달려온다. 수지는 예수 병원 옆에 있는 기전 여학교를 다니고 있다. 수지는 학업도 포기하고 인철

옆에서 경자와 함께 인철의 경과를 기다린다. 수지와 경자는 인철이 입원해 있는 병실 밖에서 초조하게 기다리고 있다.

　병원에서 며칠을 넘기지 못하고 인철은 병원에서 숨을 거둔다. 수지와 경자는 인철의 시신 옆에서 눈물을 흘린다. 몸을 가눌 수 없을 정도로 충격이 크다.

　인철의 장례식이 준비된다. 종갓집 종손의 죽음으로 이씨 집안은 큰 슬픔에 빠져든다.
"아이고 아이고 아이고…."
　경자의 곡소리는 슬프고 처량하다. 남편의 갑작스러운 죽음이야말로 경자는 깊은 슬픔에서 헤어 나오지 못한다. 집안의 식구들과 친척들이 모여서 인철의 죽음을 슬퍼한다. 종부가 된 경자는 깊은 슬픔에 빠져서 초상 치를 엄두가 나지 않는다. 종갓집에서 초상을 치르려면 챙겨야 할 일이 한두 개가 아니다. 우선 음식을 챙겨야 한다. 광에 있는 곡식도 내어 줘야 하고, 음식이 저장된 곳이 어디인지 알려 주어야 한다. 난동댁과 점말이 경자 곁을 수시로 드나들며 묻거나, 지시를 받는다. 화개댁, 천변댁, 송정댁이 힘을 모아서 초상에 필요한 음식과 상복을 만들어 내느라 바쁘게 움직인다.
　어린 철원이 상주가 된다. 인석과 인영도 상복을 입고 조문객들을 맞이한다.

"아이고 아이고 아이고…."

상주들이 조문객이 분향하기 시작하면 곡을 한다. 한복을 곱게 차려입은 수십 명의 집안 어른들이 종갓집으로 모두 모여든다. 머리에는 삼베 두건을 쓰고 예의를 갖춘다. 종손의 죽음을 슬퍼하면서도 종갓집의 미래를 걱정 어린 눈으로 바라본다. 아직 앳된 철원이 상주 노릇을 하는 모습이 안쓰럽다. 집안 어른들은 삼삼오오 모여서 철원의 올해 나이가 몇 살인지 확인한다. 아직은 어린 철원이 종손이 되어 각종 제사와 시제를 주관하여야 하는 일을 걱정하는 눈초리다. 종갓집의 종손이 죽은 슬픔도 슬픔이지만, 앞으로 종갓집의 앞날을 걱정한 것이다. 수백 년간 이어진 종갓집의 예의 법도를 잘 이끌어 나가야 하는 데 대한 걱정이다.

"아이고, 조상님도 무심하시지… 종손이 아직 어린데…."
"아이고, 이 일을 어찌할 끄나."

머리에 삼베 두건을 두른 집안 어른들은 종손의 죽음에 곡을 하면서도 아직은 어린 철원을 걱정하면서 눈물을 훔친다.

만장이 펄럭이고 꽃상여가 종갓집을 나선다. 상엿소리가 구슬프게 울려 퍼진다. 상주들이 상여 뒤를 따라간다. 상여를 구경하기 위한 사람들이 구름처럼 몰려든다.

땡그랑 땡그랑 땡그랑 땡그랑….
"꽃도 졌다 다시 피고 잎도 졌다 다시 피네."
"어노~ 어노~ 어이 가리 어노~."

"달도 갔다 다시 오고 해도 졌다 오건마는."
"어노~ 어노~ 어이 가리 어노~."
"북망산천 멀다는데 이리 쉽게 가실라요."
"어노~ 어노~ 어이 가리 어노~."
상여를 따르는 상주들의 곡소리는 계속된다.
"아이고 아이고 아이고…."

중학생이 된 철원이 아침 일찍 학교에 간다.
"학교 댕겨오겠습니다."
"그래. 자동차 조심해서 댕겨오너라."
경자는 아침 일찍 철원이 학교 가는 길을 배웅한다. 아직 어리게만 보이는 철원이 읍내까지 중학교에 가는 일은 쉬운 일이 아니다. 경자는 철원이 학교 가는 길에 자동차를 만나면 조심해서 자전거를 타야 하는데, 철원은 멈추지도 않고 씽씽 달리다가 신작로에서 떨어져 언덕으로 굴러떨어진 일이 있었다. 다행히 큰 상처는 입지 않고 자전거만 망가졌던 기억 때문에 경자는 철원이 학교 가는 길이 맘이 놓이지 않는다. 걸어서 다니게도 해 봤지만, 읍내까지는 십 리 길이다. 중학교는 읍내를 통과하여 읍내 가장 남쪽에 자리를 잡고 있다. 아이들이 걸어서 학교에 가려면 한 시간이 훨씬 더 걸리는 거리이다. 날씨라도 더운 날에는 아이들은 땀을 뻘뻘 흘리면서 학교에 가야 한다. 철원은 자전거를 사 달라고 경자에게 졸랐다. 자전거를 타고 다니는 아이들이 부러웠다. 자전거는 비싸기도 하거니와 대부분 학생이 걸어서 학교에 다니는 분위기다. 학교 전체를 통해서도 자전거로 통학을 하는 아이들은 몇 명이 안 된다. 철원이 자전거를 사 달라고 조르는 바람에 자전거를 사 주었다. 자전거를 사 주자 철원은 읍내 중학교 가는 길이야말로 신나는 일이다.

"예."

철원이 자전거를 끌고 집을 나선다. 읍내까지 학교에 가는 길은 신나는 일이다. 신작로 길을 자전거를 타고 쌩쌩 달린다. 아이들 대부분은 걸어서 읍내까지 중학교에 간다. 철원을 비롯하여 몇몇 남자들은 경쟁이라도 하듯이 신작로 길을 자전거로 빨리 달린다. 신작로 길은 자동차도 달리는 길이다. 신작로래야 차 한 대 겨우 지나갈 정도밖에 안 되는 폭이다. 자동차와 사람과 가축이 다니다 보니, 좁을 수밖에 없다. 자전거는 타고 가는 길에 자동차가 다가오면 걸을 때보다도 더 조심해서 신작로 옆에 바짝 비켜서야 한다. 자동차가 먼저인 것처럼 위세를 부리며 달린다. 사람들에게 비키라고 빵빵거리며 달리기 일쑤다. 신작로에서는 자동차가 빵빵거리며 달려오면, 무서워서 피하기 바쁘다. 그런 길을 자동차가 지나가기라도 하면 흙먼지를 일으키고 지나간다. 길을 가던 사람들은 흙먼지를 뒤집어쓰고 계속 걸어가야 한다. 큰 트럭이라도 신작로를 달려오면 그야말로 무서운 속도로 달려온다. 트럭이 지나가는 길은 그야말로 흙먼지가 두 배로 휘몰아친다. 신작로 길을 걸어가던 사람들은 잠시 멈추어 있다가 흙먼지가 가라앉은 후에 가던 길을 계속 걸어가야 할 판이다. 비라도 내리는 날에는 신작로의 움푹 팬 곳에 물웅덩이가 고여 있다. 지나가는 자동차는 인정사정없이 물웅덩이 위를 지나가면서 흙탕물을 튕기고 가 버린다. 길을 가던 사람들은 흙탕물을 온몸으로 맞는다. 자전거를 타고 가다가 자동차가 지나가는 순간에 길옆으로 멈춰 서지 않으면 흙탕물 세례를 흠뻑 맞고 길옆으로 쓰러지기도 한다. 그야말로 신작로에서는 자동차가 우선이라서 빠르게 쌩쌩 달린다. 신작로를 걷는 사람이 조심해야만 한다. 읍내가 가까워지면 신작로에는 자동차를 수시로 만나야 할 만큼 자동차의 왕래가 빈번해진다. 남원, 산동, 용방, 광의면에서 나오는 자동차가 읍내를 향하여 모두 모이는 신작로다. 자동차는 신작로 길을 왕복으로 번갈아 가며 빠르게 달려간다. 이쪽에서 오던 자동차를 피하다 보면, 저쪽에서 달려오는 자동차 때문에 정신이 없다. 눈코 뜰 새 없이 확인하고 신작로를 걸어가야 한다. 걸어가는 아이들은 자동찻길을 피해서 논두렁길을 택하여 다닌다. 그만큼 자동차와 멀리 떨어지려고 노력한다. 자전거를 타고 다니는 철원은 신작로 길을 신나게 달린다. 자동차가 달리면서 빵빵거려도 신경 쓰지 않는다. 읍내를 지나서 중학교에 가는 길은 그야말로 복잡한 신작로 길이다. 광주, 순천, 여수, 구례구역 역전 방향으로 오고 가는 차량이 줄을 지어 달려온다. 그 길을 헤쳐 나가야 한다. 포장되지 않은 신작로 길을 지나가려면 천천히 가야만 하는 복잡한 신작로 길이다. 자동차가 계속 빵빵거리며 자동차가 지나감을 알린다. 철원은 앞만 보고 달린다. 자동차도 질세라 철원이 옆을 씽씽 달려 버린다. 좁은 길에서 자동차와 자전거가 함께 달리다 보니 위험한 경우가 종종 생긴다. 다행히 아무 탈 없이 철원이 흙먼지를 뒤집어쓴 채로 학교에 도착한다.

해 질 녘에 동서로 흐르는 섬진강 노을이 멋지다는 소리를 들었다. 철원은 학교가 끝나고 섬진강 노을을 보기로 친구들과 약속을 했다. 학교가 파하자마자 자전거를 끌고 섬진강으로 달려간다. 섬진강은 찬수(잔수진) 역전에서 남북으로 흐르던 강물이 동서로 흐르는 시작 지역이다. 찬수 역전을 지나면서 남북으로 흐르던 물길이 동서로 방향을 바꾼다. 문척면에 오산이 떡 버티고 서 있다. 오산을 휘감고 동서로 흐르던 물길은 토지면에 있는 용두 절벽을 만나서 다시 물길을 남북으로 방향을 바꾼다. 그야말로 섬진강은 찬수 역전에서 수태극의 S자를 그리며 물길을 동서로 바꾸면서 유유히 흐른다. 섬진강 물길을 돌리느라 동서로 흐르는 물길은 강폭도 넓어지고 용두에서 쏘도 만들어 내는 장관을 이룬다.

철원은 섬진강 둑에 자전거를 세워 놓고 강가로 걸어 들어간다. 서쪽으로 지고 있는 태양을 바라본다. 태양이 산을 넘어가자 섬진강도 붉은 노을빛으로 물든다. 섬진강의 노을을 감상한다. 친구들과 섬진강 강가를 거닐어 본다. 산들산들 불어오는 강바람이 코끝을 스친다. 서쪽을 바라보면 저녁노을이 물들고 있다. 반대로 돌아서면 노고단이 바로 보이는 풍광이 그야말로 장관을 이루는 곳이다. 노고단 계곡이 그야말로 눈앞에 성큼 다가선 듯하다. 단숨에 뛰어오르면 닿을 듯한 거리로 느껴진다. 노고단 꼭대기에 서 있는 철탑이 눈에 들어온다. 가을 소풍 때 다녀왔던 기억이 생각난다. 땀을 뻘뻘 흘리면서 누가 먼저 올라가는지 친구들과 내기를 하면서 올라갔었다. 내려올 때도 서로 경쟁하며 우당탕탕 뛰다시피 내려왔던 기억이 새롭다.

초겨울에는 해가 일찍 넘어간다. 해가 넘어가면 금방 어둑어둑해진다. 학교에서 집으로 돌아가는 길이 금방 어둑해졌다. 오늘따라 수업을 마치고 읍내에서 친구들과 만화방에서 어울리다가 시간이 금방 지나가 버렸다. 밖으로 나와보니 깜깜해졌다. 서둘러 집으로 향한다. 읍내를 빠져나와 신작로에 들어서니 자동차의 불빛이 신작로를 달리고 있다. 양방향에서 자동차의 불빛이 빠르게 움직이고 있다. 철원은 자전거 페달에 힘을 준다. 빨리 신작로를 통과하여 집으로 가야 한다. 자동차가 신작로를 통과하면서 불빛을 비추는가 싶더니 철원을 발견하고는 '빵빵' 하면서 경적을 크게 울린다. 자동차가 지나가는 길을 빨리 비키라는 신호이다. 철원도 바쁘기는 마찬가지이다. 철원도 자동차의 경적을 듣긴 했지만, 갈 길을 열심히 달려간다. 자동차는 철원이 멈추어 서서 기다려 줄 것으로 믿는다. 철원이 있는 곳을 향해 빠르게 돌진하려고 한다. 철원도 멈추지 않고 달리는 바람에 자동차 운전사는 철원을 피해서 달려가려고 속도를 늦추지 않는다. 철원을 '탁' 치고 계속 가속

페달을 밟는다. 순식간에 벌어진 일이다.

퍽-.

둔탁한 소리가 난다. 운전사는 차가 자전거와 사람을 친 느낌을 받는다.

"악!"

철원이 비명을 지르며 신작로 길에서 붕 떠오른다. 철원이 자동차에 치여 몸이 하늘로 붕 솟아오른 것이다. 공중에 있던 철원이 땅으로 떨어진다.

턱-.

철원이 땅에 떨어지면서 신작로 길옆에 있는 큰 돌덩이에 부딪힌다. 하필이면, 돌덩이에 머리를 부딪친다. 철원의 머리에서 피가 줄줄 흐른다. 철원은 순식간에 의식을 잃어버린다. 신작로 옆 돌덩이에 철원이 쓰러져 있다. 빠른 속도로 달리던 차량 운전사는 놀라서 브레이크를 밟는다. 차에 사람이 부딪혔음을 감지한다.

끼이익-.

차를 멈춰 세운다. 겁에 질린 운전사는 가슴이 뛴다. 차에서 내려 뒤를 돌아본다. 어둑해서 잘 보이지 않는다. 걸음을 천천히 뗀다. 깜깜해서 잘 보이지 않는다. 주변을 계속 두리번거린다. 차와 자전거가 부딪친 지역을 찾기가 어렵다. 시간이 점점 지체되고 있다. 한참을 지나서 사고가 났던 자리로 되돌아온다. 그러는 동안에 철원은 의식을 잃고 피를 계속 흘리고 있다. 자전거가 찌그러져 있다. 찌그러진 자전거 옆에 교복을 입은 학생이 쓰러져 있음을 발견한다. 가까이 다가간다. 어두워서 쓰러진 학생의 모습이 분간이 어렵다. 학생 옆에 쪼그려 앉는다. 학생은 돌덩이에 부딪혀 피를 흘리고 있다. 운전사는 가슴이 뗀다. 빨리 응급조치를 해야 할 일이다. 피를 흘리고 있는 학생을 빨리 병원으로 데리고 가야 한다. 신작로를 지나가던 사람들도 뜸하다. 한참 후에 신작로를 지나가는 사람들이 하나둘 모여든다. 학생이 피를 흘리며 누워 있자 웅성거린다. 다친 학생을 빨리 병원으로 이송해야 한다고 입을 모은다. 운전사는 주변 사람들의 도움을 받아 철원을 차에 태운다. 그러는 사이에 철원은 피를 계속 흘리고 있다. 철원은 점점 의식이 희미해진다. 깨어나지 못한다. 신속하게 병원으로 이송한다.

읍내 병원에 이송한 철원은 의식을 잃고 깨어나지 못한다. 읍내 병원도 피를 흘리는 환자에게 피를 흘리지 않도록 응급조치를 취하는 정도로만 환자를 돌볼 뿐이다. 밤이라 의사도 퇴근하여서 없고, 간호원이 철원의 피를 닦아 준다. 머리를 심하게 다친 철원이 어디를 심하게 다쳤는지 알 수가 없는 상황이다. 간호원은 밤중이라 어떻게 대처하기가 힘들다. 철원이 숨을 쉬고 있고, 맥박은 뛰고 있음을 확인한다. 밤사이에 깨어나지 못하면, 날이 밝아지는 대로 의사와 상의할 일로 여긴다. 읍내 병원은 위급한 환자를 응급 처치할 여력을 갖추지 못했다. 의사의 판단으로 도시에 있는 큰 병원으로 이송해야 할 처지이다.

경자는 철원이 밤이 늦어도 돌아오지 않자 마루로 나와 대문을 계속 바라보고 있다. 마당으로 걸어 나와서 골목길을 '뚫어져라' 바라본다. 철원이 금방이라도 골목길에 들어서기만을 바란다. 밤은 점점 깊어 간다. 날씨도 제법 쌀쌀한 날씨다. 철원이 추운 날씨에 어디서 무얼 하고 있는지 궁금할 따름이다. 학교에 간다고 나간 철원이 돌아오지 않자 경자는 골목길을 나선다. 마을을 지나서 읍내에서 올라오는 마을 앞까지 마중을 나간다. 마을을 지나서 읍내에서 오는 길까지 마중을 나선다. 읍내에서 올라오는 길은 적막강산이다. 길에는 개미 새끼 한 마리 얼씬거리지 않는다. 자정을 넘긴 시간이다. 경자는 읍내에서 올라오는 신작로를 향해 계속 기다린다. 새벽녘이 되어서야 발길을 돌려 집으로 돌아온다. 읍내 친구 집에서 자고 오려나? 철원이 무사히 돌아오기만을 바라며 날을 꼬박 새운다. 아침에라도 들어설 철원을 기대하지만, 철원은 끝내 연락이 없다. 날이 밝으면 학교로 찾아가 보든지, 아니면 새벽까지 다시 기다려 볼 생각이다. 경자는 밤을 꼬박 새운다.

날이 밝아지기도 전에 철원은 숨을 멈춘다. 병원에서는 학생의 신분을 밝히기 위하여 학교에 연락을 취한다. 학교에서 달려온 선생님은 철원의 신분을 밝혀내고 집으로 연락을 취한다.

경자에게 철원이 교통사고를 당하여 죽었다는 연락이 전해진다. 경자는 부리나케 읍내 병원으로 향한다. 읍내 병원에 도착하여 죽어 있는 철원을 확인한다. 경자는 철원을 붙들고 통곡을 한다.

"아이고 아이고 아이고…"

경자의 곡소리는 심장을 뚫을 만한 절규의 소리다. 자식을 잃은 어미의 곡소리는 처량하다 못해 하늘을 울게 할 기세다. 얼마나 원통하고 어이가 없는 일인가. 경자는 철원의 죽음을 받아들이기조차 힘들다. 철원은 누구보다도 종갓집의 종손이 아닌가? 경자는 종손들의 연이은 죽음에 정신을 차리지 못한다.

"이놈아! 어쩌자고, 이 에미를 놔두고 먼저 간단 말이더냐?"

경자는 시신을 붙들고 하염없이 눈물을 쏟아 낸다. 갑작스러운 철원의 죽음에 혼이 나갈 지경이다.

철원의 시신이 집 안에 도착하자 집 안은 울음바다로 변한다.

"아이고 아이고 아이고…"

집안 친척들이 올라와서 철원의 갑작스러운 죽음을 슬퍼한다. 아직 나이가 어린 철원의 죽음이야말로 충격으로 다가온다. 아이의 죽음이라서 소리 소문 없이 서둘러 장례를 치른다. 질매제 선산에는 철원의 묘가 들어선다.

경자는 철원의 죽음으로 앓아누워 버렸다. 몇 날 며칠 동안 누워 있어도 기력을 회복하지 못한다. 무슨 귀신에 씌었을까? 조상님들도 무심하시지 어쩌자고 이씨 종갓집의 종손들을 모두 잡아가 버린단 말인가? 철원을 생각하면 생각할수록 가슴이 미어진다. 누워 있어도 저절로 눈물이 멈추질 않는다. 자식을 먼저 보낸 어미의 미안함에 눈물만 하염없이 흘린다. 수시로 다가오는 조상님의 제삿날이 다가오는데도 일어나지 못한다. 집안의 종손이 없어진 마당에 제사가 무슨 소용이 있단 말인가? 경자는 조상님에 대한 원망도 늘어난다. 동서들이 서둘러 음식도 장만한다. 인영이 절뚝거리며 제사를 모신다. 인석도 함께 절을 한다. 제사상 앞에서 절을 하고 난 후에 곡을 한다.

"아이고 아이고 아이고…"

인영은 곡을 하면서, 왈칵 울음도 함께 쏟아 낸다. 조상들에 대한 예의를 다한다. 수백 년간 이어져 내려온 종갓집에 불행이 몰아닥치고 있다. 종갓집의 계속되는 종손의 죽음이 안타깝다. 조상님들에 대한 원망과 설움이 순간적으로 몰려온다. 제사상 앞에서 인영은 눈물을 다시 쏟아 낸다. '조상님도 무심하시지…. 어쩌자고 종손을 계속 데리고 가시는지 못내 서운하다. 조상님들 부디, 종갓집을 굽어살펴 주소서.' 인영은 곡을 하면서 조상님께 간절히 빌고 또 빈다. 종갓집에 더 이상의 불행이 없기를 바란다.

종갓집에 집안 어른들이 속속 모여든다. 종손을 결정하기 위한 모임이다. 종갓집의 어른들은 철민을 양자로 들여서 종손으로 받아들이기로 한다. 철민이 아직 어리지만, 인호의 아들이고 부모가 모두 사망해 버렸다. 현재 종부가 키우고 있으므로 문제가 없다고 판단한다. 철민을 호적에 양자로 올리면 별문제가 없으리라 본다. 경자는 서둘러 철민을 호적에 올린다.

경자가 철원의 묘 앞에 앉아 있다. 철원의 묘는 질매제 선산 한쪽에 흔적만 남을 만큼 분봉이 작은 무덤이다. 경자는 수시로 질매제에 올라와 철원의 묘 앞에서 훌쩍거린다. 부모는 자식을 가슴에 묻는다고 했던가? 철원의 죽음이 믿어지지 않는다. 얼마나 사랑했던 자식인가. 철원은 이 집안의 종손이 아닌가. 남편의 죽음에 이어 종손인 철원이까지 죽었다고 생각하니 경자는 정신을 차릴 수가 없다. 세상이 모두 원망스럽다. 그 어떤 위로로도 채워지지 않는다. 자식을 저세상으로 떠나보낸 어미의 마음을 무엇으로 헤아릴 것인가? 종갓집에 고대광실과 수많은 전답이 있은들 무슨 소용이란 말인가. 창고에 쌀이 넘쳐나는 부잣집이면 무슨 소용이란 말인가. 수시로 돌아오는 제사를 정성 들여 모셔 왔는데, 조상님이 무슨 소용이 있단 말인가. 조상을 모시는 일도 모두 부질 없는 짓이다. 부질없는 짓이라고 고개를 흔들며 눈물을 흘린다. 조상님이 원망스럽다. 어린 종손까지 저세상으로 데려가다니… 이 럴 수는 없는 일이다. 조상님들이 이해가 가질 않는다. 아무리 마음을 돌이키려 해도 조상님들을 받아들일 수 없다. 이렇게 마음으로나마 앙탈을 부려야 속이 후련할 것 같다. 아들의 죽음은 조상님들에게 앙탈을 부려도 될 듯하다. 그러지 않고서는 아들의 죽음을 받아들일 수가 없는 일이다. 하느님도 무심하시지… 차라리 이 못난 어미를 데려가시지, 생때같은 아들을 데리고 가시다니…. 시아버지와 시어머니의 죽음에 이어 남편의 죽음도 이렇게까지 경자를 슬프게 하지는 않았다. 자식이 죽고 나서는 경자의 마음은 그 어떤 것으로도 위안이 되지 않는다.

"흑흑흑흑흑…."

경자는 복받치는 큰 울음을 계속 쏟아 낸다. 한참 후에야 정신을 차린다. 마음을 수습한 경자가 남편 묘 앞에서 절을 한다. 남편도 원망스럽다. 이럴 때 남편이 옆에 살아 있었다면, 이렇게까지 안타깝고 서럽지 않았을 텐데…. 이제 이 집안의 장손이 모두 죽은 마당이다. 철민을 양아들로 호적에 올리고 종손으로 정했지만, 앞으로 이 집안은 어떻게 될지… 생각하면 생각할수록 머리가 복잡해진다.

경자는 절골댁을 떠올린다. 아들 둘의 죽음으로 인해서 치매까지 겪어 가며 죽어 간 사정을 조금은 이해할 수 있을 것 같다. 절골댁이 죽은 아들 인수와 인호를 부르며 얼마나 찾았던가? 마치 실성한 사람처럼, 아들만 찾다가 치매까지 와 버린 상황이 자꾸 떠오른다.

경자도 철원이 자꾸만 아른거린다. 금방이라도 학교를 마치고 대문 안으로 자전거를 끌고 들어올 것만 같다. 수시로 대문 쪽으로 시선이 쏠린다. 정신을 차리면 견딜 수 없는 방황이 계속된다. 일이 손에 잡히지도 않고, 만사가 귀찮아진다. 경자는 수시로 밀려드는 슬픔 때문에 일할 의욕이 없어져 버린다. 수시로 다가오는 제사와 종갓집에서 치러내야 하는 대소사에도 관심이 점점 떨어진다. 종부에게서 짓누르는 압박이 점점 경자를 지치게 한다. 종부는 집안의 대소사를 당연히 받아들이는 사람으로 여긴다. 경자가 어떤 상황이라도 집안의 대소사는 챙겨야 한다. 거부할 명분도 없다. 경자는 종갓집의 대소사와 함께 그저 묵묵히 시간 속으로 흘러들어 가고 있다. 경자의 이런 불편한 마음을 알아주는 사람도 없다. 누구에게 하소연할 사람도 없다. 누구에게 내 심정을 털어놓는단 말인가? 경자는 시름에 싸여 멍하니 앉아 있는 시간이 자꾸 늘어난다.

시제가 돌아오자 집안 어른들이 계속 마당으로 들어선다. 철민이 어느새 늠름해졌다.

"쟈가 인호 아들인가?"

집안 어른들이 마당에서 뛰어놀고 있는 철민이를 유심히 바라본다.

"니가 철민이냐?"

철민은 집안 어른들을 보자 인사를 넙죽 한다.

"예. 안녕하세요."

"그래. 많이 컸구나."

어른들은 철민을 귀여워한다.

"철민아, 너는 이 집안의 종손이여! 알겠어?"

집안 어른들은 철민을 향해 이 집안의 종손이라고 말하지만, 철민은 종손이 뭔지 관심이 없다. 그냥 집안 어른들이 철민을 사랑한다는 말로만 들린다.

경자가 기운을 내서 천은사로 향한다. 천은사 경내로 들어선다. 초록이 무성한 천은사는 지저귀는 산새 소리로 생동감이 넘친다.

"나무아미타불 관세음보살 나무아미타불 관세음보살 나무아미타불 관세음보살…"

극락보전에서 스님들의 불경 소리가 계속된다. 극락보전 안으로 들어선 경자는 불상을 향해 계속 절을 올린다. 절을 하면 할수록 슬픔이 몰려온다. 복받치는 슬픔을 억제하지 못한다. 절을 하다 말고 무릎을 꿇는다. 눈물을 쏟아 낸다. 본인을 통제할 수 없는 시간 속으로 빠져든다. 부처님께 향한 간절함도 모두 부질없는 일이라고 여긴다. 남편과 자식까지 죽음으로 몰고 간 마음을 달래 줄 부처님이 아니다. 무정한 부처님이다. 왜 이리 슬프고, 슬프게 하는가? 슬프다 못해 괴롭다. 본인의 마음을 통제하기 어렵다. 마음 한구석에서는 이유 없는 아쉬움과 반항이 싹이 트고 있다. 부처님께 향한 간절함도 없어진다. 경자는 불상에 절을 하다 말고 극락보전을 나간다. 절 주변을 걷는다. 고개를 숙이고 하염없이 걷고 또 걷는다. 절간 숲에서는 온갖 새들이 지저귄다. 계곡에서는 물이 세차게 흘러내린다. 걷다가 힘이 빠진 경자가 계곡물이 흐르는 바위에 걸터앉는다. 계곡 양편으로 우거진 거대한 나무는 계곡을 온통 감싸고 있다. 나무 그늘로 인해 계곡은 햇빛이 차단된다. 흐르는 물을 멍하니 바라본다. 시원한 바람이 불고 있지만, 경자의 마음은 답답하기만 하다. 한참의 시간이 지난다. 나뭇가지 사이로 햇살이 비친다. 강한 태양에 달구어진 햇살이 유리구슬처럼 반짝이며 쏟아져 내리고 있다. 온통 그늘뿐인 계곡에도 햇살이 들어오는 구멍이 있는 것이다. 경자는 그 햇살이 없었다면 하마터면 숨이 막힐 지경이다. 그 햇살을 따라 일어선다. 계곡에서 나와 햇살이 비치는 밝은 곳으로 다시 나온다. 강렬한 태양 빛으로 눈이 부시지만, 하늘을 쳐다본다. 하늘은 맑게 개어 있다. 구름 한 점 없는 하늘이다.

도계암으로 혜정 스님을 만나러 올라간다. 햇빛에 달구어진 암자의 기와지붕이 빛나고 있다. 숲속에 자리 잡은 암자는 키가 큰 나무로 뒤덮여 있다. 도계암은 싱싱한 푸른 초록과 함께 경자를 반긴다. 경자도 기분이 산뜻해진다. 도계암에 오랜만에 들어선다. 여러 스님이 경자에게 합장한다. 혜정 스님이 두 손을 모으고 합장하며 반갑게 다가온다.

"보살님! 어서 오십시오!"

"스님! 그동안 잘 지내셨습니까?"

혜정이 반갑게 맞아준다. 경자도 혜정을 보니 얼굴에 미소가 번진다. 혜정은 승복을 입고 머리까지 깎아서 쉽게 다가갈 수 없는 모습이다. 위엄 있는 모습에 거리감이 생긴다. 스님은 나와는 다른 세계에서 살고 있을 것만 같다. 편안해 보이면서 왠지 부럽기까지 하다.

"오래간만입니다. 얼마 만인가요?"

그야말로 경자가 결혼 후 아이가 없어서 불공을 드리러 왔다가 도계암에서 혜정과 함께 잠깐 지낸 세월이 언제였던가? 10년도 더 지났다. 경자는 본인이 아쉬울 때만 혜정을 찾아오는 것 같아 미안하기 그지없다. 하도 오랜만이라서 울컥해진다. 경자가 그만큼 마음이 흔들리고 있다. 혜정이 경자의 손목을 잡아 준다. 혜정도 경자를 오랜만에 보니 울컥해진다. 서로 웃으면서 눈물을 훔친다. 혜정을 따라 요사채로 안내된다. 차를 마시며 이런저런 이야기가 길어진다. 아들이 죽었다는 이야기가 나올 때는 경자가 고개를 숙이며 훌쩍거린다. 혜정이 깜짝 놀라며 경자의 마음을 헤아린다.

"어쨌든 잘 오셨습니다. 이곳에서 며칠 머물면서 마음을 다스려 봅시다."

혜정은 경자를 위로한다. 경자의 얼굴에 슬픔과 외로움이 함께 묻어 있음을 간파한다.

혜정은 경자와 함께 불상에 절을 올린다. 108배를 하는 것이지만, 묵언하며 절을 반복하는 일이 여간 고단한 것이 아니다. 경자는 점점 힘이 들고 땀이 흐른다. 땀을 훔치며 묵묵히 수행을 버티어 낸다. 몸이 천근만근이다. 금방이라도 쓰러질 것 같지만, 혜정을 따라 반복한다. 108배를 마치자 혜정이 수건을 건넨다. 경자가 수건으로 땀을 닦으며 밖으로 나온다. 바람이 산들산들 불어온다. 상쾌함을 배로 느낀다. 혜정이 요사채로 경자를 안내한다.
"힘드셨죠."
"괜찮습니다. 108배를 올리고 밖으로 나오니 오히려 개운합니다."
혜정이 녹차를 경자에게 권한다.
"따뜻한 녹차를 한 모금 마시면 삼라만상이 점점 다가올 것입니다. 차는 맛으로 먹지만, 마음으로 먹는 것입니다. 지리산의 녹차는 몸과 마음을 다스리는 데 최고입니다. 차를 한 모금 머금고 눈을 감아 보십시오. 바람 소리도 들리고, 숲의 소리도 들릴 겁니다. 마음의 안정을 찾는 데 훨씬 수월할 겁니다. 명상에 잠겨 보십시오. 숨을 고르고 나를 내려놓으십시오. 나의 욕심이 화를 부르는 겁니다. 욕심을 내려놓고 무념무상에 도달하면 번뇌와 화가 사라질 것입니다. 결국은 내 마음을 다스리는 일이 가장 중요한 일입니다."

경자는 녹차를 한 모금 마시며 눈을 감는다. 화를 다스리기 위하여 숨을 길게 내쉰다. 마음의 안정을 찾으려고 노력한다. 혜정은 경자를 위해서 함께 시간을 보낸다.

혜정과 경자가 법당에 앉아 있다.
"번뇌가 쌓이면 마음의 병이 깊어집니다. 불경을 한번 외워 보시죠. 정성을 들여 불경을 외우다 보면 시름이 없어질 것입니다. 불경이야말로 번뇌와 시름을 잊게 하는 마력이 있습니다. 나약한 인간이 번뇌에 휩싸이면, 본인 스스로 헤어 나오지 못하는 경우가 종종 있습니다. 인간이 해결할 수 없는 순간에 부처님의 불경에 의탁하는 겁니다. 인간의 욕심은 불심이 아니면 도저히 없어지지 않습니다. 그럴수록 불경을 계속 외우다 보면 시름을 잠시나마 떨쳐버릴 수 있습니다."
탁탁탁탁탁….
"색불이공 공불이색 색즉시공 공즉시색…."
탁탁탁탁탁….
"아제아제 바라아제 바라승아제 모지 사바하…."

혜정이 목탁을 치면서 불경을 외우자, 경자도 따라서 눈을 감고 불경을 계속 반복한다. 불경이 완전히 암송되고 입에서 술술 나올 때까지 불경을 반복하여 암송한다. 불경을 잘 모르지만, 잘 아는 구절만 반복하고 또 반복한다. 뜻이 뭔지도 잘 모르지만, 불경을 계속 암송하다 보니 잡념이 사라진다.

"마음을 가볍게 하십시오. 마음을 가볍게 하지 않으면 마음속의 병이 사라지지 않습니다. 자식이 죽었는데 부모가 가슴 아파하는 일은 당연지사나, 산 사람은 살아야 합니다. 당연히 극복해야 할 일입니다. 아이는 극락에 가면서 한 줌의 재가 되었고, 더 좋은 곳으로 환생했을 겁니다. 어미가 아이를 놔주어야 합니다. 죽은 아이에게서 벗어나는 길만이 모두가 평안해지는 길입니다."

혜정과 불경을 외우고 환담하다 보니 마음이 한층 가벼워짐을 느낀다. 누군가 외롭고 슬플 때 함께 말동무가 되어 준다는 일이 굉장히 중요한 일이다. 대화의 상대도 없고, 혼자서 속앓이를 했던 경자에게 조금씩 여유가 생긴다. 혜정과 만나는 일도 훨씬 가벼워진다. 차를 마시고 식사를 함께하는 동안에 많은 대화를 통해 경자도 혜정과 허물이 점점 없어진다.

절 마당에 머리를 깎은 어린 동자승이 눈에 들어온다. 경자는 동자승을 처음 본다. 참으로 귀엽고 앙증맞게 보인다. 저 동자승은 누구인가? 경자는 동자승의 등장에 온통 신경이 쓰인다. 철민이 또래로 보이는 동자승이다. 누구의 아이인데 벌써 머리를 깎아 놨을까? 도계암에서 혜정이 불쌍한 아이들을 데려다가 먹이고, 입히고, 교육하는 일을 하는 것은 알고 있었다. 저 어린아이는 어떤 사연이 있어서 부모를 떠나서 동자승이 되었을까? 동자승이 마당을 사뿐사뿐 걸어 다닌다. 걸어 다니는 모습이 참으로 귀엽다. 자기 집처럼 동자승은 쉬지 않고 마당을 계속 돌아다닌다. 법당 입구에도 갔다가, 탑이 있는 곳에도 갔다가, 동자승은 절 곳곳을 계속 돌아다닌다. 동자승이 갑자기 뛴다. 혜정이 뛰고 있는 동자승을 발견한다. 걸음을 멈춘다.

"스님! 천천히!"

혜정은 동자승이 뛰어다니다가 넘어질까 봐 걱정이다. 동자승이 절 마당을 나와서 오솔길을 뛰어 내려간다. 동자승이 돌부리에 걸려 오솔길에 넘어진다. 넘어진 동자승은 오솔길을 튕겨 나간다. 숲속으로 고꾸라진다. 넘어지면서 나뭇가지에 부딪힌다. 손목에 상처를 당해 피가 흐른다. 상처가 깊다. 쓰라리고 통증이 몰려온다. 아픔을 참지 못한 동자승이 큰 소리로 울어 댄다.

"앙앙앙…."

동자승이 울면서 혼자 일어난다. 눈물을 흘리면서 피 묻은 상처를 안고 암자로 다시 돌아온다. 암자 입구에 다다르자 동자승은 더 큰 소리로 울어 댄다. 동자승이지만 영락없이 어린아이의 모습이다.

"앙앙앙…. 엄마!"

동자승은 울면서 엄마를 찾는다. 혜정이 동자승의 울음소리를 듣고 후다닥 달려 나온다. 혜정의 손은 물에 젖어 있다. 혜정은 손을 옷에 급하게 닦는다. 동자승에게 달려가 상처를 어루만진다.

경자도 아이 울음소리에 급하게 걸음을 뗀다.

"엄마!"

동자승은 혜정을 보자 더 큰 울음을 쏟아 낸다.

"그래, 엄마다."

"앙앙앙."

동자승은 피가 그치다 만 정도의 상처를 입었다.

"많이 다쳤구나! 괜찮아. 엄마가 약 발라 줄게. 약 바르면 금방 나을 거야."

혜정은 울고 있는 동자승에게 엄마라고 하며 달랜다. 동자승은 금방 울음을 그친다. 그 모습을 지켜보고 있던 경자는 놀란다. 엄마라고? 도계암에 있는 아이들은 대부분 혜정에게 스님이라 하지 않았던가? 엄마라고 하면 저 아이와는 무슨 특별한 사연이 있는 걸까? 아니면 저 아이의 진짜 엄마일까? 혜정에게 아이가 있었단 말인가? 고고한 자태의 승복을 입은 스님이 어떻게 아이를 낳았을까? 경자는 혜정의 아이가 무척 궁금해진다. 그 아이가 누굴까? 경자는 온통 아이에 대한 궁금증으로 안달이 날 지경이다. 아이를 달래는 혜정의 손길이 익숙해 보인다. 아이는 혜정의 보살핌으로 상처가 난 손을 치료받고 곤한 잠에 빠져 있다. 혜정이 옆에서 아이가 덥지 않도록 천천히 부채질한다. 아이의 이마를 쓰다듬는다. 아이 얼굴을 애정 어린 눈으로 보며 웃는다. 아이가 혜정의 무릎 위에서 스르르 잠이 든다. 경자도 가까이 다가간다.

"이리 앉으세요."

혜정이 앉으라고 권한다. 경자가 아이를 찬찬히 들여다보면서 살며시 앉는다.

"아이가 많이 안 다쳐서 다행이네요."

경자는 걱정 어린 눈으로 아이를 바라보며 묻는다.

"아이들은 늘상 넘어지면서 큽니다. 손에 상처가 조금 났는데, 큰 상처는 아닙니다. 약을 발라 놨으니, 곧 괜찮아질 겁니다."

혜정은 대수롭지 않게 경자에게 답한다. 경자는 아이의 모습에서 혜정의 모습이 보이기도 하고, 아니기도 하다. 이 아이의 진짜 엄마인가? 경자가 아이를 계속 바라보자 혜정이 입을 연다.

"어째, 저와 많이 닮았죠."

혜정은 웃으면서 경자에게 묻는다. 경자는 혜정의 대답에 멋쩍어한다. 왜 닮았다고 하는 거지? 오히려 경자가 약간 당황을 한다. 경자는 닮았다고 말할 수도 없다. 경자가 머뭇거린다. 아이를 계속 바라본다. 혜정이 오히려 웃으면서 경자를 바라본다.

"이 아이는 제가 낳은 아이입니다."

혜정은 스스럼없이 경자에게 본인이 낳은 아이라고 말한다. 경자는 그 소리를 듣고 놀라는 표정을 짓는다. 애써 담담한 표정을 지르려고 애를 쓴다. 소스라치게 놀라는 표정을 했다가는 혜정에게 예의가 아닌 듯하다. 도계암에 있던 아이들이 대부분 사연이 있는 아이들을 데려다가 돌보는 아이들이라는 것을 이미 들었던 터다. 아이들 모두가 혜정에게 스님이라고 했던 일을 기억한다. 아이가 울면서 엄마라고 부르는 소리를 분명히 들었다. 그럼, 이 아이는 진짜로 혜정이 낳았단 말인가? 아직 아이가 어려서 엄마라고 부르게 하지 않았을까? 어렸을 때는 엄마라고 부르게 했다가, 아이가 크면 스님이라고 부르게 하지 않을까? 경자는 혜정의 말을 듣고도 믿기지 않는다. 괜히 한 소리가 아님을 금방 알아차린다. 그럼 아이 아버지는 누구일까? 괜한 궁금증이 생긴다.

"부처님의 은공으로 아이가 생겨서 잘 낳아서 기르고 있습니다."

혜정은 경자가 혼란이 가지 않도록 담담하게 말한다.

"살다 보니까, 부처님께서 저에게도 뱃속에 생명을 탄생시켜 주셨습니다. 부처님의 은공에 늘 감사드리고 있습니다."

혜정은 담담하게 본인이 아이를 낳았다고 말한다. 경자는 아이의 탄생이 어떻게 되었는지 궁금해진다. 머리를 삭발한 스님의 아이라니? 스님은 대부분 아이를 낳지 않을 거라고 여겨 왔다. 남자 스님이나, 여자 스님 모두 고행을 위해 출가한 만큼 아이는 없는 줄로만 여겨 왔다. 머리를 깎은 스님은 고고한 학처럼 뭔가 일반 중생과는 다르다고 여겨 왔다. 스님 모습 자체만으로도 기품이 있어 보였다. 스님 대부분은 독신으로 살고 있고, 불공만 드리는 것으로 생각해 왔다. '스님도 사람인데'라는 생각은 하지 않았다. 경자의 고정관념이 틀린 건가? 혜정에게 당장 물어보고 싶지만, 속으로 꾹꾹 참아 낸다. 언젠가는 그 사연을 알게 되리라 여긴다.

이평댁이 죽었다는 부고장이 전달된다. 경자가 산동 친정집에 들어선다.

"아이고 아이고 아이고…."

경자의 곡소리가 처량하다. 복자와 사포댁이 달려 나와 경자와 함께 곡을 한다. 정규는 아직 감옥에 있다. 상주가 없는 상갓집은 썰렁하다. 상관 마을 식구들이 상갓집에서 부지런히 움직인다. 정규를 대신해서 고모 아들 박민국이 상주 노릇을 하고 있다. 박민국도 반란 사건 때 상관 마을이 불타 버리고, 아들 셋 중에 혼자 살아남아 외가 식구와 함께 교회 움막에서 지내 왔었다. 전쟁이 끝나고 좌익들에 대한 마을 사람들의 인심도 많이 누그러졌지만, 아직은 좌익들에 대한 원한이 완전히 없어지지 않았다. 반란 사건과 전쟁을 겪으면서 워낙 많은 사람이 죽어 나갔다. 명산원은 부모가 없는 아이들로 넘쳐난다. 산동면이 아닌 지역의 고아들도 점점 늘어나는 중이다. 복자가 명산원에서 아이들을 돌보는 관계로 산동교회 교인들과 아이들 부모들이 발을 벗고 나선다. 서둘러 초상을 치른다.

초상을 치른 경자는 기운이 없다. 친정엄마의 죽음으로 인해 경자는 더 큰 충격에 휩싸여 있다. 복자는 경자가 기운이 없음을 알아차린다. 복자가 경자에게 다가간다.

"언니, 기운이 하나도 없어 보이네."

경자는 복자의 물음에 정신을 차린다. 이평댁의 죽음으로 집안이 썰렁한 분위기다. 경자는 기운을 내려고 정신을 가다듬는다.

"내가 그래 보이나?"

"언니는 아직 정신이 없을 줄 알어. 형부도 형부지만, 철원이까지 죽었는데, 오죽하겠어. 내가 언니 마음을 알 것 같애. 정신이 없을 텐데, 엄마까지 돌아가셨으니… 언니의 마음이 금방 안정이 안 되겠지만, 그래도 기운을 내야지. 앙 그렇가!"

복자의 걱정에 경자도 마음을 잡으려고 한다.

"그렇깨로 말이다. 내가 정신을 채려야 하는디… 너 말마따나, 형부 죽고 나서, 곧바로 철원이까지 죽고 나니까 정신을 차릴 수가 없드라고. 일이 손에 안 잡히는 것뿐만 아니라, 수시로 맥이 풀려버리는 거야. 정신을 차릴 수가 없어 불드라고. 아무리 마음을 고쳐먹을라고 해도, 내 힘으로는 안 되더라니깐. 그래서 절에도 가서 불공도 드리고 왔는데도 아무 소용이 없는 거 같아. 엄마까지 죽고 나니, 더 정신을 채릴 수가 없네."

경자는 말을 하다 말고 고개를 숙인다. 눈물이 저절로 나온다. 복자 앞이라 눈물을 참아 보려고 하지만, 슬픔이 울컥 밀려든다. 경자는 어깨를 들썩이며 눈물을 흘린다. 눈물이 멈추지 않는다. 가족의 죽음은 그만큼 슬픔의 깊이를 헤아리기 어려운 일이다. 본인도 모르게 수시로 슬픔이 밀려오는 것이다. 경자가 눈물을 계속 흘리자 복자도 따라서 눈물을 흘린다. 경자가 너무 안쓰럽다. 슬픔의 깊이를 알 수는 없지만, 언니가 심하게 눈물을 멈추지 않음을 충분히 이해한다. 남편도 죽고, 자식까지 죽었으니 얼마나 상심이 클까? 친정엄마까지 죽었으니, 경자의 마음은 어떤 위로로도 해결이 안 될 것 같다. 복자는 가까이 다가와서 경자를 안아 준다. 경자가 실컷 울게 놔둔다. 경자는 한참을 울다가 정신을 차린다. 고개를 들고 눈물을 닦는다. 헝클어진 머리를 손으로 쓸어 올리며 쪽 진 머리를 깔끔하게 한다.

"복자야, 미안하다. 언니가 정신을 채려야 하는디. 내 마음대로 되질 않네."

"언니. 울고 싶을 땐, 실컷 우는 것도 괜찮아. 울고 싶으면 실컷 울어 버려. 그래야 마음의 병이 안 생긴대. 울지도 못하고 계속 참다 보면 병이 더 생긴대. 알았제?"

"그래. 고맙다."

경자는 복자의 걱정이 고맙기만 하다. 누구에게도 들을 수 없었던 말이다. 어디서 실컷 울지도 못했다. 수시로 찾아오는 슬픔의 눈물을 삼켜 왔었다. 슬픔을 억제한다고 되는 일도 아니었다. 병이라도 생기는 일이라고 생각해 본 적도 없다. 복자가 언니를 걱정해 주는 마음이 고맙기만 하다. 복자 말대로 해 보리라고 다짐을 한다.

"너는 별일 없고? 조카들도 오랜만에 봉께로 많이 컸네."

"나야 별일 없지. 우리 애들도 별 탈 없이 잘 크고 있고, 고아원에서 일을 하느라 정신이 없어. 고아들이 점점 더 늘어나고 있거든."

"니가 고상이 많다. 힘들지는 않나?"

"괜찮아. 아직 젊잖아."

복자는 경자에게 씩씩하게 대답한다.

"언니! 산동까지 왔는데, 나랑 함께 교회에 가 볼랑가? 언니는 산동교회에 한 번도 안 가봤제!"

"산동교회는 안 가봤지만, 나도 전주 예수 병원에 있을 때는 수시로 교회에 가 봤지. 그때 이후로는 결혼하고 나서 교회에 갈 새가 없었지."

"그랬을 것 같애. 언니네는 종갓집인 데다가, 유교식으로 제사와 시제도 지내지, 불교까지 믿느라 절에도 다니는 집이잖아."

경자는 고개를 끄덕인다.

"나는 요즘 들어서 정신이 하나도 없는데, 제사는 왜 그렇게 자주 돌아오는지 모르겠어. 제사가 돌아오면, 요즘은 동서들에게 맡기고 신경도 못 쓰고 있어. 종갓집이라 손님들도 엄청나게 오시거든. 그 사람들 대접하려면 정신이 하나도 없어. 앞으로가 걱정이야. 내가 종갓집 종부로서 감당을 해 나갈 수 있을지…"

경자는 걱정이 앞선다. 내가 정신을 차리지 못한다면, 앞으로 종갓집은 어떻게 될지 걱정이다. 수많은 대소사와 손님들을 대접하는 일이 걱정이 태산이다. 이 대로라면 종부의 역할도 못 할 것 같다는 생각이 든다. 복자가 교회 가자는 소리가 대수롭지 않게 들린다.

"언니, 친정에 온 김에 내가 일하고 있는 고아원도 구경하고, 우리 가족을 돌봐줬던 산동교회도 함께 가서 예배를 드리고 가자. 엄마 초상 치르는 데 목사님과 교인들이 많이 도와줬잖아. 고맙다는 인사는 드려야지. 특히 목사님은 반란 사건 때 밤재 계척 뒷산에 숨어 있던 우리 정규를 설득하여 자수도 시켜 줬지. 우리 집이 빨갱이 집이라고 우익들이 불을 질러 버렸는데, 오갈 데도 없는 엄마와 나를 먹여 주고 교회 마당 움막에서 살게 해 줬잖아. 그야말로 생명의 은인이었어. 교회 목사님이 없었으면 거지 생활을 못 면했을 거야. 이 기회에 목사님께도 언니가 직접 가서 고맙다는 인사는 해야 도리일 것 같은데."

복자가 그동안에 우리 집에 베풀어 준 사연을 들먹거리며 교회에 가자고 재촉한다. 경자는 복자의 얘기를 듣고 보니 목사님께 고맙다는 인사도 못 드렸었는데, 이 기회에 인사나 드려야겠다고 마음먹는다. 경자는 교회가 낯설지는 않다. 전주 예수 병원에서는 매일 아침이면 병원에서 일하는 모든 사람이 모여서 선교사님들과 함께 예배를 드리곤 했다.

"그래야지. 나는 그동안 우리 집이, 그런 많은 도움을 받았어도 목사님께 정식으로 인사도 못 드렸는데, 인사라도 해야 쓰겄다."

복자는 교회 갈 준비를 서두른다.

"언니 빨리 준비해. 이왕에 가려면 예배 전에 가야지."

복자는 경자와 함께 교회에 가기 위해 집을 나선다. 복자와 경자가 교회 입구에 들어선다. 일요일이라 교회 입구는 아이들과 교인들이 많이 들락거린다. 교회를 들어서면서 교인들에게 인사를 건넨다. 교인들이 다가와 손을 잡아 준다.

"아이고, 집사님! 고상 많았제."

"예. 집사님. 그나이나 교인들 덕분에 초상을 잘 치렀습니다. 많이 도와줘서 고맙습니다."

복자는 만나는 교인들에게 걸음을 멈추고 일일이 인사를 건넨다.

"여기는 우리 언니그만요."

복자가 경자를 소개한다. 경자도 공손하게 교인들에게 인사를 한다. 복자가 추 목사에게 경자를 데리고 간다. 단정하게 양복을 입은 추 목사가 공손하게 인사를 한다.

"어서 오십시오. 초상을 치르느라 수고 많으셨습니다."

"목사님과 교인들 덕분에 초상 잘 치렀그만이라. 저희 언니랑 감사 인사 드리러 왔습니다."

복자가 경자를 추 목사에게 소개한다. 추 목사는 복자의 소개로 경자에게 공손히 인사를 한다.

"어서 오십시오. 수고 많으셨습니다."

"감사합니다. 목사님과 산동교회 교인들 덕분에 초상을 잘 치렀습니다."

경자도 추 목사에게 감사 인사를 한다. 복자는 교인들에게 인사를 계속하면서 교회 안으로 경자를 안내한다. 교회 안으로 들어온 경자는 호기심 어린 눈으로 안을 계속 두리번거린다. 정면에는 십자가가 제일 먼저 눈에 들어온다. 풍금이 한쪽에 놓여 있다. 참으로 오랜만에 만나는 십자가다. 전주 예수 병원에서 예배를 드리던 기억이 새롭다. 기전 여학교에 입학하자마자 몸이 아파서 학교를 그만두었지만, 학교에서도 수시로 예배를 드렸던 기억이 떠오른다. 그때는 멋모르고 예배에 참석했었다. 지금도 믿음에 대해서는 잘 모른다. 경자는 조용히 앉아 눈을 감는다. 참으로 오랜만이다. 내가 다시 교회를 찾아오게 되다니, 감회가 새롭다. 경자에게 계속되는 우환을 떠올리니, 갑자기 기도하고 싶은 마음이 생긴다. 마음을 가다듬자 눈물이 난다. 눈물이 그치질 않는다. 소리 없는 울음이 계속된다.

'하나님…'

기도하려고 해도 기도는 나오지 않는다. 기도하는 방법도 잘 모른다. 이유 없이 슬픔이 계속 밀려든다. 그동안 잊어버린 기도가 간절히 나오고 있다. '하나님 저를 불쌍히 여겨 주시옵소서. 하나님 저를 일으켜 세워 주시옵소서.' 왜 내가 그동안 하나님께 기도할 생각을 하지 못했는지 반성하게 된다. 경자는 절에도 다녀왔지만, 위안이 되지 않았다. 엎친 데 덮친 격으로 친정엄마까지 죽고 나서는 그야말로 그 어떤 것도 위로가 되지 않고 있다.

제사 준비를 하느라 천변댁, 화개댁, 송정댁이 부엌에서 바쁘게 움직인다.

"성님이 많이 아픈가 보네."

"그렇깨 말이시. 웬만하면 일어날 양반인데, 제사 음식도 못 만들고 저러고 있응깨로 맴이 영, 안 편하네."

"자식을 잃은 마음이 오죽하겠어."

"생때같은 자식이 죽어 부렀는디, 금방 못 일어나것제. 거기다가 친정 엄니까지 죽어 부렀당깨로 속이 오죽 상했겠어."

"그나이나, 이 집에 귀신이 들어도 단단히 들었나 봐. 시부모님 둘 다 모도 죽었제, 큰 서방님 죽었제, 아들까정 죽었는데 귀신이 들어도 단단히 들었당깨로."

"맞어. 귀신이 들어도 단단히 들었웅깨로, 굿을 해야지 귀신이 물러가지 않겠어?"

"그리고 봉깨로 아들 죽고 나서는 굿을 안 했능가 보네."

"맞어. 굿을 안 했당깨로. 성님이 정신이 없어서 굿을 안 했능가?"

"그럼, 우리가 나서서 성님께 굿을 하라고 말을 해야 쓰것네. 그래야 귀신이 도망을 가지. 그러지 않으면 종갓집에 또 무슨 일이 일어날란지 누가 알어?"

동서들은 부엌에 모여서 굿을 해야 한다고 입을 모은다.

"성님! 많이 아프다요?"

"우리 성님이, 기운이 통, 없어 보이네요."

동서들이 안방에 누워 있는 경자 옆에 앉아서 걱정 어린 눈으로 바라본다. 경자는 동서들의 걱정에 미안할 따름이다.

"자네들이 제사 준비하느라고 애썼네. 내가 일어나서 해야 하는디… 일어나려고 해도, 통 정신이 없그만."

"별소리를 다 하시네. 성님이 요로코롬 많이 아프면, 당연히 우리 동서들이 해야 하지다."

"성님. 그란데 요새에는 굿을 통 안 한 것 같은디, 요로코롬 성님이 아파 불면, 굿이라도 해야 성님 병이 낫지 않겠어요?"

"그러게 말이시. 나도 아는 병인깨로 웬만하면 지나갈 줄로만 알았제. 그라고 요새는 굿을 할 맘이 통 안 나네."

"그래도, 성님이 못 일어날 정도로 아파 불면, 굿이라도 해서 귀신을 쪼차내 뿌러야 하지 않겠어요?"

동서들의 걱정스러운 소리를 들으니 경자는 굿이라도 해 봐야 할 성싶다고 여긴다. 본인을 위해서 굿을 한다는 게 쉽지 않다. 동서들이 권하니까, 핑계 삼아 진매를 부른다.

징징징징징징….

진매가 치는 징 소리가 요란하다. 굿을 해야만 경자의 병을 고칠까 싶어 진매를 불러들인 것이다. 경자가 시름시름 아픈 이유는 귀신이 들었을 거라는 것이다. 집안 곳곳에 붉은 팥떡 시루가 통째로 놓인다. 진매가 소복을 입고 굿을 한바탕 벌인다. 집 안에 있는 귀신을 모두 쫓아내서라도 경자의 병을 낫게 하려고 힘을 쏟는다. 집안 곳곳을 돌아다니며 귀신을 쫓아내느라 한바탕 소동이 벌어진다.

굿을 한바탕 벌여도 경자가 기력을 회복하지 못한다.

복자는 언니의 병세가 궁금하다. 굿을 했는데도 병이 더 심하다는 소식을 듣는다. 복자가 한약을 지어서 경자를 찾아온다. 마당에 들어서서 집안을 둘러보며 눈이 휘둥그레진다. 엄청난 규모에 놀란다. 경자 언니가 종갓집으로 시집을 갔다는 소리를 들었지만, 고래등 같은 한옥이 떡 버티고 있다. 고개를 들어서 안채 처마를 본다. 안채 처마 끝이 하늘 높은 줄 모르고 길게 뻗어 있다. 집안 사람들의 안내로 안방으로 올라선다. 안방으로 복자가 조심스럽게 들어선다. 안방에 경자가 누워서 눈빛으로 복자를 맞이한다.

"왔어."

경자가 기어들어 가는 소리로 복자를 맞이한다. 목소리는 기운이 없어 알아듣기 힘들 정도다. 일어나려고 움직이지만, 기운을 차릴 힘이 부족하다. 경자가 일어나려고 하자 복자가 곁으로 다가와 앉는다.

"언니, 안 일어나도 댕깨로 그냥 누워 있어! 내가 무슨 손님잉가?"

복자는 오히려 일어나려는 경자를 누워 있게 한다.

"그래도, 니가 우리 집에 처음 왔는데, 일어나야 하는데…"

경자는 복자에게 미안하기만 하다.

"괜찮당깨로. 누워 있으라니깐."

"그래, 애들은 잘 있고? 니도 많이 바쁠 텐데. 왜 왔어?"

"언니가 많이 아프다는데, 아무리 바빠도 열 일을 제쳐 놓고서라도 내가 와 봐야 도리지. 오면서 산동 한약방에 들러서 보약을 한 첩 지어 왔그망."

한약 봉지를 방바닥에 놓는다.

"니 살기도 어려불 텐데, 그냥 와도 되는데."

"언니가 친정에 해 준 걸 생각하면, 요건 아무것도 아니지."

복자는 언니가 친정이 어려울 때마다 많은 쌀을 가져다준 것에 비하면 아무것도 아니라고 여긴다. 반란 사건으로 인해 집도 불타 버리고, 오갈 데도 없는 처지를 당했을 때 쌀을 가져다주었다. 산동교회에도 쌀을 한바탕 도와주었다.

"언니! 어디가, 어떻게 아프당가?"

복자는 걱정이 되어 경자가 어디가 아픈지 자세히 알고 싶어진다.

"외지게 아픈 데는 없는데… 그냥 정신이 하나도 없고, 기운이 점점 쇠약해지는 것 말고는…."

경자는 가족의 계속되는 죽음 앞에서 심신이 무너져 내리고 있다. 자식이 죽고 나서는 더욱 심해진 것이다. 어디가 쑤시고 아프면 약으로 다스리면 될 텐데, 어디가 많이 아프지도 않다. 밥맛도 떨어져 버리고, 의욕이 생기지 않아 기운이 없는 정도이다. 아무리 기운을 차리려 해도 점점 더 일어나지 못하고 있다.

복자는 경자의 머리에 손을 올린다. 머리에 열이 나는지 체크한다.

"크게 열은 없네."

복자는 경자가 열이 많지 않음을 확인한다.

"언니, 기운이 하나도 없능가?"

경자는 누운 채로 고개를 끄덕인다.

"우리 언니를 어떻게 해야 일어나게 할 수 있을까?"

복자는 경자를 일으켜 세우려고 고민한다. 약으로도 몸이 회복되지 않은 것은 마음의 병이 생겼을 거라고 판단한다.

"그라고, 죽은 자식은 이제 잊어뿌러야 한당깨로. 죽은 사람을 붙들고 있으면 평생 가도 해결 방법이 없어. 죽은 친정엄마도, 항상 산에서 죽은 큰오빠 타령이었어. 남편보다도 큰오빠가 제일 마음에 남아 있어서 눈물을 흘리고 살았어. 그래도 엄마는 언니처럼 이렇게까정은 안 했제. 내가 가까이서 보기에도 제일 안타까운 부분이었어. 어미가 죽은 자식을 평생의 한으로 안고 살아왔지만, 죽은 자식은 어떻게 해 볼 도리가 없는 거야. 언니도 이제 철원이는 잊어뿌러야 살 수가 있는 거야. 죽은 사람은 죽은 사람이고, 산 사람이라도 잘 살아야 할 거 아니야고. 그렁깨로 마음 단단히 묵어야 돼. 언니가 훌훌 다 털고 일어나야 살 수가 있당깨. 내 말 명심하라고."

복자는 언니가 죽은 아들 때문에 마음의 병을 앓고 있다고 여긴다.

"굿까지 했담시롱?"

경자는 고개를 끄덕인다. 교회를 다니는 복자는 못마땅하게 여긴다.

"혹시라도 굿은 더 이상 하지 마소. 다 쓸잘떼기 없는 일이니까. 이 집은 구식이 짱짱해서 굿을 해야만 모든 만사가 풀린다고 여길 거야. 내가 안 봐도 다 안당깨. 대부분 사람들이 그렇게 살잖아. 병이 나거나 큰일이 생기면, 붙잡을 데가 없으니까, 어디 기댈 곳이라고는 굿을 해서라도 요행을 바라는 거야. 언니가 교회를 나가 뿔면 그런 미신도 다 필요 없어. 믿음이 생겨서 하나님께 기도

만 하면, 마음이 강해진다니까. 아, 든든한 하나님 빽을 믿으면 걱정이 없다니깐. 내 말 듣고 교회 나갈 궁리를 해 봐. 우리 집으로 데리고 가서 나랑 매일 새벽에 교회에 나가서 새벽기도를 해 보면 참 좋겠구만."

복자는 답답하다. 언니를 교회에 나가게 하려고 애를 쓴다.

"언니는 교회를 나가야 돼. 그래야 언니는 살아날 수 있을 것 같애. 교회에 꾸준히 나가면서 기도를 하다 보면, 기적이 일어날 수도 있어. 누가 알아? 언니는 마음의 병이야. 본인이 아무리 일어나려고 해도 일어날 수가 없잖아. 그럴 때는 하나님께 간절히 기도하면 일어날 수 있을 거야. 언니는 예수 병원에서 일하면서 하나님께 기도한 적도 있잖아. 아마도 하나님이 맨날 미신 타령만 하고 있응깨로, 언니를 이 기회를 통해서 돌아오게 하려고 한 것일지도 몰라. 내 말 듣고 교회를 나가 보라니까. 여기는 종갓집이라서 눈치 봐 가며 교회 나가기 어려울 거야. 언니가 교회 나갈 마음이 있어도 문중 사람들 눈치가 보일 거야. 산동 친정으로 와서, 나랑 함께 교회를 댕겨 보자니까."

경자는 복자의 권유에 묵묵히 듣고만 있다. 종갓집의 종부가 교회를 나간다고 소문이 나면 집안사람들이 절대로 용서를 하지 않을 것이라 예상한다. 집안 망할 일이라고… 사단이 날 거라 예상한다. 수백 년 동안 이어져 내려온 전통 있는 집안 망친다고 당장 소란이 일어날 것은 뻔한 일이다. 그 혼란을 어찌 감당한단 말인가? 누워서 영영 일어나지 못하면 모를까, 절대로 용납될 일이 아님을 경자는 알고 있다. 나 혼자 살겠다고 교회를 나가면, 수시로 돌아오는 제사며 시제는 어떻게 된단 말인가. 종갓집 모든 제사를 지내지 못하면 큰 혼란이 올 것으로 여긴다. 이씨 집안을 위해서도 그렇게 할 수는 없는 일이다. 종갓집의 중심을 계속 유지하려면, 기운을 내야 한다. 남편이 살아 있을 때보다 책임감이 더 무거워진 상황이다.

"나는 언니가 이렇게 누워만 있는 게 너무 안타까워서 그래. 그 방법을 시도해 보자는 거지. 사람이 죽어 나가게 생겼는데 종갓집이고, 제사고 다 필요 없다니까."

복자는 점점 안달이 날 지경이다. 경자를 교회에 다니게 해서 병이 나아야 한다고 여긴다.

"나도 큰 믿음은 없지만, 나는 교회를 나가서 기도하면 마음이 편해져. 언니도 그렇게 해 보랑께."

복자는 경자가 훌훌 털고 일어날 수 있는 일은 교회에 나가서 간절히 기도하는 일이라고 강조한다. 언니가 아주 아파 보이는데, 동생으로서 안타깝기만 하다.

"복자야, 고맙다."

경자는 복자가 뭔 소리를 하는지 알아듣고는 있다. 오죽하면, 누워 있는 경자에게 교회를 나가 보라고 권하는지를 안다. 경자는 교회도 나가 봐야 하는 맘을 가지다가도, 쉽게 받아들이지 못한다.

시제가 다가온다. 집안에서는 시제를 준비하면서도 종부가 누워서 일어나지 못하고 있다는 소문이 퍼진다. 집안 어른들은 시제를 준비하면서도 종갓집에 우환이 계속 닥치고 있음을 걱정한다. 종손 3대가 계속 죽어 나갔다. 조카를 양자로 들인 상황이다. 종부까지 일어나지 못하면, 집안 대대로 이어진 조상님께 향한 시제가 걱정된다. 종부를 짓누르는 책임감이 엄청나다. 그 부담감을 조금이라도 덜어 주려고 묘안을 짠다. 저러다가 종부가 일어나지 못하면 큰 사단이 날 것으로 여긴다. 인호의 아들을 양자로 들여서 종손으로 삼았지만, 아직 어리다. 시제 음식 장만은 동서들과 집안 여자들이 모두 모여서 준비를 한다. 집안 어른들은 모여서 묘안을 짠다. 굿이라도 해야 한다고 입을 모은다. 굿을 한바탕 벌였다는 소식도 전해진다. 뾰족한 방법이 없음이 안타까울 뿐이다.

댕그랑 땡~ 댕그랑 땡~ 댕그랑 땡~ 댕그랑 땡~.

이른 새벽이다. 교회 종소리가 은은하게 들려온다. 인근 대전교회에서 나는 새벽 종소리가 경자의 귓전에 울린다. 매일 새벽에 울리는 종소리이지만, 그동안 들리지 않았다. 오늘따라 교회 종소리가 계속 들려온다. 들렸어도 무심히 그냥 지나쳤던 교회 새벽 종소리다. 경자는 종소리를 듣고 마당을 나선다. 뒷동산으로 올라간다. 뒷동산에서 대전교회가 내려다보인다. 교회 종소리를 듣고 교인들이 교회를 향하여 가는 모습이 눈에 들어온다. 참으로 지극정성이다. 새벽에 일찍이 눈을 뜨자마자 교회에 가서 새벽기도를 드리는 모습이 눈에 선하다. 경자는 교회만 바라보다가 집으로 내려온다.

　　김정규가 감옥에서 출소되었다. 김정규를 반겨 주는 사람이 아무도 없다. 고개를 숙이고 터덜터덜 걸음을 옮긴다. 고향으로 향한다. 정규가 기운이 없는 걸음으로 집 안으로 들어선다. 오두막 집안이 고요하다. 이평댁이 보이지 않는다. 사포댁이 정규를 발견하자 맨발로 달려 나온다. 사포댁과 정규는 손을 맞잡고 한바탕 눈물을 흘린다. 정규가 어머니를 찾는다. 사포댁이 울면서 어머니가 죽었다는 소식을 전한다. 정규는 어머니가 죽었다는 소식을 듣고 깊은 슬픔에 빠진다. 사포댁과 정규가 묘지 앞에 섰다. 둘이 함께 묘지 앞에서 큰절을 올린다. 정규는 절을 올린 후 큰 울음을 터트린다. 어머니의 임종을 보지 못한 설움에 정규는 눈물이 멈춰지지 않는다. 집안의 팔자도 참으로 기구하다. 반란 사건과 전쟁을 치르면서 집안은 풍비박산이 나 버렸다. 그놈의 공산당 때문에 일어난 일이다. 본인은 좌익에 가담한 적도 없었지만, 본인도 어쩔 수 없이 좌익에 가담할 수밖에 없는 일이었다. 반란 사건 때도 정욱이 형이 반란 사건에 좌익 우두머리로 가담하는 바람에 아버지가 진압군에게 잡혀가 모진 고문에 돌아가시고, 본인도 극심한 고문을 받았다. 고문을 계속 견디지 못할 것 같았다. 살기 위하여 산으로 도망치다 보니 좌익에 가담할 수밖에 없었다. 전쟁이 나서는 송진혁이 인민군으로 내려오는 바람에, 정규가 반란 사건 때 산에서 내려와 자수하여 빨치산들을 회유하였다는 일이 발각되었지만, 그것도 살아남기 위한 몸부림이었다. 전쟁 중에도 오로지 살기 위한 조건으로 송진혁은 김정규에게 인민군에 입대하는 조건을 요구했다. 어쩔 수 없이 살기 위하여 공산당을 선택할 수밖에 없었다. 얼마나 기구한 인생인가? 전쟁 중에도 인민군에 가담하여 다부동 전선에 투입되었다. 인천상륙작전 성공으로 인민군이 후퇴하면서 송진혁을 따라서 지리산으로 숨어들었다. 어쩔 수 없이 빨치산이 되었다. 빨치산들이 자수하면, 가족까지 몰살시킨다는 엄포 때문에 자수도 할 수 없는 일이었다. 국군의 쥐잡이작전으로 빨치산들은 산속에서 몰살당했다. 겨우 목숨은 부지했지만, 산에서는 배가 고파 참을 수가 없었다. 눈에 보이는 것은 오로지 먹는 것을 찾는 일이었다. 천은사로 숨어들었다. 스님의 도움으로 자수를 하여 목숨을 건졌지만, 정규에게는 두 번씩이나 좌익에 가담한 일로 인해 중죄를 내렸다. 감옥으로 보내졌다. 감옥에서 지내다가 집으로 겨우 돌아왔다. 참으로 많은 세월이 지나갔다. 전쟁 전에 태어났던 아들은 학교에 다니고 있다. 집안의 가장이지만, 이제 살아갈 길이 막막하다. 억울한 이 마음을 누가 알아준단 말인가? 억울하고 분통이 터질 일이다. 내 본심은 애초부터 공산당이니, 좌익이니 안 어울리는 존재다. 본인이 공산당을 원치 않았다. 매번, 사건의 소용돌이 속에 휘말려 들어가 공산당으로 낙인이 찍힌 존재가 되어 버렸다. 이 억울함을 어디 가서 하소연한단 말인가? 세상은 불공평하다. 집으로 살아 돌아왔지만, 세상은 허무하기만 하다. 부모님께 효도 한 번 하지 못한 불효자식이 되어 버렸다. 세월이 참으로 야속하다. 부모님의 은혜를 갚지 못한 불효자식은 이 세상에 아무 짝에도 쓸모없음을 한탄한다. 정규는 고등학교까지 나온 지식인이지만, 학벌도 아무 쓸모가 없어져 버렸다. 반란 사건과 전쟁만 아니었다면 좋은 직업을 가질 수 있었지만, 모두 부질없는 일이 되어 버렸다. 자식들을 고등학교까지 보낼 만큼 넉넉했던 집안 살림도 모두 무너져 버렸다. 정규는 산동 장터 대폿집에서 술을 마시는 날이 자주 생긴다. 빨갱이 집안이라고 낙인이 찍혀서 마을 사람들도 아직 경계하는 눈치다. 감옥까지 다녀온 정규를 가까이하려 들지 않는다.

"아~!"

악에 받쳐서 술을 마시면서도 소리를 지른다.

"여기 술 좀 더 주세요!"

악에 받친 정규는 악을 쓰며 술을 더 달라고 소리를 지른다. 주모는 정규를 째려보며 술을 거칠게 가져다 놓는다. 소리를 지르는 정규를 못마땅해한다. 술에 취한 정규는 비틀거리며 산동 장터를 배회하다가 집으로 돌아온다. 마을 사람들은 술에 취한 정규를 피하며 힐끗힐끗 쳐다본다. 사포댁이 살림을 챙긴다. 복자는 수시로 술에 취해 비틀거리는 정규를 바라보며 걱정이 태산이다. 정규를 찾아 나선다. 산동 장터 술집에 앉아 있는 정규와 마주친다.

"처자식을 생각해서라도 정신을 채려야지!"

복자는 정규가 비관하지 말았으면 한다. 술에서 깨어나자 정규를 교회로 데려가 보지만, 교회 밖으로 나오면 정규는 다시 괴로워한다. 장터 술집에서 술을 계속 마신다. 정규의 몰골이 점점 초췌해져 간다.

"이놈의 세상~ 야속한 세상~ 흑흑흑…."

정규는 화를 참지 못하고 눈물을 쏟는다. 수시로 술에 취한다. 술만 취하면 인사불성이 되어 비틀거리며 시장통을 배회한다. 아들 하나와 마누라도 있는 몸이지만, 정신을 차리지 못하고 술로 나날을 보낸다.

댕그랑 땡~ 댕그랑 땡~ 댕그랑 땡~ 댕그랑 땡~.

새벽에 교회 종소리를 듣고 경자가 교회로 향한다. 교회 앞에서 머뭇거리다가 교인들을 따라서 교회 안으로 들어선다. 교회에 앉아 새벽 예배에 참석한다. 조용히 눈을 감고 기도를 한다. 교인들이 찬송을 부른다. 경자는 계속 눈을 감고 있다. 통성으로 새벽기도를 한다. 새벽기도 소리는 경자의 마음을 움직인다.

"하나님! 저를 살려 주십시오!"

경자는 마음속으로 살려 달라고 기도를 계속하게 된다. 경자의 마음이 하나님께 전달되기를 간절히 빈다.

경자는 새벽에 교회 종소리를 따라서 수시로 교회로 향한다. 어디서 기운이 생겼는지 새벽이 기다려진다. 집안사람들은 경자가 교회에 나가는 것을 아무도 모른다. 경자도 들키지 않으려고 새벽에만 가끔 교회를 나간다. 교회를 다녀오면 경자는 우울감이 차차 가라앉는 듯하다. 본인도 모르게 안정을 찾아간다.

새벽기도 나가는 것도 점점 뜸해진다.

철중이 읍내 중학교에 다닌다. 아침 일찍 집을 나서는 철중에게 천변댁은 조심해서 다녀오라고 신신당부한다. 걸어서 학교에 다니다 보니, 날씨가 쌀쌀해지고 해가 짧아지면 학교를 마치고 집에 도착하는 시간에는 어둠이 밀려오고 있다. 어둑어둑한 시간에 철중이 집에 들어선다. 자전거가 있으면 금방 집에 돌아올 텐데, 걸어서 다니려니 읍내에서 집에 오는 시간이 오래 걸린다. 철원이 읍내 중학교에 다니면서 자전거 사고를 당해 죽었기 때문에 천변댁은 자전거를 사 주는 것은 절대로 반대한다. 자전거를 타고 학교에 다니는 학생들보다 걸어서 다니는 학생들이 더 많다. 천변댁이 철중을 반긴다. 저녁 밥그릇도 아랫목 이불 속에 넣어 뒀다가 저녁상을 차려 준다.

전주에서 학교에 다니던 수지가 서울에 있는 간호대학에 합격한다. 경자와 수지가 기차를 타고 서울로 향한다. 서울집에 도착한 경자와 수지는 살림살이를 챙긴다. 수지가 대학생이 됐으니 살림을 하면서 학교에 다녀야 한다. 식모를 한 사람 두면 집안 살림은 해결되리라 본다. 살림에 필요한 물건을 시장에서 수지와 함께 구입한다. 저녁 늦게 철영이 자전거를 타고 남대문시장에서 집으로 돌아온다. 집에는 경자와 수지가 와 있어 서로 반갑게 인사를 나눈다.

"큰어머니 올라오셨어요?"

"그래. 우리 철영이가 애를 많이 쓰는구나. 힘들지는 않고?"

"예. 할 만합니다."

"철영 오빠!"

"그래! 수지야. 오랜만이네."

"예."

오랜만에 보는 철영을 수지가 반갑게 맞아 준다.

"우리 철영이가 남대문시장까지 나가서 장사하면서도, 우리 집까지 잘 지키고 있어서 고상이 많다."

경자는 철영에게 고맙다는 인사를 건넨다. 서울 집은 철영이가 없었으면 집을 비워 두어야 할 판이다. 다행히 철영이 서울로 올라오는 바람에 문간방에서 잠을 자면서 서울 집을 지키고 있었다. 철영이도 잠잘 곳이 없던 차에 전에도 석유곤로 장사를 할 때도 문간방에서 지냈는데, 다시 서울로 올라오면서 집을 지키며 잘 지내고 있었다.

"이제 수지가 대학에 합격하여 서울서 지내게 됐으니, 우리 철영이와 함께 잘 지내기 바란다."

경자를 통해 수지가 대학교에 다니게 됐다는 소식을 듣는다.

"수지야. 대학교 합격을 축하해!"

"오빠 고마워."

철영은 수지가 부럽다. 본인은 국민학교밖에 졸업을 못 했는데, 대학을 다니는 수지를 보니 본인이 초라해지는 느낌이다. 그렇지만 속으로만 느낄 뿐, 겉으로 표시는 하지 않는다. 본인은 남대문시장에서 일하는 것만으로도 다행이라고 여긴다. 큰집의 도움이 없었다면 아직도 시골에서 농사나 지을 형편이다. 큰집 덕분에 서울 물을 먹어본다는 것만으로도 감사할 일이다. 철영은 수환이 아저씨를 통해서 석유곤로 장사에 이어서 옷 장사까지 경험하게 된다. 이제 남대문시장 주변과 서울역 주변은 지리를 누구보다 잘 알게 되었다.

경자는 수환을 다방에서 만난다. 수환은 경자에게 서울 반포동의 공장 상황에 대해 상세하게 안내한다. 공장은 잘 돌아가고 있다고 한다. 경자가 차차 옷 공장을 둘러보겠지만, 당분간은 수환이 잘 알아서 운영해 달라고 부탁한다. 경자는 반포 공장이 어디에 있는지 구경이나 했으면 한다. 수환의 도움으로 반포동 공장을 둘러본다. 화물차를 타고 가는 길은 비포장도로이다. 흙먼지를 일으키며 달린다. 주변은 온통 들판이다. 군데군데 언덕이나 야산 쪽에 마을이 보인다. 한강변 쪽은 들판이다. 주변 환경이 시골과 비슷한 환경이다. 옷 공장은 비스듬한 언덕에 자리 잡고 있다. 한강에 수해가 나도 웬만하면 물에 잠기지 않을 듯하여 다행이다. 장마철 한강 범람으로 영등포 창고가 물에 잠기는 바람에 석유곤로가 몽땅 물에 잠겼다. 창고도 폭삭 내려앉아 버려 사업이 망해 버렸다. 그 기억을 떠올리며, 옷 공장은 한강이 범람해도 수해는 걱정을 안 해도 될 듯하다. 경자는 공장을 둘러보고도 별 기대는 하지 않는다. 서울 변두리라고 하지만, 서울 같지 않아서 옷 공장은 빨리 처분했으면 하는 마음도 가져 본다. 옷 공장은 잘 돌아가고 있다고 한다.

 수환의 도움으로 인철의 명의로 된 공장 명의는 경자 앞으로 등기를 마친다. 등기를 마치자 옷 공장은 수환에게 맡기기로 한다. 경자는 옷 공장이 어떻게 돌아가는지 전혀 알지 못한다. 옷 공장에 대해 알려고 하지도 않는다. 많은 돈을 투자했기 때문에 빨리 처분했으면 하지만, 수환의 간곡한 부탁으로 당분간은 옷 공장을 수환에게 맡기기로 양보한다. 부동산 사무실에 모인다. 수환도 계약금을 준비하여 건넨다. 계약서에 도장을 찍는다. 5년간 임대하는 형식을 취한다. 경자는 매월 임대료만 받고, 공장에서 손을 떼기로 한다.

 수환은 임대를 받은 형식을 갖추었기 때문에 경자와 공장에 대해 일일이 상의할 일도 없어졌다. 공장은 수환의 손에 달려 있다. 자금 조달부터 원단을 구입하는 일과 옷을 파는 일은 모두 수환의 책임하에 이루어 내야 한다. 부족한 자금도 수환이 알아서 해결해야 한다. 공장 임대료만 경자에게 꼬박꼬박 챙겨 주기만 하면 된다. 수환은 종전에 하던 일과 크게 변한 것도 없지만, 공장에서 옷을 만들어 남대문시장에 가져다가 판매하는 일이 순조롭게 잘 진행된다.

화개골에서 화전민으로 살아가던 장만수에게 화개 장터 부근으로 이주 명령이 내려졌다. 이주 명령이 내려지자 갈 곳이 없는 장만수 식구들은 화개골을 벗어난다. 먼 친척이 있는 하동읍으로 거처를 옮겼다. 하동시장 근처에서 자리를 잡고 살아간다. 장성한 아들 둘이 다행히 전쟁 통에 살아남았지만, 전쟁 후에 군인으로 징집을 당한다. 군대 전역을 마친 장윤일이 먼저 부산으로 향한다. 돈을 벌기 위하여 부산에 정착한다. 장윤필도 전역하자마자 부산에 정착한다.

장만수가 죽었다는 전보가 도착한다. 화개댁이 인석과 아이를 데리고 급하게 하동으로 향한다. 장윤일과 장윤필이 부산에서 먼저 도착하여 상주 노릇을 하고 있다. 외곡댁이 화개댁을 맞이한다.
"아이고 아이고 아이고…"
화개댁이 곡을 한다. 서둘러 초상을 치른다. 외곡댁은 아들을 따라 부산으로 향한다.

철민이 서시천 둑에 앉아 있다. 맑게 갠 하늘과 화창한 날씨에

서시천의 풍광은 푸르름이 짙어지고 있다.

지지배배 지지배배 쨱쨱쨱….

새들이 우르르 몰려다니며 먹이 사냥을 하느라 정신이 없다. 철민은 시원한 바람을 맞으며 서시천을 바라본다.

탁탁탁….

빨랫방망이를 두드리는 소리가 요란하다. 철민이 소리 나는 쪽을 바라본다. 어린 여자아이가 빨랫방망이를 힘차게 두드리고 있다. 철민은 관심을 가지고 쳐다본다. 여자아이는 빨래하느라 정신이 없다. 여자아이가 빨래를 마치자 옆구리에 광주리를 끼고 걸어온다. 여자아이가 점점 다가온다. 학교 동창생 한영순이다. 철민은 영순에게 아는 체를 하며 씩 웃어 보인다. 영순이도 철민을 보자 씩 웃는다.

"야! 영순이였구나. 빨래 다 했어?"

"응. 철민이 너 여기서 뭐 하나?"

"그냥 바람 쐬러 나왔어."

"빨래 다 했으면 여기 잠깐 앉았다가 가라."

"그럴까?"

영순은 빨래 광주리를 내려놓는다. 철민이 옆에 앉는다. 철민은 광주리를 들여다본다. 광주리에는 빨래가 수북이 쌓여 있다. 빨랫방망이도 보인다.

"아까 봉깨로 빨랫방망이를 힘차게 내리치던데, 힘들지 않았어?"

"맨날 하는 빨래인데 뭘."

영순은 대수롭지 않다는 듯 대답한다.

"니가 항상 빨래하는 거야?"

"응. 우리 엄마는 들에 나가서 일하느라 바빠. 내가 어렸을 때부터 해 오던 빨래라서 괜찮아. 니도 알다시피 우리 집은 아부지도 없잖아. 엄마를 위해서 내가 일을 해야 해서 내가 수시로 엄마를 도와주려고 빨래를 하고 있거든."

철민은 영순의 말을 듣자 고개를 끄덕인다. 영순이 아버지도 전쟁 통에 죽었다. 엄마와 동생들과 함께 살아가는 영순이 사정을 잘 알고 있다.

"그래도 니가 힘들겠다."

"괜찮다니까. 근데 니는 여기서 뭐 하고 있었어?"

"나도 시간이 나면 자주 서시천에 나와 앉아 있어. 특별히 뭐 하는 게 아니고, 서시천에 나와서 앉아 있으면 그냥 마음이 편해."

영순이는 철민이 부모가 죽고, 큰집에서 지내고 있다는 것을 잘 알고 있다. 같은 마을에 살면서 집안 사정과 형편에 대해 어른들한테서 자주 들었던 터다. 학교 동창생이라서 서로의 처지를 잘 아는 사이이다.

철민과 영순이는 어려서부터 서시천 냇가에서 함께 어울렸다. 봄이 되면 새알을 찾으러 서시천에 펼쳐진 자갈밭을 엉금엉금 기어다녔다. 물새는 서시천 자갈밭 틈에 알을 낳는다. 물새의 색깔이 자갈색과 비슷하다. 물새 알도 자갈 색과 비슷하여 눈에 잘 띄지 않는다. 아이들은 새알을 찾기 위해 자갈밭을 탐색하느라 정신이 없다. 자갈밭 틈 사이에서 알을 찾기라도 하면 보물을 찾는 것처럼 환호하며 소리를 지른다.

"찾았다!"

철민이 새알을 찾자 아이들은 철민에게 달려온다.

"어디?"

새알을 찾은 철민은 신이 나 있다. 아이들에게 새알을 손바닥에 올려놓고 보여 준다. 아이들은 새알을 본다. 앙증맞고 귀엽기만 하다. 새알을 찾을 때마다 서로에게 자랑하며 함박웃음을 터트린다. 새알 찾는 일은 누구에게 질세라 시간 가는 줄 모른다. 아이들은 자갈밭을 계속 기어다니다 보면 땀이 난다. 땀을 흘리고 더워지면 서시천에 발을 담그고 땀을 식힌다.

"영순이 너 새알 몇 개 찾았어?"

철민이 영순에게 물어본다.

"나는 한 개도 못 찾았어. 철민이 너는 몇 개 찾았는데?"

영순은 철민이 부럽기만 하다. 철민은 영순의 애절한 눈빛에 금방 마음이 영순에게 쏠린다. 영순에게 모든 것을 주고 싶은 생각이 든다. 영순 앞에서는 욕심이 없어진다.

"나는 두 개 찾았어. 하나 줄까?"

영순은 고개를 끄덕인다.

"자!"

철민은 새알을 영순에게 하나 건넨다. 영순은 새알을 손바닥에 올려놓는다. 새알이 앙증맞고 예쁘다. 철민이가 잡아 줘서 더욱 기쁘다.

"와!"

영순은 손바닥에 올려놓은 새알이 신기하기만 하다. 요리조리 돌려 본다. 새알이 자갈 색깔과 비슷하게 생겼다. 그래서 영순은 자갈밭을 뒤져도 발견할 수 없었다. 철민은 어떻게 이 새알을 찾아냈지? 참으로 신기한 일이다. 영순은 새알에서 눈을 떼지 못한다.

"철민아 고마워."

영순은 새알을 준 철민에게 고맙다는 인사를 한다. 철민은 빙그레 웃으면서 영순이가 좋아하는 것만으로도 만족한다.

철민이 뒷동산에 올라 멍하니 앉아 있다. 철민이 어느새 국민학교를 다니면서 부쩍 컸다. 우리 부모님은 어떻게 됐을까? 철민이 국민학교를 다니면서 차차 철이 든다. 부모님 두 분이 안 계시고 큰어머니 밑에서 지내는 일이 점점 궁금해진다. 우리 부모님은 어떻게 된 걸까? 부모님에 대한 궁금증이 계속 맴돈다. 속 시원히 부모님에 대해서 말해 주신 분들이 아직 아무도 없다. 철민은 계속 부모님에 대한 궁금증이 더해 간다. 큰어머니께 물어볼까? 아니면 누구에게 물어봐야 하지?

안방에 철민이 무릎을 꿇고 앉아 있다.

"큰어머니."

철민이 큰어머니를 불러 놓고 멈칫하고 있다.

"그래. 말해 보거라."

"저희 부모님은 어떻게 된 건가요?"

어머니에 대해서 궁금하지만, 이렇게 용기를 내서 묻는 게 처음 있는 일이다. 철민이 무릎까지 꿇고 진지하게 물어보는 모습이 예사롭지가 않다. 경자는 철민의 물음에 그동안 철민이 부모에 대해 한 번도 말을 해 준 적이 없었다. 철민이 크면 말해 주려 했는데, 철민이 물어보니 알려 줘야겠다고 마음먹는다.

"그래. 우리 철민이가 부모님에 대해서 많이 궁금했구나. 우선 편안히 앉아라."

경자는 철민을 편안하게 대한다. 무슨 큰 잘못을 저지른 일도 없고, 심각하게 말하지 않아도 될 내용인데, 철민이 진지하게 말하니 경자는 철민에게 자연스럽게 알려 주려고 한다.

"그동안 우리 철민이가 누구에게도 부모님에 대해서 들은 적이 없었나 보구나. 내가 진작 알려 줘야 했는데, 철민이가 더 크면 알려 주려고 했었다. 이왕에 오늘 철민이가 부모님에 대해 궁금해하니까 속 시원하게 알려 줘야겠구나."

경자는 철민에게 아버지와 어머니에 대해 소상하게 알려 준다.

"철민이 아부지는 니가 태어나자마자 육군사관학교를 들어갔다. 사관학교에 들어가자마자 전쟁이 터지는 바람에 전쟁터에서 돌아가셨다. 사망 전보가 집으로 와서 느그 어매와 내가 대구까지 시체를 찾으러 갔다가 못 찾고 유골함만 들고 돌아왔다. 느그 어매는 일본에서 태어났다. 외할머니가 일본인이셨다. 너희 외할아버지는 조선인이었는데, 왜정 때 일본으로 유학하러 가서 일본인인 외할머니와 결혼한 셈이지. 해방되자, 외할아버지를 따라 부부가 조선으로 함께 들어온 거지. 외할아버지는 반란 사건에 행방불명됐고, 그 후로 외할머니는 일본으로 건너가셨다. 느그 어매도 남편이 전쟁에서 죽자, 시름시름 아픈 와중에 일본으로 건너가신 너희 외할머니가 돌아가셨다는 연락이 왔다. 그때 너희 어매가 우울감도 심해지고, 많이 아픈 중이었기 때문에, 너를 나에게 잠시 맡기고 일본 친정으로 건너갔다. 초상을 치르고 금방 돌아올 줄 알았는데, 한참 후에 너희 어매도 일본에서 돌아가셨다는 연락을 받았다. 그래서 철민이는 이 큰 어매가 어려서부터 키운 거란다. 그때는 철민이가 아직 어렸을 때라서 좀 더 크면 알려 주려고 했었다. 어쩌 궁금증이 풀렸냐?"

"예."

철민이 작은 소리로 대답을 하지만 기운이 없다. 철민은 경자의 설명에 공손히 듣기만 한다. 경자는 철민의 외할아버지에 대해서는 말하지 않는다. 반란 사건에 가담하여 산으로 올라가 빨갱이가 되었지만, 아직도 소식이 없다. 차마 상세하게 말할 수가 없는 일이다. 죽었는지, 살았는지도 잘 모른다.

"우리 철민이가 그동안 마음고생이 많았구나. 우리 철민이가 부모님이 모두 돌아가셨으니, 참으로 견디기 힘든 날이었으리라 본다. 이제 철민이도 많이 컸으니 정신 바짝 차리고 잘 살아가야 한다. 잉!"

철민은 차마 대답을 하지 못하고 고개만 끄덕인다. 부모님의 죽음에 대해 처음으로 듣는 순간이다. 슬픈 감정이 복받쳐 오르려다가 그만 사그라들어 버린다.

"부모 없는 자식 티를 내서는 안 된다. 그럴수록 마음 단단히 먹고, 잘 살아야 한다. 그게 돌아가신 부모님께 보답하는 길이다. 너는 이제 이씨 집안 장손이다. 장손답게 처신을 잘해야 한다. 이씨 집안의 어른들이 너를 지켜보고 있다. 명심하거라. 몸가짐도 조심하고, 집안 어른들을 만나면 공손하게 인사도 잘해야 한다. 집안 법도에 대해 아직은 서툴지만, 차차 배우면 된다. 제사나 집안에 큰일은 집안 어른들이 잘 가르쳐 줄 거다. 시키는 대로만 하면 된다."

철민은 부모님에 대한 소식을 들으니 마음이 더욱더 무거워진다.

"철민아! 너는 이씨 집안의 종손이다. 알겠느냐?"

경자는 철민에게 종손이라는 말을 강조한다.

"예."

철민은 공손하게 대답하고 방을 나온다.

철민은 깜깜한 방에 앉아 있다. 부모님 두 분 모두 안타까운 죽임을 당하셨다는 얘기에 그저, 숙연할 뿐이다. 그동안의 궁금증이 많이 풀린다. 부모님 두 분 모습이 철민에게는 전혀 기억이 나지 않는다. 철민은 경자의 말이 귀에 들어오지 않는다. '이 집안의

50. 방황

장손이다.'라는 말이 왠지 거북스럽게 들린다. 반항심이 왠지 모르게 올라온다. 그저, 이유 없이 장손이라는 말이 싫다. 마음 한구석이 허전하다. 종갓집의 장손 역할을 해야 한다고 하지만, 마음이 안정되지 않는다.

철민은 큰어머니를 통해서 부모님과 외할아버지, 외할머니에 대해서도 잘 들었지만, 아쉬움만 계속 남는다. 엄마가 일본에 가실 때, 나를 왜 안 데리고 가셨을까? 엄마가 몹시 아프다고 했지만, 엄마가 원망스럽다. 엄마 밑에서 자랐으면, 어떠한 상황이라도 받아들였을 것이다. 지금처럼 부모님에 대한 원망이나 서운함이 이렇게까지 남아 있질 않을 텐데…. 철민은 혼자 있는 시간이 점점 더 늘어난다.

설날 아침이라 큰집에서 차례를 지내기 위하여 집안 식구들이 모두 모여든다. 어른들은 아침 일찍 도착하여 차례상을 차리느라 분주하다. 여자들은 차례상 음식과 떡국을 준비하느라 바쁘게 움직인다. 수지도 한복을 입고 부엌을 들락거리며 어른들과 음식 준비를 한다. 마당에는 철민이 설빔으로 한복을 곱게 차려입고 돌아다닌다. 철영이 서울에서 내려왔다. 큰집 마당으로 들어선다. 철중과 미옥은 철구 손을 붙잡고 마당으로 들어선다. 선애는 철열 손을 잡고 마당으로 들어선다. 마당에는 아이들로 북적거린다. 차례상이 차려지고 차례를 지낼 준비를 한다. 어른들도 한복을 입고 차례상에 절을 한다. 철영과 철중, 철민은 어른들과 함께 차례를 지낸다. 차례를 마치자 아침을 먹는다. 새해 아침이라 떡국으로 배부르게 먹느라 부산해진다. 아이들은 음식을 배부르게 먹고, 다시 마당에 나와서 노느라 정신이 없다. 마당 한쪽에서는 여자들이 널뛰기한다. 선애와 미옥이 고운 한복을 입었다. 널판 위에서 하늘로 솟구친다. 한복을 입은 옷고름이 나풀거린다. 널뛰기를 구경하는 사람들의 마음도 하늘로 나풀거리며 날아오른다.

"야들이 다 왔능가?"

경자가 마루로 나와서 마당에서 뛰어놀고 있는 아이들의 얼굴을 헤아린다.

"다 왔으면, 모두 안방으로 올라오니라!"

아이들은 경자의 부름에 안방으로 우르르 들어선다. 안방에는 경자와 인석과 인수가 한복을 곱게 차려입고 아랫목에 앉아 있다. 아이들은 설날이라 깨끗한 설빔으로 차려입었다. 여자아이들도 한복을 입었다. 한복이 없는 남자아이들은 깨끗한 새 옷으로 갈아입었다. 아이들은 서로 눈치를 보며 철영을 기준으로 쭉 늘어서 있다. 경자는 아이들이 모두 한 줄로 서 있는 모습을 보면서 흐뭇해한다.

"모도 항꾸네 세배를 해 봐라!"

아이들이 어른들을 향해 세배한다. 경자는 아이들이 세배를 하자 얼굴에 흐뭇한 미소를 짓는다. 매년 새해 아침에 해 왔던 세배 풍습이라서 익숙한 광경이다.

"옳지!"

세배를 마치자, 경자가 덕담한다.

"그래! 올해도 다들 건강하고 무사하기를 바란다."

아이들은 세배를 올리고 나서 무릎을 꿇는다.

"자, 세배를 했으니 내가 세뱃돈을 줘야지."

아이들은 경자를 향해 눈길을 돌린다. 세뱃돈에 대한 기대가 가득하다. 큰집 어른들이 매년 설날 아침에 주는 세뱃돈으로 설레는 순간이다. 철영은 이제 컸다고 세뱃돈을 받으려고 하지 않는다. 뒤로 물러난다.

"자! 수지와 철민이, 철중이와 미옥이, 철구도 많이 컸네. 다음은 선애와 철열이. 다 줬능가? 빠진 사람 없능가?"

경자는 아이들 이름을 한 명씩 불러가며 세뱃돈으로 동전을 한 닢씩 손에 쥐여 준다. 동전을 각각 주고 나서는 빠진 사람이 없는지 챙긴다. 아이들은 손바닥에 동전을 쥐었다 폈다 하면서 동전을 확인한다. 서로의 얼굴을 쳐다보며 웃는다. 확인한 동전을 주머니에 넣는다. 설날 아침은 집안 식구가 모두 한자리에 모이는 자리이다. 경자는 며칠 전에 사진관에 부탁하여 사진사를 불러 놨다.

"자! 내가 오늘 사진사를 불렀다. 가족사진을 찍으려고 하니깨로 애들은 모두 마당으로 모여라."

경자는 아이들이 쑥쑥 커 가는 모습을 남기려고 사진사를 불렀다. 아이들이 줄을 맞추어서 마당에 모인다. 경자가 중심에 서고, 아이들이 두 줄로 맞추어 선다.

"자! 여기를 보세요! 하나! 둘! 셋! 하면 찍습니다."

아이들은 사진을 찍는다고 해도 집중을 하지 못한다. 머리가 큰 아이들은 사진사를 향해 집중하지만, 아직 나이가 어린 아이들은 뒤를 돌아보기도 하며 사진 찍는 데 집중을 하지 못하는 아이도 있다. 사진사는 아이들과 상관없이 사진 찍는 일을 서두른다.

"자! 하나, 둘, 셋 하면 사진 찍습니다. 여기를 보세요!"

사진사는 큰 소리를 낸다.

"하나, 둘 셋!"

찰칵거리며 사진을 찍는다.

집안의 여자들은 부엌 앞에 서성거린다, 마당에서 아이들이 사진 찍는 모습을 바라보며 웃고 있다.

"아이고, 어쩔까! 쟈는 사진을 찍는 순간에 뒤를 봐 버리네."

아이들이 사진 찍는 일에 집중하지 못함을 못내 아쉬워한다.

"자! 동서들도 이리 오라고. 우리 동서들끼리만 항꾸네 사진을 하나 찍어 보자고. 우리끼리만 사진 찍어 본 적이 없잖아!"

경자는 아이들과 사진을 함께 찍는 것을 웃으면서 바라보고 있는 동서들을 부른다.

"어서들 오라고."

"성님이 애들하고 항꾸네 찍었으면 됐지, 우리끼리 사진은 뭐 하러 찍고 그래요?"

동서들은 사진을 찍으려고 하지 않는다.

"아, 뭔 소리대. 내가 큰맘 묵고 사진사까지 불렀는데, 요럴 때

기념으로 한 방 찍어 놔야지. 우리 동서들끼리 언제 찍어 보겄써! 얼릉 오랑깨!"

사진을 찍지 않으려고 하는 동서들을 향해 경자가 계속 재촉한다. 동서들은 서로 얼굴을 쳐다보며 마지못해 경자 옆으로 다가선다. 송정댁, 천변댁, 화개댁, 경자까지 동서들이 나란히 선다. 검정 치마에 하얀 무명저고리를 입었다. 동서들이 한 줄로 나란히 선다.

"자! 바짝 붙으세요!"

사진사의 요청에 따라 동서들이 가깝게 다가선다.

"아따, 이왕에 사진을 찍을 거면, 이쁘게 나오게 잘 찍어 주씨요!"

송정댁은 사진사에게 웃으면서 부탁을 한다. 아이들은 엄마들이 사진을 찍는 모습을 바라보며 웃는다.

"자! 하나, 둘, 셋 하면 사진을 찍습니다. 여길 보세요!"

찰칵-.

정만식은 앙고라토끼 이동조합장이 되어 바쁘게 살아간다. 앙고라토끼는 번식력이 좋아서 한꺼번에 5마리에서 10마리까지도 낳는다. 임신 기간이 30일 정도 되어서 1년이면 수십 마리의 토끼가 번식할 수 있는 것이다. 먹이도 사료가 필요 없고, 들판에 있는 풀을 베어다가 주면 잘 크는 동물이다. 겨울에는 마른 풀을 주기도 하고, 생고구마를 잘 저장했다가 주면 쑥쑥 큰다. 본격적으로 토끼를 키우기 위해 목돈을 들여서 아래채는 토끼를 전문으로 키울 수 있는 건물로 새로 완성을 하였다. 건물 안에는 철골조를 만들어 토끼가 한 마리씩 들어갈 수 있는 토끼장을 만들었다. 아래채 토끼 사육장 건물 안에는 5층 높이로 토끼장을 진열해서 고정해 놨다. 토끼털을 생산할 목적으로 키우는 거라서 청결하게 토끼장을 관리해야 한다. 방목으로 토끼를 키우면 앙고라토끼털이 지저분해진다. 방목으로는 깨끗한 털을 생산하는 방법으로는 적합하지가 않다. 토끼는 고온다습한 환경을 싫어한다. 토끼장은 비를 맞지 않는 공간을 만들어서 토끼를 사육하는 중이다. 아래채에는 토끼 50마리를 기르고 있다. 만식은 틈만 나면 토끼장을 추가로 만든다. 계속 늘어나는 토끼를 각각 1마리씩 토끼장에 넣어서 키우기 위한 준비를 계속하고 있다. 만식이 망치질을 하느라 땀을 흘린다. 마당에는 완성된 토끼장이 차곡차곡 쌓여 있다. 정기훈이 만식의 집에 들어선다.

"아따, 성님 집은 토끼장 부자네! 토끼장 만드는 일은 잘 돼 가요?"

"찬찬히 만들다가 봉께로 얼추 다 돼 가는데, 계속 만들어야 해서."

"앙고라토끼가 시방 몇 마리인데, 토끼장이 요렇게 많이 쌓여 있는데도 더 만든다고 그라요?"

"시방 오십 마리 정도 되니깐, 열 배는 더 늘리려고 하마. 그래야 털을 수확할 때도 양으로 승부를 해야 하니깐. 그라고, 오십 마리 토끼가 번식을 시작하면 마릿수가 금방금방 불어난다니까. 새끼를 한번 낳으면 많이는 열 마리도 나 버리고, 1년에 대여섯 번을 새끼를 낳으니까 계산을 해 보자고. 올해 안으로 천 마리가 넘을 거로 예상하그만. 1천 마리가 넘으면 키워서 잡아먹기도 하고 숫자를 조절해 가야지."

"그렇게나 많이 할려구요?"

"뭔 소리여. 기본으로 천 마리는 키워야 승부가 난다니깐. 할 수만 있다면 2천 마리 정도 되면 더 좋지. 그 정도 되면 좋은데, 토끼를 대량으로 키우려면 건물도 새로 지어야 항깨로 그게 문제지."

"그렇게나 많이요? 천 마리를 키우려면 만만치 않을 텐데요? 천 마리면 토깽이들이 먹는 풀도 어마어마할 텐데요."

"그러제. 천 마리를 키우려면 놉을 얻어서라도 들판에 나가서 풀을 베어 와야 항깨로 만만치가 않겠지. 아, 이 사람아 그런 각오 없이 어떻게 한당가. 조합장까정 됐는데 조합원들에게 제대로 모범을 보여야지."

만식은 이왕에 시작한 거 제대로 해 보려고 준비를 하는 것이다. 앙고라토끼털을 수확하는 데도 단지 규모를 집단적으로 많은 수의 조합원들이 생산해야 한다. 수확한 털의 양이 대량으로 확보되어야, 토끼털을 제조하는 공장에 납품할 때도 가격도 제대로 받을 수 있는 여건이 된다고 믿기 때문이다.

"아, 자네가 도와줄라고 왔응깨로 빨리 망치라도 들고 달라들어 봐!"

"그랄까요. 뭐부텀 할까요?"

"내가 톱질을 해서 나무를 잘 맞게 잘라야 항깨로, 자네는 내가 잘라 논 나무토막에 망치질을 해서 토끼장 빼대를 완성시키소."

"그럽시다."

만식과 기훈은 토끼장을 만드느라 부산하게 움직인다. 토끼 한 마리가 살 수 있는 규모의 토끼장이 금방 만들어진다. 새로 만든 토끼장이 차곡차곡 쌓여 간다. 망치질 소리와 톱질하는 소리가 계속 울린다.

"근디, 성님! 내가 요렇게 도와주면 새꺼리도 준다요?"

"새꺼리뿐이것어. 힘쓰는 일잉깨로 막걸리도 주고, 맛난 감 홍시도 있고, 곶감도 있응깨로 일만 열심히 도와주라고. 겨울에는 토끼가 토실토실하게 살이 붙을 겅깨로 때려잡아서 고기도 실컷 묵게 해 줄 테니까."

"아따, 겨울에는 토깽이 고기도 실컷 얻어묵게 생겼네요."

"그럼. 털은 깎아서 팔고, 고기는 잡아서 몸보신할 요량이마. 장터에 토끼탕을 전문으로 하는 식당도 연결이 됐으면 좋겠구만. 토끼 고기는 얼마든지 대 줄 수 있응깨로."

"나는 그럼 토끼탕을 하는 식당을 해 볼까요?"

"그래도 되지. 토끼를 사육하는 농가가 점점 늘어나고 있응깨로."

만식과 기훈은 농담을 주고받으며 망치질과 톱질을 한다. 완성된 토끼장이 점점 쌓여 간다.

철민이 학교에서 걸핏하면 친구들과 부딪힌다. 부딪히다 못해 폭력을 먼저 쓴다. 친구들과 실컷 싸워서라도 울분을 쏟아 내고 싶다. 친구들과 싸움을 하고 나면 후회는 되지만, 싸우는 순간에는 본인을 스스로 통제할 수가 없다.

철민이 읍내 중학교에 다닌다. 읍내까지 학교에 다니는 일은 힘든 일이다. 대부분 학생이 걸어서 다니지만, 남자아이들은 자전거로 통학하는 아이들이 점점 늘어난다. 철민은 자전거로 통학하는 학생들이 부럽다. 철민이 자전거를 사 달라고 조른다. 경자는 허락하지 않는다. 철원이 자전거 사고를 당하여 죽은 후라, 그 트라우마에서 벗어나지 못한다. 철민은 경자가 자전거를 사 주지 않자 엇나가기 시작한다. 철민이 읍내 학교에서 자전거를 훔쳐서 타고 다닌다. 철민이 자전거를 훔쳐서 끌고 다니는 일은 오래가지 못한다. 집에 올 때는 마을 주변의 대밭에 숨겨 놓고 집으로 들어간다. 학교에 갈 때는 자전거를 학교 안으로 가져가지 못하고, 학교 근처 들판 논두렁에 던져 놔둔다. 들판에 놔둔 자전거는 지나가는 사람들에게 발견되어 금방 없어져 버린다. 철민은 다시 학교에서 자전거를 훔쳐 타고 다닌다. 자전거가 자꾸 없어지면서, 결국에는 학생들의 신고로 철민이 자전거 도둑으로 몰리게 된다. 그 사실은 학교 담임인 권기학 선생에게 알려진다. 철민은 권기학 선생에게 불려 간다. 철민이 자전거를 훔친 사실이 밝혀진다. 철민은 권기학 선생에게 불려 가도 전혀 반성의 기미를 보이지 않는다. 권기학은 철민에게 부모님을 학교로 호출하게 한다. 철민은 차마 큰어머니에게 학교에 오라는 말을 전달하지 못한다. 철민은 권기학 선생에게 여러 번 불려 가서 부모님을 학교에 모시고 오라고 지시를 받았지만, 철민은 계속 무시해 버린다. 자전거를 잃어버린 학생의 학부모가 찾아온다. 빨리 해결하지 않으면, 경찰에 고발할 거라고 엄포를 놓고 간다.

"야! 이철민! 니가 애들 자전거를 훔쳐 갔다매?"
 철민은 노준갑이 시비를 걸어오자, 열이 확 올라오면서 인상을 찡그린다.
"내가 자전거를 훔치는 거 니가 봤어?"
 철민이 인상을 쓰며 노준갑을 째려본다. 노준갑은 이철민이 적반하장으로 인상을 쓰며 시비를 걸어오자, 노준갑도 이철민을 향해 인상을 쓰며 바라본다. 한주먹 감도 안 되는 놈이다. 자전거를 훔친 도둑놈 주제에 오히려 화를 내고 있다. 용서가 안 된다.
"자전거를 훔쳐도 유분수지. 도둑질을 하고서도 반성을 할 줄도 모르는 너는 사람 새끼도 아니구나!"
"뭐야! 내가 자전거 도둑질을 하든, 말든 니가 무슨 상관이야?"
"도둑놈 새끼가!"
 노준갑은 순식간에 철민에게 주먹을 날린다. 철민은 노준갑의 주먹에 한 방 얻어맞는다.
"뭐야! 이 새끼가 죽을라고 환장을 했구먼! 어디다가 주먹질이야!"
 이철민도 순식간에 노준갑을 향해 주먹을 날린다. 발길질로 노준갑을 걷어찬다. 둘 사이에 순식간에 치고받고 싸움이 벌어진다.

아이들이 순식간에 몰려들어 싸움을 말린다.

　권기학은 기다리다 못해 서둘러 철민의 집으로 가정방문을 하기에 이른다. 권기학은 철민에게 통보하지 않고, 갑자기 철민의 집으로 들이닥친다. 철민은 권기학 선생의 갑작스러운 방문으로 놀란다. 철민은 선생이 집안으로 들어서자, 멀찌감치에서 먼저 발견한다. 선생을 피해서 뒷문으로 나가 버린다. 권기학은 철민을 발견하지 못한다. 경자는 그 광경을 보고 깜짝 놀란다. 우리 집을 찾아온 사람이 누구신데, 철민이 갑자기 집을 나가 버리지? 경자는 철민의 모습을 보면서 권기학을 향해 다가간다. 이런 일이 그동안 없었는데, 철민이 무슨 큰일을 저지른 것 같아 걱정된다. 경자는 권기학에게 다가가 공손히 인사를 한다. 권기학도 공손히 인사를 한다.
　"철민이 담임 선생입니다. 불쑥 이렇게 찾아뵙게 되어 송구스럽습니다."
　철민이 담임 선생이라고 하자, 경자는 놀란다. 학교 담임 선생님이 가정방문을 한 듯한데, 뒷문으로 나가 버린 철민을 이해하지 못한다. 철민이 나서서 학교 담임 선생이라고 경자에게 안내하는 게 도리일 듯싶다. 누구인지 알려 주지도 않고 도망치듯이 뒷문으로 나가 버린 철민이 걱정된다. 철민이 무슨 큰일을 벌였는지 궁금하다. 철민이가 요즘 자전거를 안 사줘서 삐딱하게 나가고 있는 걸 경자도 눈치채고 있었지만, 큰 문제를 일으키지 않았다.

"아이고, 별 말씀을 다 하십니다. 선상님, 어서 오십시오."

경자는 철민이 나가 버리자, 선생님께 미안하여 볼 면목이 없다. 선생님이 방문하셨는데 함께 있지 못함에 당황스럽고, 어쩔 줄을 모른다.

"철민이 어머님! 철민이가 학교에서 문제를 일으켜서 이렇게 급하게 찾아뵙게 되었습니다. 무슨 일인지, 혹시 알고 계신가요?"

권기학은 경자에게 먼저 묻는다. 경자는 권기학이 학교에서 일어난 일을 아느냐고 묻자, 오히려 놀란다.

"아니요, 전혀 모릅니다. 우리 철민이에게 무슨 일이 있나요?"

경자는 몰라서 오히려 되묻는다. 권기학은 부모님을 학교로 오게 하려고 철민에게 여러 번 말했는데도 전달되지 않자, 급하게 철민의 집을 방문한 것이다. 자전거 도둑으로 몰린 철영이 경찰에 고발되기라도 하면 크게 문제가 되기 때문이다. 자전거를 잃어버린 학생들의 부모가 찾아와 난리를 치고 있으므로 사안이 급하다.

"철민이가 학교에서 사고를 일으켰습니다. 학교에 있는 학생들의 자전거를 계속 훔치고 있습니다. 자전거 도난 사고가 있었는데, 모두 철민이 한 일로 발각이 되었습니다. 학교에서는 심각한 사안으로 받아들이고 있습니다. 자전거를 잃은 학생 부모들이 알게 되었고, 경찰에 고발한다고 난리입니다. 철민이 경찰에 고발되기라도 하면, 철민이 아주 어렵게 될 수 있습니다. 경찰에 고발되면, 학교에서는 퇴학 처분을 할 수밖에 없습니다. 사안이 급해서 이렇게 급하게 방문한 것입니다."

 권기학은 사태의 심각성을 경자에게 알린다. 경자는 선생의 말을 듣고 심각하게 받아들인다. 철민이 자전거 도둑이라니? 기가 찰 일이다. 그동안 자전거를 사 달라고 했을 때 사 주지 못한 죄책감이 몰려온다. 경자는 철원이 자전거 사고로 죽은 트라우마 때문에 자전거를 사 주지 않았다. 일이 이렇게 확대될 줄은 몰랐다. 경자는 어떻게 해서라도 이 일을 빨리 수습해야 한다고 여긴다. 경찰에 고발이라도 되면, 철민에게도 안 좋은 일이라고 여긴다.

 "그런 일이 있었군요. 우리 철민이가 자전거를 사 달라고 했는데, 제가 사 주지 않았습니다. 돈이 없어서 안 사 준 게 아녔습니다. 사실은 철민이 형이 읍내로 중학교에 다니다가 자전거 사고로 죽었습니다. 그래서 철민이가 학교 댕기는 데 힘들더라도 자전거를 사 주지 않았던 겁니다. 그렇다고 철민이가 자전거를 몇 대씩이나 훔쳤다니, 입이 열 개라도 부모로써 할 말이 없습니다. 선상님, 정말로 죄송하게 됐습니다. 그동안 철민이 훔친 자전거는 새것으로 모두 보상해 드리겠습니다. 저, 사실은… 지는 철민이 큰어미입니다. 철민이 부모는 모두 죽었습니다. 그러는 바람에 철민이를 저희 종갓집 양자로 들였습니다. 철민이는 어렸을 때부터 제가 키웠습니다. 철민이가 요즘 들어서 친부모가 없는 걸 못 받아들이는지 몰라도, 사춘기와 맞물려 철민이 자꾸 엇나가려고 하고 있습니다. 철민이 큰아버지도 죽었습니다. 지금은 저 혼자서 철민을 키우고 있습니다. 선상님께서 우리 철민이를 잘 타일러 주십시오. 저도 잘 타일러서 앞으로는 이런 불상사가 나지 않도록 단단히 주의를 시키겠습니다. 죄송합니다."

경자는 철민의 사정을 모두 털어놓는다.

"아, 철민에게 그런 사연이 있었군요. 부모님을 학교에 모시고 오라고 여러 번 말해도, 듣지 않은 이유를 잘 몰랐습니다. 저는 그런 줄도 모르고, 엇나가기만 하는 철민에게 무슨 일이 있는지 걱정을 많이 했습니다. 제가 오늘 급하게 가정방문을 한 일이 다행이라고 여깁니다. 앞으로는 철민이에게 더 신경 써서 지도하겠습니다."

"감사합니다. 철민에게도 새 자전거를 사 주어서, 학교에서 자전거를 훔치지 않도록 단단히 주의를 시키겠습니다. 선상님도 우리 철민이를 너그럽게 봐주시길 부탁드립니다."

경자는 권기학을 배웅하고 방으로 들어선다. 방에 들어서서 한참을 움직이지 않고 서 있다. 철민이 자꾸 엇나가는 이유를 생각해 본다. 아무리 사춘기라고 하지만, 남의 물건을 훔치는 이유가 뭘까? 도둑질이라는 것을 분명히 알 나이인데. 양부모가 죽었다는 이유를 듣고서 나쁜 쪽으로 마음에 큰 변화가 있었을까? 철민의 심정을 이해하려고 애를 써 본다. 여기서 크게 혼냈다가 더 나쁜 마음을 가지게 될까 봐 걱정된다. 철민을 혼내지 않고 잘 타일러 보려고 노력한다. 선생님이 집에 방문했는데도 집을 나가버린 일은 심각한 일로 여긴다. 자전거를 훔칠 생각을 했다는 게 이해할 수 없다. 철민이 아직은 중학생의 신분이다. 어른들이 아무리

50. 방황   157

좋은 말을 해도 잘 듣지 않을 나이긴 하지만, 자전거를 도둑질했다는 것은 용서하면 안 되는 일이다. 철민의 마음을 이해해야 하지만, 정도가 있는 법이다. 철민에게 회초리를 들어서 따끔하게 훈계를 해야 할지 고민한다.

밤이 되자 철민이 집으로 들어선다. 저녁 식사를 마치자 경자가 철민을 부른다. 철민이 안방으로 들어온다. 철민이 안방에 들어오자 무릎을 꿇고 앉는다.
"큰어머니 잘못했습니다."
무릎을 꿇자마자 철민이 잘못을 빈다. 경자는 철민이 반성하고 있음을 알아차린다.
"아무리 그래도 그렇지. 자전거를 도둑질하는 일은 분명히 잘못한 일이다. 그렇게 자전거가 타고 싶었으면, 이 큰어매한테 말을 했어야지. 자전거를 잃어버린 부모들이 난리가 났다는데, 경찰에 신고라도 하면, 경찰서에 잡혀가 쇠고랑을 차야 한단 말이다. 선생님이 학교도 못 다니고 퇴학을 당해야 할 일이라고 했어. 그때는 내가 어떻게 막을 방법도 없거니와 그냥 그대로 놔두는 수밖에 없다. 아무리 자전거가 타고 싶어도 앞으로는 남의 자전거를 훔치는 일은 절대로 있어서는 안 된다. 알겠느냐?"
경자는 철민을 회초리로 때려서 훈계하고 싶지만, 많이 참는 중이다. 무릎을 꿇고 잘못했다고 비는 철민을 보자 불쌍한 마음이 든다.

"예."

철민은 큰어머니가 불같이 화를 내면서 회초리로 때릴 줄 알았는데, 화도 내지 않는다. 큰어머니께 미안하기 그지없다.

"자전거를 내가 안 사 주는 이유는 너도 잘 알다시피 철원이 성이 자전거 타고 학교에서 돌아오다가 변을 당하였기 때문이다. 그래서 내가 자전거를 안 사 준 거다. 앞으로 니가 자전거를 꼭 타고 학교에 다니고 싶다면, 사 주마."

"예."

경자는 큰맘 먹고 철민을 위해서 자전거를 사 주기로 양보한다. 그렇지만 자전거를 사 준다고 철민의 모든 문제가 해결되리라 보지 않는다. 이유 없는 반항을 하는 것을 알아차린 경자는 또 무슨 일이 일어날지 걱정이다.

철민은 경자가 싸 준 도시락을 챙겨서 아침 일찍 집을 나선다. 경자는 철민에게 자전거를 사 주었다. 대부분 아이는 읍내까지 걸어서 학교에 가지만, 철민은 자전거를 타고 씽씽 달린다. 자전거 사건 이후 말이 통 없어진 철민은 가족 누구와도 대화를 안 하려고 피한다. 사춘기에 접어들었는지, 묻는 말에도 대답도 잘 안 한다. 학교에서 필요한 준비물도 안 챙겨 가는 일이 자주 생긴다. 학업에도 흥미를 잃어버렸다. 학교에서 시키는 일이라도 잘 듣고 성실하게 학교를 잘 다니면 좋으련만, 철민은 학교 선생의 지시도 잘 따르지 않는다. 집에서는 도시락을 챙겨서 학교에 간다고 나갔지만, 학교에 결석하는 일이 자주 생긴다. 어디로 갔는지 학교에도 나타나지 않는다. 철민이 읍내에 있는 학교에 가질 않고 섬진강 강변에 홀로 앉아 있다. 자전거와 책가방은 덩그러니 놔둔 채 섬진강 백사장에 앉아 있다. 철민이 섬진강을 바라보고 있다. 섬진강을 바라보던 철민의 시선이 노고단 정상으로 향한다. 노고단 정상은 뭉게구름 속에 갇혀 있다가 고개를 쏙 내민다. 노고단 봉우리는 시시각각 변화무쌍한 모습을 보여 준다. 구름이 노고단을 점령하더니 다시 얼굴을 내민다. 저 구름을 타고 훨훨 날아갔으면 하는 생각을 한다.

 노준갑이 운동장 벤치에 홀로 앉아 있다. 학교 운동장에서 노고단을 바라본다. 노고단을 말없이 바라보는 일이 일상이 되어버렸다. 노고단과 하늘이 맞닿아 있는 지점을 계속 바라본다. 수업시간에도 종종 들어가지 않는다. 절간에서는 불상을 바라보는 일이 계속되지만, 학교에서는 노고단 꼭대기를 바라보는 일이 계속된다. 학생들은 노준갑을 멀리서 바라만 본다. 노준갑 근처에 얼씬거리지도 않는다. 노준갑 역시 학생들이 가까이 다가와도 눈길 한 번 주지 않는다.
 철민은 절간에서 학교에 다니는 노준갑이 항상 궁금하다. 홀로 외로운 시간을 버텨내는 노준갑과 말이 통할 듯싶지만, 서로는 항상 멀리서 바라만 본다. 자전거 사건으로 둘은 치고받고 싸웠다. 자전거 사건은 모두 해결되었고, 둘은 언제 싸웠는지도 모르게 다시 가까워졌다.

철민이 노준갑 곁에 와서 앉는다. 노준갑은 철민에게 씩 웃어 보인다. 철민도 노준갑이 웃어 주자 함께 따라 웃는다. 철민이 노준갑 가까이 다가와 앉아도 둘은 한참 동안 말이 없다.

"노고단 꼭대기에 뭐가 보이냐?"

철민이 조심스럽게 노준갑을 향해 말을 걸어본다. 노준갑은 철민의 물음에 대꾸도 하지 않는다.

"하늘에 뭐가 보이냐고?"

철민은 다시 노준갑에게 말을 걸어 본다. 노준갑은 철민의 물음에 고개를 돌린다. 아무 말 없이 그냥 씩 웃어 준다. 철민도 노준갑의 웃음에 웃음으로 대한다.

"그냥 노고단 꼭대기가 눈앞에 다가오니까 바라보는 거야. 나는 그냥 바라보는 것만으로도 마음이 가라앉거든. 무념무상이란 말이 있어."

"무념무상이라고?"

"그래. 아무 생각 없이 한곳을 쳐다보고 있으면 마음이 안정된다고."

그냥 바라보는 것만으로도 마음이 안정된다고? 철민은 본인 자신도 뭔가 불만이 가득 쌓인 마음이 다스려지지 않고 있음을 느낀다. 산꼭대기를 바라보기만 해도 마음이 안정된다면, 노준갑을 따라 해 보고 싶은 마음이 생긴다. 그만큼 철민은 마음 한구석에 불만이 가득 차 있다. 욕구 불만이 계속 쌓이고 있다. 부모가 없는 자신의 상황이 맘에 들지 않는다. 항상 스스로 외로운 존재가 되어 간다.

결석이 잦은 철민은 권기학 담임에게 불려 간다. 철민의 사정에 대해 가정방문을 통해 알게 된 권기학은 철민에게 강하게 말하지 않는다. 철민은 권기학 선생으로부터 결석하지 말라고 주의를 받는다. 교무실을 빠져나온 철민은 교실로 들어선다. 교실 안에는 철민이 나타나자 시선이 집중된다. 아이들은 시끄럽게 어울리다가, 철민의 눈치를 보며 모두 제자리에 가서 앉는다. 철민이 자전거 도둑 사건이 있고 난 뒤로는 철민을 더욱 경계한다. 철민은 유명한 싸움꾼이다. 잘못 시비를 걸었다가는 주먹이 바로 날아오기 때문이다. 같은 반 아이들도 철민의 눈치를 보는 것이다. 노준갑은 철민이 교실로 들어오자 철민을 유심히 바라본다. 노준갑이 철민에게 다가간다.

"철민이 오랜만이다. 니가 웬일로 학교를 다 나왔냐?"

노준갑은 철민을 향해 시비를 걸어온다. 철민은 노준갑을 쳐다보지도 않는다. 노준갑을 철저히 무시해 버린다. 노준갑도 싸움깨나 하는 유명한 아이이다. 서로 시비를 걸어서 좋은 일이 없을 듯싶다. 철민은 아무 말 없이 창밖을 바라본다. 시선은 운동장으로 향한다.

"야! 그래 오랜만이다. 이거 답답해서 어디 살겠냐? 준갑이 너, 학교 끝나면 나랑 함께 가지 않을래?"

"나랑 항꾸네 같이 가자고?"

"그래! 학교 다니기도 싫은데… 절간에나 가 있어 보려고."

노준갑은 철민이 본인을 향해 비아냥거리는 소리로 들린다. 노준갑이 절에서 학교에 다니고 있는 걸 잘 아는 철민이 절간으로 간다고 하니 믿기지 않는다. 오히려 절간에나 같이 가자고 하니까, 철민과 싸울 필요도 못 느긴다. 노준갑은 당장 책가방을 챙긴다.

"철민이 니가 절간에 가자고 하면 나야 좋지. 너 핑계로 땡땡이나 칠까? 학교 끝나는 시간까정 언제 기다리냐. 지금 당장 나가자!"

노준갑도 오히려 당장 학교를 땡땡이칠 핑계로 삼는다. 노준갑과 철민은 격하게 싸울 때도 있지만, 죽이 맞는다. 노준갑도 반항아가 되어 버린 마당에, 학교 공부에는 관심도 없다. 핑겟거리만 있으면 학교를 뛰쳐나가는 일이 더 좋을 뿐이다.

노준갑은 스님의 아들이라서 아버지가 누군지도 모르고 살아온 존재다. 절간에서 스님의 아들로 태어났다. 어렸을 때는 몰랐지만, 점점 커 갈수록 궁금해진다. 어머니가 스님이어서 다른 아이들과는 출생이 다름을 받아들이지 못하고 있다. 혜정 스님으로부터 출생의 비밀을 듣지 못한 상태다. 혜정 스님의 강요로 인하여 읍내 중학교에 진학했지만, 사춘기가 일찍 찾아왔다. 머리를 빡빡 깎고 학교에 다녀야 하는 일이 어렸을 때는 몰랐는데, 점점 머리가 커 갈수록 반항심이 생기고 있다. 최근에는 머리도 빡빡 깎지 않는다. 스포츠머리를 하고 다닌다. 나는 아버지가 누구인가? 혜정 스님을 어머니라고 부르지도 못하고, 스님이라고만 부르고 있는 본인에 대한 의구심이 점점 심해지고 있다. 주변에서는 노준갑이 지나가기만 하면 숙덕거리기 일쑤이다.

"쟤는 절에서 학교에 다니나 봐. 맨날 머리를 빡빡 밀고 다니잖아. 천은사 스님의 아들이래. 아부지가 누군지도 모른대."

지나가는 소리가 노준갑의 귀에 자꾸 거슬린다. 어렸을 때는 그러려니 하고 넘어갔는데, 머리가 커질수록 본인의 출생 비밀에 대해 점점 반항심이 생겨 버렸다. 학교에 와서 남들의 시선이 집중되는 것 자체가 싫다. 하찮은 일로도 친구들과 주먹다짐으로 종종 확대된다. 철민과도 사소한 일로 여러 번 다투면서, 주먹다짐까지 하고서야 사이가 가까워졌다. 철민과 준갑은 이유 없이 싸움꾼이 되어 버렸다. 다행히도 처지가 비슷한 철민과 준갑은 같이 어울리는 사이가 되었다.

철민은 자전거에 노준갑을 태우고 천은사로 향한다. 가다가 힘들면 자전거에서 내린다. 들판에 앉아서 쉬었다가, 다시 자전거를 끌고 함께 걷는다. 천은사를 가는 길이 학교에서 너무 멀고, 시간이 오래 걸린다. 신작로를 걷다가 구불구불 논두렁을 돌고 돌아 여관촌 입구로 접어든다.

"준갑이 너 매일 이 먼 길을 걸어서 학교에 다니는 거야?"

"그럼. 이게 뭐가 멀어?"

"야, 천은사에 도착하려면 아직도 많이 남았나?"

"아니야. 천천히 가다 보면 금방 나올 거야."

노준갑은 하나도 급할 것이 없다는 듯이 태연하게 말한다. 철민은 점점 지쳐 간다. 천은사를 향하여 계속 오르막길을 올라가는 기분이다. 철민에게는 천은사 가는 길이 너무 멀게 느껴진다. 노준갑은 매일 이렇게 걷다 보니 하나도 지루하지 않다. 어려서부터 천은사 계곡을 돌아다니면서 단련된 몸이다.

철민과 노준갑이 천은사 입구에 도착한다. 수홍루를 지나서 절 마당에 도착한다. 노준갑은 절 마당에 도착하자 극락보전으로 향한다. 안으로 들어가서 불상에 절을 하고 나온다. 학교 가기 전과 외출했다가 절에 도착하는 즉시 극락보전에 들렸다가 가는 습관이 몸에 배어 있다. 철민은 노준갑이 하는 일을 유심히 살핀다. 절에서 만나는 사람들에게 두 손을 모아 공손히 인사를 건넨다. 노준갑이 절 뒤편으로 향한다, 오솔길을 따라서 도계암으로 향한다. 철민도 준갑을 따라 오솔길로 들어선다. 오솔길 주변의 계곡은 그야말로 야생성이 살아 있다. 집채만 한 바윗덩어리가 계곡 곳곳에 있다. 계곡물이 흐르는 소리도 우렁차다.
"야! 이 계곡에 있는 바윗돌을 유심히 봐라."
노준갑은 천은 계곡 곳곳에 있는 거대한 바윗돌을 향해 손으로 가리킨다.
"이게 여름 장마 때, 천은 계곡에서 굴러 내려온 바윗돌이야. 여름에 큰 장마가 져서 큰물이 내려올 때는 무시무시해. 이 계곡에서 나는 '우르릉 쾅쾅'거리는 소리가 천둥소리처럼 들려오거든. 그 소리는 집채만 한 바위가 계속해서 굴러오면서 나는 소리거든. 장마 때는 이 계곡은 큰물이 어마어마하게 내려오거든. 그때 구경 한번 와라. 이 계곡을 지나는 붉덩물을 쳐다보면, 그야말로 가슴이 뻥 뚫리는 것 같아서 나는 이 계곡이 일 년 내내 너무나 좋아."

천은 계곡이 좋다고 하니, 철민은 천은 계곡이 달리 보인다.

"우리 좀 쉬었다 가자."

"그래."

철민은 계곡에 흐르는 물소리를 들으니 기분이 상쾌해진다. 계곡 물소리가 모든 시름을 잊게 만든다. 바람도 살랑거리며 시원하게 불어온다. 새들이 지저귀는 소리가 귓전에 다가온다.

"야! 이 계곡 끝내준다."

철민은 감탄을 쏟아 내며 잠시 쉬어간다. 오솔길을 따라서 도계암에 도착한다.

"다녀왔습니다."

노준갑은 혜정 스님을 보자 두 손을 합장하고 공손하게 인사를 한다.

"스님! 별일 없었어요?"

"예."

노준갑이 혜정 스님에게 깍듯이 예를 표한다. 철민도 노준갑을 따라서 공손하게 인사를 한다.

"어서 오십시오."

"학교 같은 반 친구인데, 함께 왔습니다."

"잘 오셨습니다."

혜정 스님의 환대에 철민은 호기심을 가진다. 철민은 여승을 처음으로 보기 때문이다. 어떻게 여승이 됐지? 노준갑에게 깍듯이 존대하는 모습이 궁금할 따름이다.

밤이 깊어지자 도계암은 고요 속에 묻힌다. 칠흑의 어둠 속에서 노준갑과 이철민이 마주 앉아 있다.

"준갑아, 나는 학교도 가기 싫고, 집에서도 뛰쳐나오고 싶은 생각뿐이야. 자전거를 훔쳤던 일도, 그 일을 생각해 보면 한심한 일이지. 당연히 그러지 말아야 했는데, 나도 나 자신을 모르겠어. 사실 나는 부모님이 모두 돌아가셨어. 내가 어렸을 때 돌아가셔서 나는 부모님의 얼굴도 잘 몰라. 큰어머니께서 나를 어렸을 때부터 키워 주셨거든. 그래서 그런지 이유 없이 내가 하는 일이 맘에도 안 들어. 내가 굳이 남의 눈치를 보면서 살아야만 하는지 모르겠어. 큰어머니께 항상 미안할 따름이야."

준갑은 철민의 말을 듣자 덤덤하게 받아들인다. 철민이 그런 아픔이 있는 줄을 몰랐다. 안됐다는 생각을 하면서도, 누구에게나 아픔과 번민은 있는 것이라고 여긴다.

"철민이 니가 그런 아픔이 있는 줄을 몰랐네. 너만 그런 게 아니라, 나도 사연이 많은 놈이야. 내 얘기를 할라면 밤을 새워도 모자랄 거야. 나도 아버지가 누구인지도 아직 모르고 있어. 아까 인사드렸던 스님은 나를 낳으신 우리 엄마야. 그런 사연이 궁금했었고, 나도 모르게 반항심이 생겨서 엄청나게 방황했었지. 사실은 나도 요즘 들어 많이 좋아지는 중이야. 그전에는 말도 못 했어. 너를 학교에서 처음 만나고 지켜보면서, 니가 반항아 기질을 가지고 있는 것 같아서 궁금하긴 했어. 철민이 니가 마음먹기에 달렸어. 나는 그 방황을 불공으로 다스리려고 엄청나게 노력을 하는 중이야. 아직도 천지 분간을 모르고 날뛸 때가 있지만."

철민도 준갑의 말을 담담하게 듣고서 놀란다. 무슨 사연이 있을 거라 짐작은 했지만, 준갑도 본인처럼 많은 방황을 하고 있음을 알아차린다.

"그럼 너는 태어나서부터 천은사에 있었던 거야?"

"그렇지. 읍내 중학교도 가지 않으려 했는데, 스님이 학교에 다녀 보면서 천천히 결정해 보라 해서, 그냥 다녔던 거야. 당장 학교에 안 가면 내가 할 수 있는 게 없거든. 심심하기도 하고, 나 혼자 절에서 할 수 있는 일이 별로 없어. 맨날 농사짓는 울력에 참여해야 하거든. 겨울이 되면 땔감도 맨날 지어 날라야 하고. 나이는 어리지만, 중노릇이나 할 수밖에 없어. 그 모든 일이 수행이라고 여기며 견디어야 하는 일이 스님의 생활이야. 기약 없는 긴 시간을 견디어 내는 일도 만만치가 않은 일이야. 스님 생활로 접어들었으면 학교는 포기해야 했거든. 나도 고민을 많이 했지. 내가 아직 어리니까, 스님께서 학교에 가라고 권유했던 거야. 처음에는 학교 가는 일이 싫었는데, 차차 스님이 학교에 다니라고 한 이유를 알게 됐어. 학교에 갔으니까 너도 만났다고 생각해."

"나는 준갑이 너를 볼 때마다 궁금했었거든. 절에서 학교에 다니는 기분은 어떨까? 나도 그 절에 가 보고 싶다는 마음이 생긴 거거든."

"철민아. 천천히 고민해 봐. 너무 급하게 모든 일을 결정하려고 하지 말고."

준갑은 철민에게 어떻게 하면 도움이 될까를 곰곰이 생각한다.

나도 머리나 깎고 중이나 되어 볼까? 이대로 집을 나와 버릴까? 이 절에서 나를 받아 줄까? 철민은 절에 있으면서 공상에 점점 빠진다. 마음은 혼란한데, 결정은 쉽게 내리지 못한다. 본인 때문에 큰집에서 짐이 되는 것도 같다. 나만 훌쩍 집을 나와 버리면 그만인데.

철민이 학교에서 돌아오지 않자, 경자는 눈이 빠지게 철민을 기다린다. 날이 점점 어두워진다. 철민이 무슨 일이 있나? 경자는 갑자기 철민이 걱정된다. 집안사람들과 잘 어울리지도 않고, 아무 말도 없이 혼자서만 행동하는 철민이 걱정된다. 경자는 집을 나선다. 마을 어귀에서 신작로를 바라본다. 읍내 쪽에서 사람이 올라오는지, 눈이 빠지도록 계속 바라본다. 밤이 깊어질수록 신작로에는 다니는 사람이 보이지 않는다. 철민이 밤늦게 어디서 무얼 하는지 걱정이 된다. 문득 철원이 생각난다. 철원이 밤늦게 돌아오지 않았던 날도 경자가 마을 어귀에서 기다리다가 읍내 가는 길을 따라서 계속 걸었다. 철민이에게 혹시 무슨 일이 생기지는 않았는지, 점점 불안한 생각이 든다. 철원이 자전거 사고를 당했던 일이 자꾸 생각난다.

"별일 없을 거야!"

경자는 혼자서 말을 내뱉는다. 그러면서도 본인을 자책한다. 내가 왜 방정맞은 생각을 하지? 경자는 철민이 조금 늦을 거라고 다독거린다. 경자가 읍내 가는 방향으로 계속 걸음을 옮기다가 뒤돌아서 집으로 들어온다. 이렇게까지 사람을 기다리게 한 적이 없던 철민이었다. 경자는 집으로 돌아와서도 계속 대문 안으로 누가 들어오는지 신경이 온통 그쪽으로 집중되어 있다. 바느질감을 주섬주섬 챙긴다. 바느질하면서도 정신 집중이 되지 않는다. 경자는 밤을 꼬박 새운다.

철민은 도계암에서 이른 아침을 맞이한다. 도계암의 아침은 새벽부터 부산하게 움직인다. 읍내 학교까지 가려면 해가 뜨기 전에 아침 일찍 나서야 한다. 노준갑이 나가자고 철민을 재촉한다. 철민은 학교에 가지 않겠다고 한다. 노준갑은 철민이 무슨 생각을 하고 있는지 감을 잡을 수가 없다. 철민이 하는 대로 지켜만 보고 있다. 철민의 방황이 결정되기만을 기다리고 있다. 철민이 하자는 대로 들어주고 싶다. 절까지 따라온 친구를 도와주고 싶은 마음 뿐이다.

혜정은 철민이 방황하고 있음을 눈치챈다. 노준갑도 한동안 많이 방황했었다. 중학교에 다니지 않겠다고 했었다. 노준갑을 달래서 중학교에 다니기를 권했다. 다행히 노준갑의 방황은 길게 가지 않았다. 당장 머리를 깎고 스님이 되지 않을 거면, 학교에 다녀야 한다고 강조했다. 스님 생활은 천천히 해도 된다고 설득을 하였다. 노준갑은 스님이 되는 일보다, 중학생이 되어 학교에 다니겠다는 결론을 본인 스스로 결정하였다. 학교에 다니는 길이 오히려 덜 외로울 것 같았다. 스님이 된다고 당장 뭐가 해결되지도 않는 일이라고 여겼다. 노준갑은 남의 눈을 점점 의식하지 않는다. 본인이 하고 싶은 대로 하면 그만이라고 생각한다. 아이들과 가끔 부딪히는 경우가 있지만, 잘 견디면서 학교에 다니고 있다. 혜정은 언제라도 노준갑이 학교를 그만둔다고 하면, 강요는 하지 않을 계획이다. 노준갑이 철민 친구와 함께 갑자기 도계암에 올라와서 학교에 가지 않자, 혜정은 노준갑이 하고 싶은 대로 하도록 바라보고만 있다. 누가 먼저 학교에 가지 않겠다고 했는지 확인하려고도 하지 않는다. 끼니만 정성 들여서 챙겨 주고 있다. 철민과 노준갑은 산으로 올라간다.

경자가 서둘러 읍내로 향한다. 경자의 머릿속은 오로지 철민이 걱정뿐이다. 철원이가 밤에 자전거 사고를 당했었기 때문에, 철민이가 제발 무사하기만을 빌고 있다. 경자의 발걸음이 점점 빨라진다. 학교로 들어간다. 담임 선생에게 공손히 인사를 한다. 권기학은 수업도 시작하기 전인데, 경자의 갑작스러운 방문에 의아해한다. 이철민에게 또 무슨 일이 생겼는지 궁금하다.

"어서 오십시오."

"선상님, 우리 철민이가 어제 집에 들어오지 않았습니다. 밤새 기다리다가 아침 일찍 찾아뵙게 되어 송구스럽습니다."

경자는 권기학에게 철민의 사정을 말한다. 권기학은 이철민이 집어 들어오지 않았다고 하니, 무슨 일이 생겼는지 더욱 궁금하다.

"이철민이 어제는 학교에 나왔는데, 오늘은 학교에 나오지 않았습니다. 철민이가 아무 연락도 없었던가요?"

"예. 철민이에게 무슨 일이 생겼는지 걱정이 되어서 밤새 한숨도 못 잤습니다. 무슨 사고라도 생긴 것은 아닐까요?"

경자는 학교에 오면 철민의 소식을 알까 했는데, 학교 담임 선생까지 철민이 소식을 모른다고 하니 더욱 불안하다.

"여기 잠깐만 앉아 계십시오. 아직 수업 전이니까, 같은 반 아이들에게 수소문해 보고 금방 돌아오겠습니다."

권기학은 상담실에서 급하게 나간다. 학급으로 들어가 철민을 수소문해 본다. 학급 전체의 출석 체크를 확인한다. 노준갑도 학교를 나오지 않았다. 노준갑과 이철민에 대해 조사를 해 보니, 어제 오후에도 수업 시간을 빼먹고 일찍감치 둘이 함께 나갔다는 소식을 알게 된다. 권기학은 다른 정보는 얻지 못하고 상담실로 다시 돌아온다.

"같은 반 아이들에게 조사를 해 보니, 어제도 노준갑이란 학생과 함께 수업도 빼먹고 나갔다고 합니다. 노준갑도 오늘 학교에 나오지 않았습니다. 혹시 노준갑을 찾으면, 이철민도 함께 있을까 싶은데요."

권기학은 철민을 찾을 방도를 알려 준다. 경자는 어떻게 해서라도 철민을 빨리 수소문해야 한다.

"선상님. 그럼, 철민과 함께 나갔다는 학상 집이 어딘가요?"

경자는 그 학생 집에라도 당장 달려갈 기세다. 철민이 어디에 있는지라도 알아야 할 만큼 시간이 촉박하다. 철민이 무슨 변고라도 생겼을지 계속 불안하다. 철민을 찾아야 하는 경자의 눈빛이 초조해 보인다.

"노준갑도 특별한 아이입니다. 저…."

권기학은 노준갑에 대해서 말을 하려다가 머뭇거린다. 천은사 절에서 읍내까지 걸어서 다니고 있는 아이이다. 조금은 다른 아이와 다른, 특별한 아이이다.

"노준갑은 스님의 아들입니다. 머리도 중처럼 빡빡 깎고 학교에 다니기도 합니다. 그 아이 집은 천은사입니다."

"예? 학상이 천은사 스님 아들이라고요!"

경자는 천은사 스님의 아들이란 말에 놀란다. 스님의 아들이 학교에 다닌다는 일이 일반적인 일은 아니라고 여긴다. 어찌 됐든, 경자는 철민을 찾는 일이 급하다. 인사를 하고 학교를 급하게 나온다.

천은사로 향한다. 천은사는 초록이 무성하다. 천은사 가는 길

50. 방황 173

은 경자에게 익숙하다. 경자는 쉬지 않고 걸음을 재촉한다. 천은사에 다다르자 혜정 스님이 먼저 떠오른다. 절에서 읍내까지 학교에 다니고 있으면 도계암일 거라고 예상한다. 아이들은 도계암에서 혜정이 돌보고 있을 걸로 본다. 극락보전을 지나서 도계암 오솔길로 향한다. 도계암에 들어서자 혜정이 경자를 반긴다.

"어서 오십시오. 보살님."

"스님. 그동안 잘 계셨능가요?"

혜정과 경자는 합장하며 인사를 나눈다. 혜정은 경자를 수년 만에 다시 본다. 예전처럼 우울한 모습이 아니다. 자식을 잃은 어미의 슬픔과 극도의 우울감에 힘들어했던 모습이 아니다. 다행으로 여긴다.

"제가 좀, 급한 일이 있어서, 읍내 학교에서 곧장 오는 길입니다."

"무슨 급한 일이라도…"

혜정은 경자가 급한 일이라고 하니, 무슨 일인지 궁금하다.

"스님이 돌보는 아이 중에 읍내 중학교에 다니는 아이가 있다던데, 어디 있나요?"

경자는 중학생 아이가 어디 있는지 궁금하다. 그 아이를 찾아야만 철민을 찾을 수 있을 것 같다. 철민의 행방이 가장 궁금한 사안이다.

"아, 우리 스님 아이를 찾고 있나 보네요. 노준갑을 찾나요?"

혜정은 아이 이름을 들먹거리며 경자에게 확인한다.

"예. 이름은 잘 모르겠는데, 중학교에 다니는 아이가 맞습니까?

아침 일찍 학교 담임 선생님을 찾아갔더니, 오늘 학교에 안 나왔다고 하던데요. 그 학생은 시방 어데 있나요?"

경자는 급하게 노준갑이 어디 있는지 궁금하다.

"아, 우리 스님이 어제 친구를 데리고 왔더라고요. 혹시 그 아이를 찾나요?"

혜정도 경자가 노준갑을 찾는 이유가 함께 온 친구 아이를 찾는 걸 알아차린다.

"예? 그 아이는 지금 어디 있나요? 제가 그 아이 때문에, 이렇게 급하게 도계암으로 올라왔습니다."

"그 아이가 무슨 연유에서인지 몰라도, 어제 도계암으로 올라와서 제가 밥을 챙겨 줬습니다. 오늘은 둘 다 학교에 가지 않겠다고 하더라고요. 조금 전까지 있었는데, 멀리 가지 않았을 겁니다."

경자는 그 아이가 철민이라고 생각하고 마음을 내려놓는다. 철민이가 도계암까지 왔으리라고는 꿈에도 생각을 못 했었다. 다행히도 이곳에 와 있는 것 같아 다행이라고 여긴다. 철원이 자전거로 사고로 죽었던 기억 때문에, 철민이에게도 무슨 사고가 생겼을까 하는 생각에 얼마나 가슴을 졸였는지 모른다. 입이 바짝바짝 마르며 초조했었다. 천은사로 오는 동안에도 온통 철민이 생각뿐이었다. 제발, 철민이가 천은사 친구를 따라가서 무사하기만을 빌었다. 경자는 이제야 천천히 숨을 고른다.

한참을 지나자 철민과 노준갑이 도계암으로 들어선다. 경자는

50. 방황

철민을 살펴본다. 다친 데는 없는 듯하다. 큰어머니와 혜정 스님이 함께 서 있는 것을 발견한 철민은 공손하게 인사를 한다. 경자가 도계암까지 찾아왔다니, 갑자기 도망을 치고 싶은 생각이다. 철민이 집안사람을 피하는 이유는 변명하기 싫어서였다. 무슨 말로 변명을 하려면 시간이 걸리고, 본인의 마음을 다스려야 하는 일이 어려웠기 때문이다. 그래서 무슨 잘못된 일이 생기면, 그 자리를 피해 왔다. 철민은 절에까지 큰어머니께서 찾아왔는데, 이 자리를 피하는 게 도리가 아니라고 여긴다. 속으로 긴 숨을 몰아쉰다.

"어서 오세요."

혜정이 웃으면서 둘을 반갑게 맞이한다. 경자는 철민이 곁으로 다가간다.

"철민아, 다친 데는 없고?"

"예."

철민은 경자의 물음에 공손하게 답한다. 혜정은 경자의 눈치를 살핀다. 서먹한 분위기를 바꾸려고 한다.

"어여, 안으로 들어가서 차나 한잔합시다."

혜정은 모두 안으로 들어가서 담소나 하자고 권한다.

"스님. 저희는 더 돌아볼 곳이 있습니다."

노준갑은 일부러 그 자리를 피하고자 핑계를 댄다.

"그렇게 하세요."

혜정은 편하게 말한다. 노준갑은 철민을 데리고 돌아서서 나간다.

"보살님, 그럼 우리끼리 안으로 들어가서 차나 한잔합시다."

요사채로 들어온 혜정은 녹차를 준비하여 내어놓는다.

"따뜻한 차 한잔 드십시오. 속도 마음도 편안해질 겁니다."

"감사합니다."

경자가 천천히 차를 한 모금 마신다. 속이 다스려지고 편안함을 느낀다. 그동안 초조했던 마음도 진정이 된다.

"스님 차 맛이 일품입니다."

혜정은 경자가 차 맛이 일품이라고 하자 빙그레 웃으며 경자를 쳐다본다.

"사실은, 아까 그 아이가 제 아들입니다."

경자는 그 아이가 혜정의 아들이라는 말에 놀란다. 몇 해 전에 경자가 도계암에 왔을 때, 철민이와 비슷한 또래의 아이가 본인이 낳은 아이라고 했었는데, 그 아이란 말인가?

"국민학교 졸업 후 읍내 중학교에 가지 않겠다고 하는 걸 제가 잘 달래서 보내긴 했는데, 지금도 본인이 학교에 가기 싫다고 하면 가라고 강요하지 않습니다. 본인 스스로 고민하고, 판단해서 결정하게 놔두고 봅니다. 모든 일은 본인에게 달려 있다고 봅니다. 학교에 안 가면 당장에 주지 스님을 보좌하고, 예불을 드려야 하고, 절간에서는 챙겨야 할 일이 너무 많습니다. 일하지 않는 자는 먹지도 말라는 말이 있듯이, 낮에는 울력해야 하고, 절에서는 챙길 일이 태산입니다. 우리 스님은 어려서부터 절간의 일을 경험한 탓인지, 울력보다는 학교가 더 좋은가 봅니다. 아직은 학교를 잘 다니고 있습니다. 스님 생활을 할라면, 고등학교까지는 다 마친 후에 결정해도 늦지 않다고 말해 주었습니다. 그래도 본인이 못 견디고, 싫어하면 하지 말라고 합니다. 그래야 본인이 책임 있게 살아가는 것 같습니다. 제가 강요해서 한 일이, 나중에 원망하고 후회하지 않도록 하려고 노력하는 중입니다."

혜정은 아이와 함께하면서 얻은 경험을 털어놓는다. 아이에게는 머리를 깎은 자신의 존재를 항상 깨닫게 해주는 일이라고 여긴다. 학교에서도 머리를 빡빡 깎고 다니면서 아이들과 구별되는 모습이지만, 그런대로 잘 견디어 온 아이다.

경자는 혜정의 이야기를 듣고, 많은 생각을 한다. 철민이 부모가 없는 관계로 사춘기에 접어들어 방황하는 모습을 멀리서 지켜보려고 했다. 철민의 방황은 어른들이 못 말린다는 것을 알아가고 있다.

"사실은 철민이라는 아이는 제 아이가 아닙니다. 스님도 아시다시피 제 아이는 읍내 학교에서 자전거를 타고 집에 돌아오다가 사고로 죽었습니다. 조카입니다. 아이 부모님도 도두 일찍 죽었습니다. 그래서, 어려서부터 철민을 제가 키웠습니다. 우리 철민이가 사춘기에 접어들었는지, 요즘 집안에서는 어른들과 말도 없고, 뭐가 불만인지 자꾸 엇나가는 것 같아 걱정입니다. 자전거를 사 달라고 하길래 자전거는 절대로 안 된다고 안 사 주려고 했는데, 학교에서 아이들 자전거를 계속 훔치는 바람에 한바탕 큰 문제를 일으켰습니다. 그래서 어쩔 수 없이 자전거를 사 주었습니다. 아침에 자전거를 타고 학교에 간 아이가 집에 돌아오지 않아서, 얼마나 걱정을 했는지 모릅니다. 밤을 꼬박 새우고 부랴부랴 찾아 나섰습니다. 학교 담임 선생님을 만나고 나서, 천은사에서 다니고 있는 아이와 함께 나갔다고 해서 찾아온 길입니다. 조금 전에 보셨듯이 부모가 찾아왔는데도 별말이 없는 아이입니다. 앞으로 어떻게 해야 할지 고민이었는데, 스님의 말을 들으니 저도 그냥 본인이 하고 싶은 대로 놔두고 멀리서 바라만 보고 있어야 할 것 같습니다."

철민은 일본 외갓집에 다녀오게 해 달라고 경자에게 말한다. 경자는 철민의 요청에 쉽게 답을 하지 못한다. 철민이 일본에 가 본 적도 없고, 부모님도 모두 돌아가셨다. 일본 외갓집에 가 봐야, 반갑게 맞이해 줄지 어떨지도 모를 일이다. 일본에 철민이 혼자서 보내는 일이 탐탁잖게 여겨진다. 엄마가 보고 싶은 마음이 간절하리라 여긴다.

철민은 외할머니와 어머니가 일본에서 돌아가셨다는데 어떻게 된 일인지, 묘비는 세워졌는지 궁금하기만 하다. 외삼촌이 계시다고 하는데, 외삼촌과 이종사촌들은 어머니를 기억하는지? 장례는 어떻게 치렀는지? 자식 된 도리로서, 묘가 있다면, 묘비에 술이나 한잔 따르고 싶은 마음이 간절하다. 이씨 종갓집의 종손이라고 해서, 수시로 돌아오는 제사와 시제까지 꼬박꼬박 지내는 일을 봐 온 철민으로서는 돌아가신 어머니 기일이라도 알아 와서 챙겨야 한다고 여긴다. 철민이 중학생이고, 본인이 일본을 가 보겠다고 하니 경자는 허락한다. 일본에서 왔던 전보를 보여 주며 주소를 확인해 보라고 한다.

철민의 방황이 외갓집 식구를 만나면 달라지리라 본다. 경자는 여러 날을 고민하다가 여비를 마련하여 준다. 철민은 일본 갈 준비를 모두 마친다. 철민은 구례구역에서 기차를 타고 순천으로 가서, 순천에서 부산행 열차 경전선을 갈아타고 부산에 도착한다. 철민이 부산항에서 서성거린다. 항구에는 많은 배가 들락거린다. 일본으로 가는 배를 타려고 알아본다. 관부연락선에 올라선다. 망망대해를 헤치며 배는 계속 움직인다.

일본에 도착한 철민은 주소 하나 달랑 가지고 외갓집을 찾아 나선다. 우여곡절을 겪으며 외갓집에 도착한다. 외갓집 친척들을 만나서 인사를 한다. 친척들은 철민을 반갑게 환대한다. 친척으로부터 어머니와 외할머니의 묘비를 안내받는다. 철민이 묘비 앞에서 큰절을 올린다. 눈물을 보이지 않는다. 어머니의 얼굴이 기억나지 않아서인지, 무덤덤하다. 사람은 기억을 통해서 감정 이입이 되는데, 철민의 마음속에는 어머니의 기억이 없다. 사람의 감정은 기억이 없으면 그리움도 없는 법이다. 그래서인지, 그동안 어머니에 대한 그리움도 없었다. 절을 올린 후 묘비 앞에 앉아서 한참을 바라본다. 너무 늦게 찾아온 죄책감이 앞선다. 얼굴도 기억하지 못하는 어머니와 외할머니의 묘비 앞에서 하염없이 침묵의 시간을 갖는다. 다행히도 그동안 이유 없는 분노와 반항심으로 자신을 통제할 수 없었던 기운은 일어나지 않는다. 수 시간을 말없이 앉아 있던 철민이 묘비 앞에서 일어선다. 묘비를 떠나는 발길이 천근만근이다. 철민의 우울감은 점점 높아진다. 오히려 철민의 방황에 도움이 되지 못한다. 정신이 점점 혼란스러워진다. 외갓집 친척들에게 인사를 하고 돌아선다. 철민은 말이 점점 없어져 버린다. 일본에서도 철민이 있을 곳은 없다. 말도 통하지 않거니와 친척들의 환대도 불편하다. 철민은 서둘러 일본을 떠난다.

일본에서 돌아온 철민은 집으로 돌아가지 않는다. 부산 바닷가에서 멍하니 앉아 있다. 부산 곳곳을 돌아다닌다. 집으로 돌아가고 싶지 않다. 어머니의 묘를 보고 왔지만, 위로되지 않는다. 오히려 더 답답한 일일 듯싶다. 정처 없이 부산을 돌아다니다가 수중에 돈이 점점 떨어진다. 부산에서 일해야겠다고 마음먹는다. 국제시장을 돌아다니다가 '짐꾼 구함'이란 안내문을 발견한다. 가게 안을 기웃거린다. 가게 안에 있던 남자 주인과 철민이 마주친다. 남자 주인은 눈치 빠르게 철민에게 말을 걸어온다.

"일하고 싶나?"

"예."

철민은 기어들어 가는 소리로 대답을 한다.

"이리 들어와 보소!"

철민이 가게 안으로 천천히 들어선다.

"몇 살이지?"

남자가 보기에는 철민이 덩치는 있지만, 나이가 어리게 보인다.

"열여섯 살입니다."

"집은 어데꼬?"

"일본에서 왔습니다."

철민은 일본에서 왔다고 얼버무린다.

"일본에서 무슨 일로 왔노?"

"일본에 친척이 계셨는데, 일본에 살아 볼라고 갔다가 다시 돌아왔습니다."

남자는 고개를 갸우뚱거린다.

"그래? 쬐끔 특이한 놈이네."

남자는 철민의 신상에 대해 크게 신경을 쓰지 않는 눈치다.

"짐꾼을 구하는데, 힘든 일이거든. 할 수 있겠나?"

"시켜만 주십시오. 뭐든지 할 수 있습니다."

철민은 무슨 일이든지 할 수 있다고 말한다.

"좋아. 내가 보니깐 힘도 쎄게 생겼구먼. 당장 따라오거래이!"

남자는 부둣가로 철민을 데리고 간다. 철민은 그 뒤를 따라간다. 남자는 부둣가에 있는 사무실에 철민을 인계해 주고 돌아가 버린다. 사무실은 허름하다. 바닷바람에 시달려서인지 나무로 조립된 사무실은 우중충하다. 사무실에 있던 남자는 철민을 위에서 아래로 훑어본다.

"어디 아픈 데는 없나?

경상도 특유의 말투로 철민을 쏘아본다.

"예."

철민은 씩씩하게 대답한다. 힘없이 대답했다가는 일을 시키지 않을까 조바심이 난다.

"요기는 엄청 힘든 일을 하는 곳이데이. 힘쓰는 일인데 할 수 있겠나?"

"예. 뭐든지 시켜만 주십시오. 잘할 수 있습니다."

"여기는 뭐 하는 데냐면, 쩌그! 큰 배가 보이지. 큰 배에 올라가서 짐을 지고 부둣가 창고로 지어 나르는 일이다. 웬만한 장정이 하는 일이라서 엄청 힘들대이. 할 수 있겠나?"

"예. 할 수 있습니다."

남자는 고개를 끄덕이며 알겠다는 듯이 대답을 크게 한다.

철민은 땀을 뻘뻘 흘리며 큰 배에서 부둣가 창고로 짐을 옮긴다. 항구에는 갈매기가 날아다닌다. 바닷바람을 맞으며 일에 열중한다. 점심시간에는 일꾼들과 앉아서 식사를 마치고, 잠깐 눈을 붙인다. 숙소는 부둣가에서 단체로 합숙을 한다. 일은 산더미처럼 매일 부여된다. 아침 일찍부터 시작해서 해가 넘어갈 때까지 작업은 계속된다. 아직 젊은 철민은 고된 노동에도 잘 버텨낸다. 워낙 힘든 일이라서 일을 마치면 잠에 곯아떨어진다. 아침이 되면 똑같은 노동이 반복된다. 온갖 시름에 고민하였던 철민은 생각할 시간이 없다. 한가하게 앉아서 누굴 떠올릴 여유도 없어져 버린다. 오로지 돈을 벌겠다는 생각으로 하루하루를 버텨 낸다. 숙소에는 막노동하는 짐꾼들이 수시로 바뀌고 들락거리지만, 철민은 주변 사람들에 대해 전혀 신경을 쓰지 않는다. 힘든 일이지만, 견디어 내야 한다고 계속 다짐한다. 집으로 돌아가지 않으려면 참아 내야 한다. 빠르게 한 달이 지나간다. 일당을 손에 쥔 철민은 부산 곳곳을 돌아다닌다.

일본에 다녀온다던 철민이 한 달이 지나도 돌아오지 않는다. 경자는 철민이 돌아오기만을 눈이 빠지게 기다린다. 철민이 일본 외갓집에는 제대로 찾아갔을까? 일본 외갓집에서 일본에서 살라고, 놔주지 않은 것일까? 철민은 이 집 장손이고, 호적에도 아들로 올려놨다. 철민이 돌아오지 않으면, 이씨 종갓집 장손이 없어져 버리면… 워낙 엉뚱한 데가 많은 철민이라서, 경자는 기다리고 있지만 마음이 놓이지 않는다. 경자는 별별 생각을 다 하며 철민이 돌아오기만을 바란다. 철민이 고등학교를 진학해야 하는데 소식이 없자 경자는 애가 탄다. 철민이 학교에 가겠다고만 하면, 읍내 농고를 보낼 것이 아니라 순천이나 서울로 보내려고 한다. 순천은 집과는 가깝지만, 혼자 자취를 해야 할 형편이다. 서울로 보내는 일이 좋을 듯한데, 본인의 생각도 문제다. 서울은 수지가 집을 지키고 있어서 본인만 원한다면 수지와 함께 서울에서 학교에 다니게 하고 싶다. 광주도 가까운 곳이고, 작은댁의 철중이가 광주에서 학교에 다니고 있다. 철중이와 함께 자취를 시키면 철중의 도움을 받을 수 있어서 괜찮은 일이라고 여긴다. 철중이 아버지가 상이군인이 되어 원호 대상자로 선정이 되었듯이, 철민도 원호 대상자로 선정되어 학비도 적게 들기 때문에 학비 걱정도 없다. 철민이 빨리 돌아와서 고등학교 문제를 결정짓고 싶다. 새 학기가 점점 가까워지고 있다. 철민이 집으로 돌아오지 않자, 경자는 애가 탄다. 배움도 때가 있는 법이다. 제때에 학교를 진학해야 하는데, 철민이 아무 연락이 없자 경자는 걱정이 앞선다. 무슨 안 좋은 불상사라도 생겼는가?

부산으로 돌아온 철민은 학교에 다녀 봤자, 계속 마음을 못 잡을 것 같다. 차라리 일찌감치 기술이나 배워서 취업하여 자립한다는 목표다. 이제는 큰집에 신세를 지기는 싫다. 중학교에 다닐 때도 공부에는 흥미가 없었다. 고등학교에 가더라도 공부는 뒷전이라는 것을 본인이 너무 잘 알고 있다.

하 — 도시로 나가는 아이들

서울 반포동 옷 공장에 불이 난다. 불로 인해 공장의 모든 것이 활활 타 버린다. 공장 안에 있던 기계며, 원단이며, 옷까지 하나도 건지지 못한다. 건물도 몽땅 타 버리는 바람에 폭삭 내려앉아 버렸다. 그야말로 공장에서 아무것도 건지지 못하고 재만 남는다. 다행히 화재로 인명 피해는 발생하지 않았다. 옷 공장의 불로 수환의 남대문 옷 가게도 잠시 문을 닫는다. 수환은 화재로 인하여 그동안 벌어 났던 돈까지 몽땅 잃어버린다. 각종 원자재 대금과 직원들의 밀린 급여를 주고 나니 빈털터리가 된다. 5년간 빌린 공장 터에 새 건물을 짓고, 기계를 새로 사들이고, 원단을 사들이려면 많은 돈이 필요하다. 몽땅 불에 타 버린 바람에 복구는 엄두도 내지 못한다. 공장을 살 당시에는 인철이 자금을 투자하였지만, 인철이 죽는 바람에 인철 부인이 공장에서 손까지 뗀 상태다. 부인은 공장에 대해 잘 모르거니와 많은 자본을 다시 투자해 달라고 하기에는 무리라 여긴다. 수환이 알기로는 인철이 서울에 너무 많은 돈을 투자하면서 시골의 전답을 절반 이상 판 것으로 알고 있다. 옷 공장 터는 계속 내버려둔다.

수지는 서울에서 간호대학을 졸업했다. 서울역 인근의 세브란스 병원에 출근한다. 병원은 집과도 가까운 거리이다. 걸어서 출퇴근한다. 매일 병원에서 환자를 돌보느라 바쁘게 살아간다.

민영익은 조미수호통상조약 체결 후 보빙사절단을 이끌고 미국 대통령을 접견하고 돌아온다. 갑신정변이 일어나서 급진 개화 세력으로부터 칼로 피격을 당한다. 민영익은 미국 의사인 알렌 선교사에게 맡겨진다. 이미 14명의 한의사가 민영익을 돌보고 있다. 고약과 꿀을 상처 부위에 넣으려고 하자, 알렌은 화들짝 놀란다. 한의사들을 제지하고 나선다. 칼자국으로 살점이 갈라진 깊은 상처는 꿰매야만 할 일이라고 판단한다. 서양의학으로 외과 치료를 시작한다. 꿰맨 수술 부위에 소독약을 발라 주고 항생제를 투여한다. 정성스럽게 간호하여 살려낸다. 서양의학으로 민영익을 살려낸 일은 왕실과 조선 전체에도 크게 소문이 난다. 알렌은 그 공훈을 인정받아 조선 왕실의 신임을 얻는다. 알렌은 선교를 합법화하고, 의료 활동 공간을 확보하기 위해 서양식 병원 건설을 왕실에 제안한다. 알렌의 주도로 제중원(사람을 널리 구하는 집. 처음에는 광혜원으로 시작 — 은혜를 널리 베푸는 집)이라는 서양식 최초 병원을 설립하기에 이른다. 제중원은 서양의학을 도입하여 그야말로 획기적으로 많은 사람을 살려내면서 복음도 함께 전하는 계기로 삼는다. 전국 각도에도 제중원을 설립하여 의사 선교사들이 배치되고, 서양의학이 보급되고, 운영까지 맡는다. 제중원에서 선교사들은 대부분 무료로 진료해 주며 의료 선교 활동을 병행한다. 조선 정부로부터 제중원의 운영권을 이관받은 에비슨은 1904년 서울역 인근 새 부지에 미국인 세브란스의 지원을 받아, 지원자의 이름을 딴 세브란스 병원을 설립하기에 이른다. 세브란스 병원은 의학교를 설립하여 조선인 의사와 간호원을 길러낸다. 세브란스 의학교를 졸업한 조선인 의사들은 귀중한 인재로 거듭나고, 전국의 도시에 선교사들이 세운 병원에 배치된다. 순천의 알렉산 병원, 여수의 애양원 병원, 전주의 예수 병원, 광주의 기독병원(제중원)… 조선 팔도 곳곳에서 세브란스 병원 출신 조선인 의사들은 선교사들과 함께 조선 사람들을 치료하는 데 헌신한다. 그 영향으로 한의사에게만 의존하여 왔던 한방 의료 체계가 빠른 속도로 변하여 조선에 서양의학이 전파되는 큰 업적을 이루어 낸다. 선교사들은 더 나아가 졸업생 중에 몇 명을 미국 의과대학까지 유학을 보낸다. 서양 의술을 미국에서 직접 배우게 한 후에 조선으로 귀국시킨다. 세브란스 의학교를 졸업한 사람 중에 독립운동가를 비롯한 수많은 인재를 배출해 낸다. 조선 의학계에 한 획을 긋는 많은 인재를 배출해 낸다. 함흥 출신의 현봉학도 선교사의 도움으로 세브란스 의학교에 입학하여 졸업한다. 졸업 후 선교사의 도움으로 미국에서 유학하고 돌아온다. 의사 생활을 하다가 전쟁이 일어나자 의무병으로 자진 입대한다. 영어를 능통하게 하는 바람에 미 군사 고문 겸 알몬드 사령관 통역병으로 발탁된다. 고향인 함흥 사령부에 머물면서 함경도의 장진호 전투에 사령관과 함께 투입된다. 중공군의 개입으로 미군이 대패하고 흥남 철수를 시작하자, 현봉학은 미군 군종병 목사와 신부들과 합세하여 사령관에게 탄원서를 제출한다. 피난민들도 흥남을 철수하는 피난선에 올라타게 허락을 받아낸다. 현봉학은 즉시 고향인 함흥으로 다시 달려간다. 함흥교회 교인들과 지인들, 10만 명의 피난민들을 구출해 내는 기적을 이루어 내는 데 일등 공신 역할을 한다. 훗날 경신학교(연희전문학교의 전신)와 세브란스 의과대학교 교장을 겸임하였던 에비슨의 주도로 종합대학으로 구체화시켰으나, 일제하의 총독부는 허락하지 않았다. 해방 후 1957년에 연희와 세브란스는 '연세'로 통합되었다.

수지가 하얀 간호복을 입었다. 병실을 드나들며 입원해 있는 조설국을 간호한다. 축구를 하다가 다리를 다친 조설국은 발에 깁스를 하고 누워 있다. 설국은 수술한 지 이틀째다. 팔에 링거를 맞고 있다. 다리의 깁스를 풀기 전에는 병상에서 꼼짝없이 지내야 할 신세가 됐다. 시간이 지날수록 무료함을 느낀다. 병실에서 눈을 감고 누워 있다. 간호원인 수지가 병실로 들어선다. 팔에 꽂아 놓은 링거에서 수액이 잘 공급되고 있는지 확인한다. 누워 있는 조설국을 쳐다본다.

"몸이 많이 불편하시죠. 깁스를 풀 때까지는 심하게 움직이시면 안 됩니다. 심하게 움직이시면 수술한 자리가 빨리 아물지 않습니다. 팔에 꽂은 링거도 빠지면 안 됩니다. 이동할 일이 생기면 저희 간호원을 부르세요."

"예."

수지는 친절하게 설명해 준다. 조설국은 환자에게 상냥하게 설명해 주는 수지가 고맙기만 하다. 수지는 링거를 다시 확인하고 병실을 나간다.

조설국은 방금 다녀간 간호원의 모습이 계속 아른거린다. 참으로 선녀 같기도 하고, 천사 같은 마음을 지닌 간호원으로 각인된다. 설국은 혼자 무료하게 시간을 보낸다. 간호원 말대로 꼼짝없이 병상에 누워 있어야만 한다. 시간이 지나자 설국은 화장실에 가고 싶다. 움직이려고 몸을 일으키자 깁스 때문에 움직임이 불편함을 느낀다. 깁스와 링거가 꽂혀 있어서 옴짝달싹 못 하게 생겼지만, 화장실이 점점 급해진다. 서둘러 목발을 짚고서라도 화장실을 다녀와야만 한다. 병상에서 내려와 바닥을 짚고 일어서야 한다. 혼자서 낑낑거리며 몸을 움직여 본다. 기를 쓰고 움직여 보지만, 혼자서는 일어서기조차 어렵다. 병상에서 겨우 몸을 일으켜 앉는다. 병상에서 내려서야 하는데 도저히 자신이 없다. 조금만 움직여도 깁스한 다리에 통증이 밀려온다. 병상에서 잘못 내려가다가 바닥으로 떨어질 것만 같다. 혼자서 내려서기는 힘들 것 같다. 간호원의 도움을 받아야만 할 것 같다. 소리를 질러 간호원을 불러야 하지만, 화장실 때문에 간호원에게 와 달라고 소리를 지를 수는 없는 일이다. 간호원과는 멀리 떨어져 있다. 큰 소리를 낼 자신이 없다. 간호원이 들어오기만을 기다린다. 시간이 지날수록 화장실은 점점 더 급해진다. 시간이 점점 더 지나간다. 간호원이 왜 안 들어오지? 설국은 간호원이 들어오기만을 간절히 바란다. 때마침 문이 열리고 간호원이 나타난다. 수지가 병실 문을 열고 들어서는 모습은 천사가 등장하는 것만큼이나 반갑다. 설국은 간호원의 도움 없이는 꼼짝 못 하게 생겼는데, 때마침 병실로 들어와서 다행이다. 설국은 간호원에게 부탁하기를 주저한다. 화장실을 가야 하는데 부탁하기가 민망하기도 하다. 설국은 용기를 낸다.

"저… 제가 화장실이 좀 급한데요… 도와주실 수 있나요?"

염치 불구하고 간호원에게 도움을 요청한다. 간호원은 설국의 부탁을 듣고 빠르게 다가온다. 간호원은 움직임이 어려운 환자의 도움 요청에 빨리 도와야 한다고 여긴다.

"그럼요. 화장실 가시게요?"

"예."

친절하게 도와주는 간호원이 고맙기도 하고, 미안하기도 하다. 수지가 목발을 챙겨서 설국 옆으로 다가온다.

"저희 간호원이 필요할 때는 언제라도 바로 부르세요. 부르시면 즉시 달려오겠습니다. 제가 붙들어 드릴 테니까, 천천히 몸을 움직여서 병상 아래로 한쪽 발을 천천히 내디디셔야 합니다. 제가 목발을 드릴 테니까, 양손으로 먼저 목발을 짚고 천천히 움직이시면 됩니다. 링거도 빠지면 안 되니까 함께 움직이도록 제가 도와드리겠습니다."

수지는 설국에게 천천히 움직여 보라고 말한다. 링거 받침대를 움직여 설국 앞으로 당겨 놓는다.

"감사합니다."

수지가 목발을 건네자 설국은 목발을 짚고 한 발로 천천히 일어선다. 설국은 몸을 움직여서 한 발을 천천히 병상 아래로 내디딘다. 한쪽 발은 공중에 떠 있다. 설국은 간호원의 도움으로 천천히 목발을 짚는다. 수지가 링거를 설국 앞으로 더 가까이 당겨 준다. 설국은 천천히 목발을 짚고 한 걸음을 뗀다. 수지는 설국이 천천히 움직이는 모습을 바라본다. 링거 받침대도 함께 움직이면서 화장실을 다녀와야 한다.

"혼자서 화장실을 다녀오실 수 있겠어요?"

"예."

수지는 설국이 혼자 다녀올 수 있을지 재차 확인한다. 설국이 못 간다고 하면 함께 화장실까지 따라갈 기세다. 간호원으로 병원에 입원한 환자에게 당연한 친절을 베풀고 있다. 설국은 링거 받침대를 밀면서 천천히 움직인다. 화장실로 향한다.

다리 수술 후 깁스를 하는 동안에는 조설국은 수시로 이수지의 도움을 많이 받는다. 조설국의 부모가 바쁜 바람에 간호를 해 줄 상황이 아니다. 시일이 지날수록 조설국은 병원에서 이동할 일이 생기면 혼자서도 잘 해낸다. 하루 24시간 병상에 누워 있는 조설국은 이수지가 근무하는 시간만 손꼽아 기다린다. 이수지가 나타나기만 하면 조설국은 가슴이 설렌다. 괜히 기분이 좋아진다. 이수지와 말 한마디라도 나누고 싶은 심정이다. 이수지가 병원 근무가 아닌 시간에는 오로지 이수지 생각뿐이다. 이수지는 병원에 근무하는 시간에는 정성을 다해 조설국에게 친절하게 대한다. 만날 때마다 웃으면서 환자를 돌본다. 조설국은 이수지에게 고맙다는 인사를 계속하며 말을 건다. 이수지도 조설국에게 환자 이상으로 호감이 간다.

레스토랑에는 잔잔한 고전 음악이 흐른다. 조설국이 먼저 와서 기다리고 있다. 수지가 문을 열고 레스토랑 안으로 들어선다. 수지는 병원에서 일을 마치고 레스토랑으로 오는 길이다. 조설국이 일어서서 수지를 반긴다. 수지는 먼저 조설국에게 말을 건넨다.
"일찍 오셨어요?"
"어서 와요. 나도 회사 마치고 오느라 조금 전에 도착했어요. 병원에서 바로 오시는 길인가요?"
"예. 오늘 환자들이 많아서 바빴어요. 일을 마무리하고서 곧장 왔어요."

"피곤하겠군요. 일이 힘들지는 않나요?"

"견딜 만합니다."

웨이터가 다가와서 공손히 인사를 하며 메뉴판을 건넨다. 수지는 메뉴판을 들여다본다.

"뭐로 하시겠어요? 맛있는 걸로 시키세요."

조설국은 수지에게 먼저 음식을 선택하게 양보한다.

"저는 함박스테이크로 할게요."

"그럼, 나도 같은 거로 주세요."

웨이터는 주문을 받고 공손하게 인사를 한다.

"발은 괜찮나요?"

"예. 이제는 뛰어다녀도 될 만큼 좋아졌어요. 이렇게 빨리 정상적으로 돌아올 수 있었던 것도 수지 씨의 보살핌 덕분이죠."

"아이, 제가 뭘요. 저야 간호원으로서 당연히 해야 할 일을 했을 뿐인데요."

"저는 병원에 있는 동안 오로지 수지 씨가 오기만을 기다렸습니다. 수시로 오는 것도 아니고, 쉬는 날은 수지 씨를 볼 수 없다는 게 너무나 아쉬운 시간이었습니다. 수지 씨의 마음 씀씀이가 너무나 고마웠습니다. 수지 씨를 보는 순간부터 내 마음이 활짝 열리고 기분이 좋아졌거든요. 그동안 정말 고마웠습니다."

조설국은 그동안 수지에게 표현하지 못했던 이야기까지 몽땅 털어놓는다. 조설국은 수지 씨만 좋다면 만남을 계속 이어 가기를 바랄 뿐이다. 어떻게 해서라도 수지 씨에게 고마움을 표현하고 싶은 마음이다.

　식사가 나오자 음식을 먹기 시작한다. 수지도 조설국이 싫지는 않다. 아주 예의 바르고, 수지를 향한 마음을 숨기지 않고 털어놓으니 괜히 기분이 좋다. 조설국은 이유 불문하고 이수지에게 푹 빠져 있지만, 수지의 신상에 대해서 궁금하기만 하다. 수지가 어디에 사는지, 가족 관계는 어떻게 되는지 궁금하기만 하다. 수지 씨의 마음 씀씀이가 너무나 마음에 들었다. 병원에서 퇴원하면서 연락처를 서로 주고받았다. 시내에서 만나자고 했을 때 흔쾌히 응해 준 것만으로도 고맙기만 하다. 조설국은 대학을 졸업하고 대기업에 다니고 있다. 대학을 나오고 어엿한 직장에 다니고 있어서 이수지만 좋다고 하면 계속 만남을 이어 가고 싶은 마음이다. 수지도 조설국에 대해 경계심이 점점 없어진다.

　수지와 설국이 덕수궁 돌담길을 함께 걷는다. 둘은 금방 가까워졌다. 설국은 종로 쪽에 회사 사무실이 있고, 수지도 서울역 부근 병원에 근무하는 관계로 정동 부근에서 자주 만난다. 회사에서 퇴근하고 걸어서 갈 수 있는 거리이다. 수시로 만나서 함께 걸으며 데이트를 즐긴다. 덕수궁에서 수지 집까지는 멀지 않은 거리이다. 조설국과 함께 수지가 사는 집까지 바래다준다. 집 가까이 오자 조설국은 수지가 집에 들어갈 때까지 기다린다. 수지는 뒤로 돌아서서 인사를 건네고 집으로 들어간다. 수지가 집으로 들어가는 것을 확인하고 뒤돌아서 집으로 향한다.

철민은 부둣가로 가면 전에 일하던 곳에서 다시 일할 수 있지만, 고민한다. 항구에서 짐을 나르는 일은 너무 고된 일이다. 다른 일자리를 찾기 위하여 자갈치 어시장에 들른다. 어시장에는 배에서 내려놓은 생선이 산더미처럼 쌓여 있다. 생선 상자를 옮기느라 인부들이 땀을 뻘뻘 흘리고 있다. 아주머니들은 쌓아 놓은 생선을 선별하여 나무 상자에 담느라 빠르게 손을 움직이고 있다. 한쪽에서는 생선을 흥정하느라 경매꾼들의 고함치는 소리가 시장을 떠들썩하게 한다. 수많은 고깃배와 어부들과 상인들이 어우러지는, 그야말로 사람 사는 시장의 풍경이다. 철민은 자갈치 시장을 계속 구경하면서 남자들이 일하는 곳에서 눈을 떼지 않는다. 생선 상자를 나르는 곳으로 다가간다. 일을 마치고 앉아서 쉬고 있는 남자들에게 다가간다.

"저, 여기 인부 필요하지 않나요?"

"왜? 여기서 일을 해 볼라꼬?"

"예."

남자는 철민을 훑어본다. 아직 앳돼 보이는 청년이다. 고생한 티가 없어 보이는 철민이 마음에 들지 않는다.

"보아하니, 아직 학생인 듯싶은데. 맞나?"

남자는 다짜고짜 퉁명스럽게 철민을 향해 쏘아붙인다. 철민은 남자의 강한 눈빛에 주눅이 든다.

"예. 중학교는 졸업했습니다."

"그래, 내 말이 맞다 아이가. 아직 학생이다 카이."

남자는 땀을 훔치며 철민에게 관심 없다는 듯이 고개를 돌린다. 귀찮다는 표정이다. 철민은 어쨌든 부산에 정착하려면 일을 해야 한다. 집으로 돌아가서 큰어머니께 손을 벌리기는 싫다. 나 혼자 막노동을 하여서라도 돈을 벌고 싶다. 돈을 벌면 그 돈으로 기술을 배워야 한다고 여긴다. 부산에서는 혼자 몸이다. 혼자 몸이라서 남의 눈치도 볼 필요가 없다. 혼자 결정해서 일을 시작하면 된다. 아직 젊은데 몸으로 하는 일을 한 번 더 경험해 보고 싶다.

"지는 힘이 쎕니다."

철민은 용기를 내어 말한다. 일을 시켜만 주면 잘할 것 같다. 남자는 철민이 힘이 세다는 소리에 다시 철민을 쳐다본다. 남자들끼리 철민이 힘이 세다는 소리에 서로 얼굴을 바라보며 고개를 끄덕인다.

"그라면 한번 해 볼 낀가?"

남자는 아까와는 다르게 철민에게 일을 시켜 보려는 말투로 철민에게 말을 걸어온다. 철민은 남자의 말투를 알아차리고 바짝 다가간다.

"한 번만 시켜 주십시오. 잘할 수 있습니다."

철민은 씩씩하게 대답을 한다. 귀찮게 여겼던 남자는 고개를 끄덕인다.

남자들은 장소를 옮겨서 생선 상자를 나르는 일을 다시 시작한다. 철민도 작업복으로 갈아입었다. 남자들 틈에 끼어서 생선 상자를 옮기느라 바쁘게 움직인다. 생선 상자를 차에 가득 실어서 내보내기도 하고, 손수레에 실어서 창고로 운반하는 일을 계속한다. 항구에서는 뱃사람들이 생선 상자를 계속 내려놓는다. 철민 일행은 생선이 가득 들어 있는 상자를 들어서 운반한다. 생선을 선별하고 있는 여자들 곁에 생선을 쏟아 놓는다. 생선을 바닥에 내려놓으면 여자들은 생선을 나무 상자에 선별하여 담는다. 담아 놓은 생선은 남자 일꾼들이 달려들어 차로 옮긴다. 철민도 눈코 뜰 새 없이 바쁘게 움직인다. 땀을 뻘뻘 흘리며 작업에 열중한다.

작업을 마치고 식당에 모여서 밥을 먹는다. 남자 일꾼들은 철민을 챙긴다.
"오늘 고상 많았데이, 마이 묵으라! 여기 생선도 한 마리 더 묵으라!"
남자 일꾼들은 고생한 철민에게 밥을 푹 퍼서 밥그릇에 옮겨 담는다. 생선도 철민이 앞으로 더 가져다준다. 덩치만 크지, 아직 앳돼 보이는 철민이 안쓰럽기만 하다. 집에서 학교에 다니고 있는 아들 같아 더 챙겨 주고 싶은 마음이다.
"고맙습니다."
철민은 배도 많이 고프긴 하지만, 함께 일했던 일꾼들이 챙겨주니까 고맙기만 하다. 철민은 허겁지겁 밥을 먹는다. 밥을 먹고 나자 나무 상자가 쌓여 있는 곳으로 모인다. 나무 상자 위에 앉아서 차를 마신다.
"니, 아까 보니까 일을 잘하던데, 고향이 어디꼬?"

남자 일꾼들은 철민에 대해 궁금하다.

"쩌그, 절라도 구례에서 왔그만이라."

"구례 하면 지리산이 있는 화개 쪽에 있는 거 아이가?"

일꾼은 철민이 구례에서 왔다고 하니까 호기심을 잔뜩 가진다.

"예. 화개 옆이 구례입니다."

"야, 니 진짜로 멀리서 왔다 아이가!"

"예."

"내가 구례 출신이기도 하고, 화개 출신이다. 아이가!"

장윤필은 철민이 구례라고 하니까, 확인하는 차원에서 구례냐고 다시 물어본 것이다. 철민은 장윤필이 구례 출신이라고 하니까 갑자기 궁금해진다. 구례 출신이라니?

"야! 반갑데이!"

장윤필은 철민이 구례 출신이라고 하니까 빙그레 웃으면서 철민을 계속 바라본다.

"구례 촌놈이 부산까정 어이 왔드노?"

"돈 벌려고 왔습니다."

"야, 부산에서 돈 벌기가 호락호락하지 않은 곳이데이. 아직 젊으니깨로 경험을 쌓아봐야 알겠지만, 우리겉이 못 배우고 빽 없는 사람은 노동일 하는 것밖에 모른데이."

"앞으로 잘 부탁합니다. 근디, 아까 구례와 화개 사람이라고 했는디, 뭔 소리당가요?"

"아, 그기 이야기를 하자면 엄청 복잡해진다."

철민은 장윤필의 이야기가 더욱 궁금해진다.
"내, 한가하면 말해 줄께."

철민은 꼭두새벽부터 어시장 창고 한쪽에서 눈을 비비고 일어난다. 여름이라서 잠을 자는 데는 불편함을 느끼지 못한다. 생선 비린내도 몸에 배어서 못 느낀다. 일어나자마자 새벽부터 자갈치 어시장에서 생선 하역 작업을 시작한다. 항구에는 고깃배가 밤사이에 잡은 물고기를 새벽부터 내려놓기 때문이다. 생선은 신선도가 생명이기 때문에 새벽부터 일이 시작된다. 동이 트자마자 시작된 생선 하역 작업은 해가 둥둥 뜨는 시간에 마무리된다. 고깃배가 많이 들어올 때는 하역 작업과 선별 작업은 점심 식사를 끝내고도 계속된다. 철민은 지칠 법도 하지만 땀을 뻘뻘 흘리면서 열심히 일한다. 생선을 담은 상자를 건네주면서 장윤필과 차에 실어야 하는 협동 작업도 빈틈없이 해낸다. 힘이 들면 꾀를 부릴 법도 하지만 철민은 그야말로 성실하게 일을 해 나간다. 철민은 누가 시키지 않아도 바닥 청소까지 마무리한다.

점심 식사를 마치고 장윤필이 철민에게 담배를 한 대 권한다. 철민은 담배를 받아 들고 고개를 숙여 고맙다는 표시를 한다.

"노동일을 할라면 술도 한잔하고, 담배도 피워야 한데이. 그래야 오래 견딘다. 자, 니도 한 대 피우라."

장윤필은 철민에게 담배 한 개비를 건넨다. 철민은 담배를 공손하게 받는다. 장윤필이 성냥으로 불을 피운다. 본인 담배에 불을 붙이고 나서, 철민에게도 불을 붙여 주려고 한다. 철민은 담배를 입에 물고 고개를 숙이고, 불 옆으로 가까이 다가간다. 담배에 불이 붙는다. 장윤필이 담배를 한 모금 길게 들이마신 후 연기를 내뿜는다. 철민도 담배 연기를 길게 들이마신 후 연기를 길게 내뿜는다. 장윤필은 철민이 구례에서 왔다고 하니까 인정을 베풀고 싶다.

"사실은 말이야, 내가 구례에서 잠깐 살았던 적이 있어. 우리 아부지 말로는 원래 우리 할아부지 고향은 구례라고 하더라고. 우리 부모님은 일제 치하에는 화개에서 살다가, 만주로 갔다고 하더라고. 나는 일제 치하에서 우리 부모님을 따라서 만주에서 살았데이. 해방되어서 귀환한 동포인데, 갈 데가 없어서 구례 친척 집에 잠시 머물렀었지. 그때 구례에서 우리 누님을 결혼시키자마자 화개골로 내려왔었데이. 그래서 내가 구례와 인연이 있다. 아이가."

장윤필이 구례에 있었다고 하니 철민은 더욱 궁금해진다.

"구례 어디에 있었습니까?"

"내사, 오래되어서 잘 기억이 잘 안 나는데, 내 기억으로는 구례에서 서너 달 있었나? 어릴 때라서 그곳 지리를 내가 잘 모르지. 누님이 구례에 살고 있으니까, 나중에 우리 누님한테 물어봐야 알 수 있을 끼야. 내가 기억하는 곳은 구례 다음으로 살았던 화개골은 분명히 기억을 해. 화개골도 만주에서 돌아와서 아무것도 가진 게 없으니까 산속에서 땅을 개간하여 화전민으로 살았는데, 전쟁이 나는 바람에 빨치산 잡는다고 산속에서 모두 철거를 당했지. 화개에서 벗어나 하동읍에서 살았지. 우리 아부지도 돌아가시고 난 후에 일자리를 찾아서 부산으로 왔지만, 부산도 어디 호락호락하지 않더라고. 부산은 전쟁 후에 워낙 많은 피난민이 모여들어서 일자리 경쟁이 치열해졌거든."

"구례 어디인지 기억나지 않으셔요?"

"기억이 조금 나는데, 우리 누님이 광의 연파리 이씨 집안으로 시집을 갔다는 얘기는 들었던 거 같애. 기억이 가물가물해서."

"연파리라고요?"

철민은 장윤필이 연파리라고 하니 놀란다. 부산에서 이런 인연이 이어지다니 장윤필에게 강한 호기심이 발동한다.

"제가 연파리 출신입니다. 이 대감 집이라고 연파리에서 아주 부잣집 하면 모두가 다 아는 집입니다."

철민은 장윤필에게 기억을 더듬게 하려고, 고향 집을 알려 주려고 애를 쓴다.

"나는 그때 어려서 잘 모르지. 관심도 없거니와 알려 줘도 잘 기억이 안 나지. 집에 어무이가 계시니까 나중에 물어보고 말해 줄께. 우리 어무이는 기억하고 계실지도 모르니까."

"저도 사실은 부모님이 모두 돌아가셨습니다. 지가 너무 어려서 돌아가시는 바람에 부모님 얼굴이 제 기억에는 없습니다. 어머니가 돌아가셨다는 소식을 나중에 접하고서는 엄청나게 방황했습니다. 이유도 없이 모든 게 싫었습니다. 큰집에서 눈칫밥 먹으면서 읍내 중학교까지는 다녔는데, 더는 큰집 식구들에게 피해를 주기는 싫습니다. 어머니도 해방이 되어서 부모님들을 따라 일본에서 건너온 분이십니다. 일본에서 돌아가셨다기에 일본 외갓집을 가 봤지만, 어머니의 흔적을 찾을 수가 없었습니다. 친척들도 전혀 모르는 사람들이라서 곧장 돌아와 버렸습니다. 저도 이제 혼자서 살아가야 할 것 같아서 닥치는 대로 일을 하려고 합니다. 궂은일이라도 열심히 해 볼 작정입니다."

"그래. 아직 젊은디 열심히 해 봐야지. 여그 자갈치 어시장만 일이 있는 거 아닌깨로. 인연이 닿으면 부산에는 좋은 일자리도 얼마든지 있다 아이가. 힘 있고 건강만 허락되면 할 수 있는 일이 많은 곳이 부산인기라."

장윤필은 철민에게 열심히 해 보라고 격려를 해 준다.

자갈치 어시장 생선 하역 작업장에 장윤필이 보이지 않는다. 철민은 땀을 흘리며 하역 작업을 계속한다. 장윤필이 작업장에 나타나지 않자 철민은 궁금하다. 1달이 지나자 차림새가 말끔해진 장윤필이 나타났다.

"아저씨!"

철민은 장윤필을 보자마자 반갑게 맞이한다. 일하느라 장윤필은 벌써 잊어버리고 있었다.

"그래. 고상이 많제. 이따가 국밥이나 같이 하재이."

"예!"

철민은 큰 소리로 대답한다. 장윤필은 생선을 옮기느라 땀에 젖고, 비린내 나는 옷을 입고 있을 때와는 완전 딴판이다. 철민을 찾아와서 국밥이나 같이 하자고 하니까 기대된다. 자갈치 어시장 작업장에서 가장 친근하게 챙겨 주던 아저씨였고, 고향 사람을 만나니 반갑기만 하다. 그동안 어떤 일이 있었는지 궁금하기도 하다. 철민은 작업을 마치고 장윤필과 식당에 마주 앉는다.

"고상이 많데이. 힘들지는 않나?"

"견딜 만합니다. 그란데 아저씨는 어떻게 된 거여요?"

"나야 지인의 소개로 밀가리 공장에 취직했다 아이가. 오늘 쉬는 날이라서 생선도 사고, 니 얼굴도 볼 겸 해서 자갈치에 안 왔나. 그라고 여기 어시장은 추운 겨울에는 아무리 돈을 많이 준다 캐도 추워서 못 한다. 추불 때는 바람도 쌩쌩 불어 대지, 사방팔방이 꽁꽁 얼어붙는데, 웬만한 사람들은 못 버티고 다 떨어져 나간다. 그래서 겨울이 오기 전에 밀가리 공장에 하역 작업하는 데 취직했다 아이가. 니도 밀가리 공장에 취직 원하면 내한테 말하래이. 자리가 나면 알려 줄게. 밀가리 공장도 밀가리 푸대를 나르는 일이다 아이가."

"고맙습니다. 날씨가 추워지면 지도 여기서 일을 못 할 것 같으니께로 아저씨가 일하는 밀가리 공장에 취직 좀 시켜 주십시오. 제가 힘쓰는 일에는 자신 있다 아입니까."

"그래 알았대이. 밀가리 공장도 힘드는 일이기는 하지만, 여기 어시장보다는 나을 성싶으니까. 그라고, 여기처럼 바람 쌩쌩 부는 난장에서 일을 하는 게 아니고, 실내에서 일할 때가 더 많거든."

"그럼, 나중에 아저씨 만날라면 어디로 연락하면 됩니까?"

철민은 장윤필 아저씨를 만나기 위해 미리 알아 두려고 애를 쓴다.

"우리 집 주소는 내사 잘 모르겠고, 부산진역에서 철도 지하 차도를 따라서 건너와서 위로 쭉 올라오면, 밀가리 공장이 나오거든. 밀가리 공장 앞에서 기다리면 나를 만날 수 있을 끼다."

"예. 나중에 아저씨를 꼭 찾아가겠습니다."

"그래. 언제라도 필요하면 찾아오래이!"

날씨가 점점 추워지자 철민이 밀가루 공장을 찾아 나선다. 밀가루 공장 앞에서 장윤필이 나오기를 기다린다. 많은 사람이 한꺼번에 쏟아져 나온다. 멀리서 장윤필이 보인다. 철민은 마음이 설렌다. 장윤필을 만나야 자갈치 어시장에서 빠져나올 수가 있기 때문이다.

"아저씨!"

철민은 장윤필을 보자 큰 소리로 부른다. 장윤필은 철민이 부르는 소리에 철민 곁으로 다가온다. 서로 웃으면서 악수를 한다.

"어, 잘 찾아왔데이."

"예. 부산진역 지하 차도를 건너니까 밀가리 공장 굴뚝이 보이더라고요. 금방 찾았습니다."

"그래. 잘 왔데이. 식당에 들어가서 돼지국밥이라도 묵자."

철민과 장윤필은 국밥집으로 들어가 자리를 잡는다. 부산에서 유명해진 돼지국밥을 시킨다.

"아저씨 지도 밀가리 공장에 취직 좀 시켜 주세요."

"그래. 잘 왔다. 마침 일할 사람을 요즘 뽑는다 카더라. 내일 당장 아침 일찍 공장 앞으로 와 바라. 너같이 힘이 쎄고 건장한 청년이면, 바로 뽑힐 끼라. 내일 당장 올 수 있나?"

"그럼요. 당장 와야죠. 지는 부산에서 계속 있을라면 취직을 해야 합니다."

"암. 그래야지. 그라고 전번에 내가 구례에서 잠깐 살았다고 했잖아. 내가 우리 어무이와 단둘이 살고 있거든. 우리 어무이 한테 물어보니까, 구례 광의 연파리 이 대감 집으로 누님이 시집을 갔다 하더라. 그 이 대감집 혹시 아나?"

"예?"

철민은 소스라치게 놀라면서 즉시 대답을 한다. 이 대감집이라면 우리 할아버지를 말하는 게 아닌가? 그럼 장윤필 누님이 우리 큰어머니란 말인가? 선애의 어머니가 우리 집안에서 유일하게 항상 경상도 사투리를 썼던 기억이 난다. 이런 인연이 이어지다니 철민은 장윤필 아저씨가 어쩐지 철민에게 잘해 주었던 이유가 이런 인연이 이어지려고 했단 말인가? 그런 생각을 하자 철민은 가슴이 콩닥거린다.

"맞아요. 저희 큰어머니께서 말씀하실 때 항상 경상도 억양을 썼던 기억이 나요."

"그래?"

장윤필도 철민의 반응에 놀란다.

"그라면 우리 누님이 너희 집안과 결혼을 했으니깨로 너와 나는 사돈이란 말인가? 야! 참으로 세상이 쫍고 쫍다 아이가. 어째 우리가 이런 인연으로 이어졌단 말 아이가. 무시라. 그래 억수로 반갑데이. 이제 우리 부를 때 사돈으로 불러야 쓰겠다 아이가. 우리 사돈끼리 정식으로 악수 한번 하자!"

장윤필은 활짝 웃으면서 손을 내민다. 철민도 손을 내밀어 손을 꽉 잡고 악수한다.

"사둔, 반갑데이!"

"사돈, 반갑습니다!"

철민과 윤필은 활짝 웃는다.

미옥이 국민학교를 졸업하자 서울 큰집으로 올라온다. 서울에서 취직하기 위하여 백방으로 알아본다. 미옥이 아직 나이가 어려서 취업할 곳이 마땅치 않다. 이웃집 어른의 소개로 부잣집에 들어가 아이를 돌보면서 식모 생활을 시작한다. 주인아주머니가 정장을 차려입고 외출을 한다. 아이는 미옥에게 맡긴다. 아이 돌보는 일은 미옥이가 한다.

"까르르 까꿍!"

미옥이 아이에게 눈을 맞추고 논다. 아이는 미옥의 눈을 맞추며 웃는다.

"아이 귀여워라!"

미옥은 아이와 놀다가 청소를 하느라 바쁘게 움직인다.

"앙앙앙…."

아이가 울어대자 미옥이 아이 곁으로 다가온다. 미옥은 청소도 해야 하고, 빨래도 해야 하는 바쁜 몸이다. 울고 있는 아이를 둘러업는다. 아이를 업고 청소를 계속한다. 어린 나이에 고향을 떠나서 힘들지만 잘 견디어 낸다. 고향에 계신 엄마가 제일 보고 싶다.

명절이 되자 미옥이 기차를 타고 고향으로 향한다. 가방을 들고 미옥이 고향 집에 들어선다.

"엄마!"

"아이고, 우리 미옥아!"

미옥은 엄마를 만나자 반가워 어찌할 줄을 모른다. 2년 만에 돌아온 고향이다.

밤이 되자 미옥은 천변댁과 함께 마주 앉아 있다.

"어째, 서울 생활은 견딜 만하냐? 지난 명절 때도 못 내려오고, 이 년 만에 내려올 만큼 바빴능가?"

"예. 주인집에서 가라 하지 않으면 못 내려와요."

"뭔, 그런 일이 다 있다냐. 즈그들도 명절을 쉴 텐데, 명절만큼은 아무리 바빠도 고향에 댕겨오라고 보내 줘야지."

"그래도 나는 서울이 좋크만."

미옥은 식모 생활이 힘들다고 하면 서울로 올라가지 말라고 할까 봐 싫다는 기색을 드러내지 않으려고 한다. 천변댁은 미옥의 대답이 영 시원치가 않다. 자식이 객지에 가서 식모살이한다는 게 쉬운 일이 아님을 알아차린다.

"식모살이하는 집은 어떤 집인데?"

"젊은 부부와 애기가 하나 있어. 남편은 직장 다니고, 여자는 뭘 하러 다니는지 매일 외출을 하더라고. 주인집 아주머니까지 집을 나가면 내가 애기 보는 것은 물론이고, 집안 살림까지 하라고 하니 엄청 힘든 일이야. 내가 아직 음식도 제대로 못 하는데, 어떤 때는 음식까지 하라고 시키더라고. 밥은 매일 흰 쌀밥을 묵을 수 있어서 좋아."

천변댁은 남의 집에 식모살이하는 미옥이 안쓰럽기만 하다.

"식모살이가 힘들면 그만둬라."

"아니야. 이제는 할 만해. 처음부터 잘하는 사람이 어디 있간디."

미옥은 식모살이를 그만두게 하면 서울에 올라가지 못하게 할까 봐, 할 만하다고 강하게 말한다. 시골에서 부모님을 도와서 농사만 짓기는 답답해서 싫다. 힘들더라도 도시에 나가서 살고 싶을 뿐이다.

"나는 힘들어도 괜찮아. 명절 지나면 서울로 빨리 올라갈 거야."

천변댁이 초롱불 앞에서 바느질하고 있다. 인영과 마주 앉아있다. 천변댁은 인영에게 미옥에 관해 이야기를 꺼낸다.

"미옥이 쟈가 서울서 식모살이하는 게 버거운가 봐요. 힘들다고 하면 서울로 못 올라가게 할까 봐 힘들지 않다고 하는데, 아직 어린 것이 애도 돌보고, 살림까정 할라면 힘들 꺼여요. 이번 참에 수환이 아저씨에게 부탁해서 옷 만드는 공장에 취직을 부탁하면 어쩔까요. 쩌그, 상대떡 딸도 옷 공장에 가서 몇 년 썩히면서 재봉 기술을 배웠다고 하더라고요. 재봉 기술을 배워 놓으면 나중에 재봉 기술자가 되어서 월급도 많이 번다고 하던디, 당신 생각은 어떠시오?"

"왜? 식모살이가 힘들다고 하던가?"

"그렇지다. 식모살이하는 집에서 명절이 돼도 고향으로 안 보내 주더래요. 이번에도 겨우 부탁을 해서 왔나 봐요. 그런 식모살이라면 안 보내고 싶구먼요. 그렇지만 지는 서울로 가고 싶다고 하니깐 다른 일자리를 알아봐야 할 것 같구먼요. 미옥이도 이제 나이를 더 묵었으니까, 옷 공장에 취직을 해도 될 나이그만요. 당신이 수환이 아저씨에게 미옥이 취직자리를 좀 부탁해 보랑깨라."

인영은 고개를 끄덕인다.

수환도 명절이 되어 고향으로 내려왔다. 인영과 수환이 다방에서 만난다.

"수환이 성. 오랜만이네."

"인영이 오랜만이다. 다리는 괜찮아?"

"목발을 짚고 다니면서 잘 살고 있어. 내 팔자가 이것밖에 안 되는데 받아들여야지 뭐."

"목발을 짚고 다니면 불편할 텐데, 씩씩하게 잘 살고 있는 인영이가 대단해 보인다."

"뭘요. 처음에는 받아들이기가 무척 어려웠는데, 지금은 그러려니 하고 사는 거지. 성은 전에 인철이 성과 서울에서 옷 공장과 옷 장사를 했었는데, 불이 나서 재만 남고 타 버렸다면서요. 지도 형수님한테 들었구먼이라. 참으로 안됐습니다. 그 후로도 계속 시장에서 옷 장사를 한다고 들었는데 어쩐가요?"

"그럼. 인철이 성의 도움으로 석유곤로 장사도 너무 잘되어서 아무 문제가 없었거든. 홍수로 인한 한강의 범람으로 몽땅 쓸어가 버렸지. 서울 반포동의 옷 공장도 잘나갔었는데, 불이 나는 바람에 몽땅 날아가 버렸지. 옷 공장까지 운영하다가 불이 나는 바람에 그동안 벌었던 돈까지 몽땅 날아가 버렸지. 곤로 장사와 옷 공장 모두 인철이 성이 투자한 거라서 나는 크게 손해를 본 것은 없지만, 옷 공장 화재는 그래도 내가 옷 원단을 들여오면서 많은 돈을 투자한 거라서 그동안 벌어 놨던 것이 몽땅 날라가 버렸지. 나야 워낙 밑천이 없던 사람이라서 타격이 엄청 크그망. 사람 일이라는 게 맘대로 안 되는 게 더 많은 것 같아. 누군 실패하고 싶어서 실패하겠어? 옷 공장이 불이 난 후에, 굶어 죽을 수는 없잖아. 배운 게 도둑질이라고, 다시 남대문시장에서 옷 장사를 계속해야만 입에 풀칠이라도 할 수 있응께로 계속 옷 장사를 하고 있그망. 인철이 성 때문에 많은 도움을 받았었는데. 인철이 성만 생각하면 너무 안됐어. 갑자기 병이 들어서 죽어 뿔다니, 인명은 재천이라니까. 참으로 맘씨 좋은 성님이었는데."

51. 도시로 나가는 아이들

"수환이 성님이 옷 장사를 계속하고 있다는 소문대로네요. 남대문시장에서 옷 장사는 잘돼 가요?"

"그저 그래. 나는 전쟁 전에도 쌀가게에서 일을 했던 터라 전쟁 후에도 나는 서울 올라가서 장사부터 시작했으니까. 남대문시장에서 맨손으로 다시 옷 장사를 하고 있지. 옷을 만드는 공장과 연결되어 있어서 옷 장사를 하는 데는 어렵지 않아. 돈을 많이 벌려면, 옷 만드는 공장이 있어야만 큰돈을 벌 수가 있는 구조야. 만들어 놓은 옷을 팔기만 해서는 돈을 많이 벌 수가 없어. 어차피 옷 장사는 유행을 잘 타는 장사라서 요청한 옷이 빠르게 잘 나와야 하거든. 내 옷 공장이 없으면, 수시로 옷 공장 사장에게 원하는 걸 요청하다 보면 답답할 때가 많거든. 옷 공장이 없어진 것이 아쉽기는 하지만 어쩔 수 없는 일이지. 옷 만드는 공장과는 거래를 다시 텄지."

수환은 다시 옷 장사를 하면 할수록 옷을 만드는 공장이 필요하지만 어쩔 수 없는 일이다. 유행에 맞는 옷을 빨리 만들어서 시장에 깔아 놔야 옷이 잘 팔리기 때문이다.

"사실은 수환이 성에게 부탁이 있어서 이렇게 만나자고 한 거야."
"뭔데?"
"우리 딸이 서울에서 식모를 살고 있거든. 시골 살림이 뻔하잖아. 국민학교만 졸업하고 서울로 돈 벌러 갔는데, 시골 처녀들이 돈을 벌려면 찬밥 더운밥 가릴 처지가 못 되잖아. 그래서 우선 소개받은 부잣집에 들어가서 아이도 봐 주고 살림을 도와주는 식모를 살았는데, 힘이 드나 봐. 명절이 돼서 이 년 만에 내려왔는데 그것도 겨우 부탁을 해서 고향으로 내려왔나 봐. 우리 집사람이 아무리 생각해도 식모살이를 다시는 안 보내고 싶은가 봐. 그래서 우리 딸을 옷 만드는 공장에서 재봉하는 일을 배우게 하면 어떨까 해서. 지금도 남대문시장에서 옷 장사를 한다는 소문을 들어서, 수환이 성에게 우리 딸을 옷 만드는 공장에 취직 좀 시켜 달라고 만나자고 한 거야."

"아, 그런 일이라면 내가 소개해 줄 수 있지. 내가 옷 만드는 사장들은 많이 알고 있응깨로 걱정하지 마. 옷 만드는 공장에 처음에는 시다로 들어갔다가 차차 재봉질하는 기술을 배우면 월급도 많지는 않지만, 꾸준히 일을 열심히 하면 월급도 점점 올라가서 괜찮을 거야. 그런 부탁이라면 문제없으니까. 서울 올라오면 나에게 연락하라고 해. 내가 전화번호 알려 줄게."

"수환이 성 고마워."

"뭘. 인철이 성에게 도움을 받았던 거에 비하면 이건 아무것도 아니지. 인영이 자네의 부탁인데 당연히 들어줘야지."

서울에서 수환을 만나려면 얼굴을 알아 둬야 한다. 인영은 미옥에게 수환을 찾아가 인사를 하라고 시킨다. 미옥이 수환이 집을 찾아가 인사를 한다.

명절이 지난 후 미옥은 기차를 타고 서울로 다시 올라간다. 수환에게 전화를 걸어 만나기로 한다. 미옥이 남대문시장에 들어선다. 시장은 발 디딜 틈이 없을 만큼 사람들로 붐빈다. 고객을 부르는 호객 소리에 시장은 시끌벅적하다. 남대문시장은 그야말로 미옥의 눈에는 휘황찬란한 광경이 연속되는 곳이다. 시장을 뱅뱅 돌아도 옷 가게 골목을 찾기가 어렵다. 고개를 돌려 계속 두리번거린다. 시장 곳곳을 돌아다니다가 겨우 옷 가게가 늘어선 골목을 발견한다. 옷 가게도 한두 개가 아니다. 여러 가게가 즐비하게 늘어서 있다. 간판도 없다. 천천히 옷 가게 안을 들여다보면서 발걸음을 뗀다. 수환의 가게를 계속 찾는다. 손님과 흥정을 벌이고 있는 수환 아저씨를 발견한다. 미옥은 옷 가게 안으로 들어가지 못하고 옷 가게 앞에서 머뭇거린다. 손님과 흥정이 끝나자 수환 아저씨에게 넙죽 인사를 한다. 수환은 미옥을 반갑게 맞이한다. 미옥의 얼굴을 보자마자 인영의 딸이라는 것을 금방 알아본다. 수환은 미옥을 반기며 가게 안으로 안내한다. 수환은 즉시 전화를 한다. 수환은 미옥을 가게 안에 앉아 있게 한 후에도 손님들을 응대하느라 정신이 없다. 옷 가게는 손님들이 계속 찾아온다. 한 벌이라도 더 팔기 위해서 수환 아저씨는 손님을 향해 호객 행위를 쉬지 않는다. 수환의 옷 가게에서는 옷이 계속 팔려 나간다. 수환의 옷 가게에 남자가 들어선다. 수환과 반갑게 인사를 나눈다. 가게 안에서 기다리고 있는 미옥을 불러서 옷 공장 남자를 소개한다. 수환은 미옥에게 남자를 따라가면 된다고 일러둔다. 미옥은 수환에게 인사를 하고 그 남자를 따라 시장을 빠져나온다.

옷 공장에 도착한 미옥은 눈이 휘둥그레진다. 옷 공장은 재봉틀 돌아가는 소리가 요란하다. '드르륵'거리는 소리가 귀가 먹먹할 정도다. 그동안 보아 왔던 재봉틀이 아니라 기계에 의해 움직이는 재봉틀 기계 소리가 시끄럽게 돌아간다. 직원들은 옷을 만드느라 바쁘게 움직이고 있다. 재봉사는 재봉틀에 집중하여 제품을 계속 만들어 내고 있다. 재봉사 옆에는 나이가 어린 여자아이가 손을 빠르게 움직이고 있다. 미옥이 또래쯤으로 보인다. 재봉사 옆에는 남자 직원들이 옷감을 재단하느라 열심이다. 공장은 정신없이 돌아가고 있다. 남자는 미옥을 재봉사에게 소개하고 자리를 옮긴다. 재봉사는 미옥에게 할 일을 알려 준다. 미옥은 재봉사가 시키는 대로 재봉사 옆에 서서 일을 한다. 옷은 재봉사로부터 계속 만들어져 나온다. 만들어진 옷을 점검하며 실밥을 자르고 마무리를 한다. 미옥은 재봉사의 지시에 따라 옷감을 가져오기도 하고, 만들어진 옷을 옮기는 작업을 계속한다. 허리 한 번 펼 시간이 없이 바쁘게 움직인다. 저녁 늦게까지 일을 하고 숙소에 들어선다. 숙소는 십여 명의 여자들이 함께 생활하는 기숙사다. 기숙사는 방 한 칸에 부엌이 하나 딸려 있다. 기숙사는 공장 옆에 붙어 있다. 기숙사에 들어서자 새로 들어온 미옥에 대해 호기심이 가득하다. 숙소에 있던 여자아이들이 미옥 옆으로 다가온다. 서로 통성명을 하고 나이를 묻는다.

"몇 살이야?"

"열다섯."

옆에 있던 여자아이들은 고개를 끄덕이며 각각의 나이를 서로 알린다.

"여기는 너와 동갑이고 여기는 언니라고 불러."

여자아이가 친절하게 미옥에게 알려 준다. 나이가 비슷비슷한 또래의 아이들이다. 나이가 더 성숙해 보이는 여자는 재봉사 초보다. 이 공장에서 오랫동안 근무하다가 재봉사를 하게 된 경우이다. 여자들은 기숙사에 돌아오자마자 잠을 자기 위해서 준비를 한다. 숙소는 방 한 칸에 십여 명이 잠을 자기에 비좁은 공간이다. 미옥도 종일 서서 움직였더니 피곤이 몰려온다. 처음 해 보는 일이기도 하고, 모르는 사람들과 정신없이 일하다 보니 피곤함이 몰려온다. 아이들과 길게 수다를 떨 시간도 없다. 아이들은 피곤함을 이끌고 잠에 곯아떨어진다.

날이 밝아오자 아침 일찍 일어난다. 아침을 해결하자마자 옷 만드는 일에 매달린다. 옷 공장은 계속되는 주문을 맞추느라 눈코 뜰 새 없이 바쁘게 공장이 돌아간다. 재봉사와 시다들은 종일 제품을 만들어 내느라 꼼짝없이 일에 매달린다. 옷 주문이 들어오면 시간에 맞춰서 납품 약속을 지켜야 한다. 납품 약속을 지키기 위해서는 밤늦게까지 일을 해야 한다. 월급이라야 식대와 기숙사비를 제하면 그야말로 쥐꼬리만큼이다. 아무리 아끼고 저축을 한다 해도 먹지 않고, 쓰지 않아야 겨우 고향에 다시 내려갈 차비를 마련할 정도밖에 안 되는 월급이다. 그래도 식모를 살 때보다는 조금 더 많이 받는 월급이다. 식모살이할 때는 먹여 주고 재워 주기만 하고, 월급도 없는 경우였다. 용돈을 조금이라도 주면 그만이었다. 미옥은 옷 만드는 공장에서 성실하게 잘 견뎌 낸다. 틈틈이 재봉사가 하는 일을 어깨너머로 배워 나간다. 재봉틀을 다루는 기술을 빨리 배우고 싶다. 옷 공장에 들어온 지도 몇 개월이 지나갔다.

 재봉사가 자리를 비운 점심시간에는 재봉사 자리에 앉아 수시로 재봉사 흉내를 내어 본다. 재봉틀은 전기로 연결되어 발로 발판을 밟기만 해도 빠르게 돌아가 버린다. 미옥은 재봉틀의 전원을 켜고 재봉틀 발판을 밟아 본다. 재봉틀은 드르륵 소리를 요란하게 내면서 빠르게 돌아가 버린다. 미옥은 겁이 덜컥 난다. 재봉틀이 혹시 잘못되지는 않았는지 모를 일이다. 천을 대고 밟아야 밑실과 윗실이 서로 맞물려 옷감에 재봉질이 되는 것인데, 아무것도 넣지 않고 기계만 돌아가 버리는 바람에 재봉틀 실이 얽혀 버린 것이다. 툭 소리가 요란하게 난다. 미옥은 겁이 나서 더 재봉틀을 만지지 못한다. 그대로 가만히 전원을 꺼 버린다.
 재봉사가 점심을 먹고 돌아온다. 재봉사 자리에 앉는다. 미옥은 시치미를 떼고 재봉사를 흘긋 바라본다. 재봉틀 기계가 아무 탈이 없기만을 바란다. 재봉사가 자리를 앉아 재봉틀을 점검한다. 재봉틀을 돌려 보고 이상한 낌새를 알아차린다. 재봉틀 바늘이 떨어져 나갔음을 확인한다. 윗실과 밑실이 서로 엉켜 있음도 발견한다. 재봉사는 재봉틀을 수동으로 돌려 보고 누군가 재봉틀을 강제로 돌렸음을 알아차린다.

"누구야? 누가 재봉틀을 만졌어?"

재봉사는 인상을 쓰면서 재봉틀을 누가 만졌는지 묻는다. 미옥은 가슴이 두근거린다. 미옥이 재봉틀을 만졌다는 죄책감에 얼굴을 들지 못한다. 고개를 푹 숙이고 서 있다. 재봉사는 미옥을 바라본다. 미옥이 고개를 푹 숙이고 있음을 발견한다. 재봉사는 미옥이 만졌음을 의심한다. 다짜고짜 미옥을 향해 소리를 지른다.

"니가 만졌어?"

미옥을 향해 신경질을 부린다. 미옥은 재봉사의 말투가 짜증이 나 있음에 더욱 주눅이 든다.

"예."

기어들어 가는 목소리로 대답한다. 재봉사는 미옥을 째려본다.

"누가 내 허락 없이 재봉틀을 만지라 그랬어? 재봉틀을 잘 모르고 만지면 순식간에 실이 꼬여 버린단 말이야. 다시는 내 허락 없이는 재봉틀 만지지 말도록. 알겠어?"

재봉사는 날카로운 목소리로 미옥을 향해 소리를 지른다. 미옥은 겁이 나서 고개를 들지 못하고 대답을 한다.

"예."

재봉사는 일이 산더미처럼 쌓여 있어서 짜증을 부린다. 얽혀 있는 밑실을 꺼내어 정리한다. 한참을 재봉틀 수리에 시간을 보낸다. 재봉틀 바늘도 부러졌다. 재봉틀 바늘을 다시 갈아 끼워야 한다. 남자 직원을 불러야 한다. 남자 직원이 와서 재봉틀 바늘을 새로 끼워 준다. 재봉틀 수리가 끝나자 재봉사는 재봉틀을 돌리며 작업에 다시 열중한다. 미옥도 언제 그랬냐는 듯이 옷이 계속 나오자 실밥을 다듬으며 작업에 열중한다.

옷 만드는 공장에서 재봉사가 되기는 쉽지 않은 일이다. 어떻게 해서라도 재봉틀 기술을 빨리 배워야만 할 일이지만, 시간은 자꾸 흘러간다. 재봉사 보조 역할을 1년 이상 한 후에야 재봉틀을 배울 기회를 얻는다. 공장장이 재봉사들을 부른다. 재봉사들이 공장장 앞에 서 있다. 시다들에게도 재봉틀 기술을 가르치라고 명령한다. 공장이 잘 돌아가기 위해서는 숙련된 재봉사에게만 맡길 수는 없는 일이다. 시다들에게도 틈틈이 재봉틀 기술을 가르쳐야 한다. 재봉틀도 더 들여오고, 옷을 만들어 납품 기일을 맞추는 데도 재봉틀 기능공들이 점점 필요해지기 때문이다. 틈만 나면 재봉사로부터 재봉틀 다루는 방법을 교육받는다. 미옥은 기본적인 것부터 재봉틀 기술을 점점 익혀 나간다.

월남 파병

남대문시장 옷 가게에서 일했던 철영도 쉬게 된다. 철영은 다시 시골로 내려온다. 시골에서 농사일을 돕는 중에 입영 통지서가 배달된다. 군대에 가는 일은 아직도 위험한 일로 여긴다. 군대가 많이 좋아졌다고 하지만, 3년 이상을 집을 떠나 군대에 입대하는 일은 대부분 꺼리는 일로 여긴다. 송정댁은 철영이 군대에 간다고 하니 눈물이 앞을 가린다. 철영을 배웅하러 모인 친척들도 함께 눈물을 훔친다. 철영도 고개를 숙이며 친척들과 함께 눈물을 닦아낸다. 군에 입대하면 집에 언제 돌아올지 모르는 일이다. 군에 간 아들 걱정만 하고 계실 어머니 혼자 두고 군에 간다는 일이 서글프기만 하다. 철영은 송정댁과 친척들의 배웅을 받고 집을 나선다. 송정댁은 눈물을 계속 흘리며 동구 밖까지 따라 나오며 철영을 배웅한다.

철영은 군에 입대하여 신병 훈련을 받고 휴전선 근처로 자대 배치를 받는다. 북한과 인접한 휴전선은 분위기가 살벌하다. 부대 주변은 민간인 통제구역이라 민간인의 왕래가 없는 지역이다. 시끄럽게 들려오는 대남 비방 방송을 들으며 긴장한다.

"충성!"

철영과 함께 전방 대대로 배치받은 신병들은 군기가 바짝 들어 있다. 지휘관들을 향한 신고식이 끝나고 각각 중대 배치를 받아 움직인다. 철영은 군기가 바짝 들었다. 내무반 내부 구조는 후방 신병 훈련소와 별반 다르지 않다. 침상은 나무로 깔려 있다. 내무반은 관물대가 벽 쪽으로 일렬로 정돈되어 있다.

"이철영 이병!"

"예! 이병 이철영!"

중대장이 이철영을 확인하자 곧바로 관등성명을 크게 복창한다.

"우리 중대로 배치받은 것을 환영한다. 어려운 문제가 있으면 즉시 보고하도록."

"예!"

"자, 신병이 새로 들어왔으니 잘 안내해 주도록."

"예!"

중대원들은 일시에 복창한다. 중대장이 나가자 고참들은 이등병의 새로운 전입에 호기심과 장난기를 발동한다. 어슬렁거리던 고참은 철영에게 더욱 호기심을 가진다.

"야, 신병! 여기 오면서 느낀 거 없어?"

"…"

"여기는 말이야, 휴전선이 바로 옆에 있거든. 부대에서 한 걸음만 떼면 바로 북한 땅이야. 대남방송 소리가 장난이 아니야. 저녁에 정신 바짝 차리지 않으면 북한군들이 쳐들어와서 쥐도 새도 모르게 모가지를 확! 따 가 버리는 곳이야. 그러니 밤에는 특별히 조심해야 한단 말이야. 알겠어?"

"예!"

철영은 고참병이 밤에는 북한군이 쳐들어와서 모가지를 따 간다는 소리에 더욱 긴장한다. 생각만 해도 가슴이 두근거린다. 대남방송 소리가 계속 귓전에 시끄럽게 맴돈다.

"야, 신병에게 너무 겁주지 마라. 모가지 따 갈까 봐, 잠 못 잔다."

"그러니께로 고참 말을 잘 들으면, 밤에 북한군이 쳐들어와서 모가지를 따 가지 못하도록 지켜 준단 말이다. 그 대신 고참 말을 잘 안 들으면, 북한군이 니 모가지를 따 가도 아무도 신경을 쓰지 않는단 말이다. 알겠어?"

고참들은 신병을 놀리기에 재미를 붙인다.

"예!"

철영의 목소리는 긴장된 목소리이지만 우렁차다. 철영은 고참들의 말을 곧이곧대로 받아들인다.

군기가 살아 있는 철영은 휴전선 부근에서 경계 임무를 철저히 수행한다. 2인 1조가 되어 고참병과 함께 근무한다. 총을 들고 북을 향하는 눈초리가 매섭다. 북한 땅이 바로 보이는 휴전선 근무는 한시도 여유가 없다. 경계 근무가 아닌 날은 강도 높은 훈련과 정신 교육이 매일 기다리고 있다. 북한과 대치 상황은 언제라도 총탄이 날아올 것 같은 분위기다. 이토록 북한군과 대치하고 있는 한반도의 상황은 긴장을 놓칠 수가 없다. 휴전선 부근에 근무하는 부대는 경계 근무 시간이 아니더라도 늘 출동 대기 상태에 놓여 있다. 비상 상황이 발생하면 5분 안에 완전군장을 갖추고 즉시 출동을 해야 한다. 5분 대기조의 정신으로 늘 긴장을 하면서 군 생활에 임한다.

1년의 군 복무 생활은 순식간에 지나간다. 월남에 파병할 군인을 모집한다는 소식이 군부대에 전해진다. 철영은 월남 파병에 관하여 관심을 가진다. 부대 내에서 월남 파병에 대한 설명회가 진행된다. 월남이 어디에 있는지도 모르던 철영은 설명회를 통해서 월남에 대해서 서서히 알아가게 된다. 월남은 현재 남북으로 나누어져 공산당과 전쟁 중인 곳이다. 2차 대전 후의 한반도와 비슷한 상황이 아직 전개되고 있는 곳이다. 한반도는 2차 대전 후, 미국과 소련에 의해서 38도 선을 경계로 남과 북이 분단됐다가 혹독한 전쟁을 겪었다. 전쟁 후에도 통일이 되지 못하고 휴전 중이다. 아직도 총칼을 겨누며 남북이 대치 중이다. 월남도 17도 선을 경계로 남과 북으로 분단이 된 상태다. 월남의 공산화를 막기 위하여 남쪽은 미국의 지원을 받고 있으며, 현재도 전쟁이 벌어지고 있다. 한국뿐만 아니라 여러 나라의 군대가 함께 전쟁하는 곳이다. 월남에 파병되면 즉시 전쟁터에 투입된다는 것이다. 전쟁에 투입할 병사를 모집하는 것이다. 파병 즉시 전쟁에 투입되는 것이지만, 월남 파병에 지원하는 병사들이 늘어나고 있다. 월남에 파병되면 강도 높은 훈련에 돌입할 것이고, 훈련이 끝나면 곧바로 월남으로 출발해야 한다. 전쟁의 한복판에 투입되는 병력이라서 항상 위험이 따른다는 설명도 함께 듣는다. 월남에는 이미 전투부대가 파병되어 있다. 선발대가 돌아오는 자리에 후속으로 파병되는 곳이다. 전쟁에는 위험이 항상 도사리고 있다고 한다. 월남 파병 지원병이 점점 늘어난다. 철영도 파병 지원을 고민한다.

철영은 지지리도 가난한 집안 사정을 곰곰이 생각한다. 철영의 집은 아버지가 공산당인 반란군에 가담하는 바람에 가세는 기울어져 버렸다. 농지도 적지만, 농사일을 어머니와 함께 이루어 내느라 무척 힘이 들었다. 중학교도 진학하지 못한 열등감에 사로잡혀 지냈다. 어렸을 때부터 빨갱이 자식이라고 꼬리표를 달고 살아왔다. 세상에 대한 불만이 점점 커져서 반항아 아닌 반항아로 컸다. 철영에게는 이 기회에 월남에서 벌어지고 있는 공산당과의 싸움에서 처절하게 공산당에게 복수하리라는 막연한 다짐도 해 본다. 반란 사건과 곧이어 닥친 전쟁에서는 나이가 어린 탓에 살아남을 수 있었다. 나이가 조금 더 들었더라면 그 전쟁 속에 휘말렸을 것이다. 다행히도 나이가 어린 관계로 큰 피해를 보지 않았다. 국민학교 졸업 후에 농사만 짓다가 운 좋게도 서울 남대문시장 생활을 맛보았다. 우여곡절을 겪으며 시골에서 농사를 짓다가 군에 입대했지만, 군 복무를 마치면 다시 고향으로 돌아가 농사를 지어야 할 형편이다. 이 기회를 통해 가난에 찌든 집안을 일으켜 볼 욕심도 가져본다. 월남에 파병할 장병 모집에 당연히 지원해야 한다고 결심을 굳힌다. 월남 파병 기간은 1년간이다. 전쟁을 겪어보지 못한 철영은 병사들과 계속 월남 파병에 대해 수군거린다.

"야! 전쟁이 치열하게 벌어진다는데, 우리가 월남에 가면 총알받이로 가는 거 아닌가?"

"그거야 모르지. 월남 간다고 다 죽으면 누가 가겠어?"

"까짓거, 월맹군과 전쟁을 하는데, 미군과 함께 전쟁을 벌인다는데, 세계 최강의 미군들이 있는데, 미군의 공군력은 세계 최강이잖아. 미군 비행기가 공중폭격을 해 버리면 초토화되어 버리는 거 아니야. 한국군들이야 보병으로 가는 건데, 죽기야 하겠어?"

"돈 많이 준다는데 가 봐야지."

병사들은 월남에 대한 정보가 없지만, 막연하게 월남전에 관해 이야기를 주고받는다. 철영에게 가장 구미가 당기는 일은 목숨을 걸고 전쟁에 뛰어드는 일이지만, 파병 기간에는 많은 돈을 벌 수 있다는 것이다. 부대 내의 많은 병사가 지원한다는 소식도 계속 들려온다. 월남에는 이미 한국군이 파병되어 활동하는 중이라고 한다. 남들도 지원하는데, 크게 걱정할 일은 아니라는 소식도 듣게 된다. 이왕에 군에 몸을 담고 있는데, 1년 정도의 희생은 얼마든지 도전해 볼 만한 곳이라고 판단한다. 집에 계신 어머니께 상의하지도 않고 철영은 혼자 결정한다. 월남 파병에 지원한다.

월남에 파병하기 전에 강도 높은 훈련이 시행된다. 매일 태권도 훈련으로 하루가 시작된다. 기본 체력을 올리는 데는 태권도가 제격이다. 전쟁터에서 육박전이 벌어지면 적을 맨몸으로 단숨에 격퇴해야 한다. 일대일로 겨루는 대련 훈련도 계속된다. 유단자 이상의 실력을 쌓기 위하여 고난도의 훈련으로 매일 땀을 흘린다. 송판을 격파하는 훈련도 반복한다.

유격 훈련을 받느라 땀을 뻘뻘 흘린다. 완전군장을 메고 행군을 하느라 걷고 또 걷는다. 야간 침투 훈련도 받는다. 밤에는 담력 훈련이라 하여 베트콩으로 분장한 저항군을 곳곳에 배치한다. 야간 훈련에 갑자기 등장시킨다.

"악!"

야간 훈련에 익숙하지 않은 철영과 병사들은 깜짝 놀라 뒤로 자빠진다. 밤에 하는 예비 훈련은 간담을 서늘하게 만든다.

"야! 정신 차려! 이런 훈련을 견디지 못하면, 너희들은 월남에 파견되면 베트콩에게 습격을 받아 바로 죽는다. 명심해라!"

"예."

"훈련은 곧 전투력이다."

월남 파병 전에 강도 높은 군사훈련이 매일 실시된다.

"정신 차려라! 빨리빨리 속도를 올려라!"

포복으로 누워서 철조망을 통과하는 훈련이다.

"월남은 사방 천지가 적과 마주쳐야 하는 전쟁터다. 이보다 더 한 철조망을 신속하게 통과해야 한다."

훈련 조교는 베트남에 대한 정황을 훈련에 도입시켜 현지에 적응할 수 있도록 강도를 점점 높인다. 쉬지 않고 땀을 흘리게 한다. 밤에 적응하게 하는 훈련도 계속된다. 야전삽 하나만 가지고 참호를 파서 땅속에 은신하는 훈련을 한다. 얼마나 빨리 야전삽으로 참호를 구축하는지 시간을 체크한다. 담력을 키우고 적으로부터 은폐하는 훈련이다. 밤이 되면 텐트도 설치하지 않는다. 야전에서 달랑 판초 우의만 가지고 야생에서 견디어 내야 한다. 땀을 흘리고 훈련에 단련하는 만큼, 전쟁터에서는 살아남을 수 있다는 각오다. 월남 파병을 위한 훈련은 유격 훈련 차원을 넘어선다. 월남에 파병되면 당장 적과 전투를 하여 적을 살상해야 하는 전쟁터다. 여차하면 목숨을 잃을 수도 있는 혹독한 전쟁터다. 조명탄이 하늘로 솟구친다. 밤에도 뛰고, 달리고, 수류탄을 던지고, 총을 쏘고, 고지를 점령하는 훈련이 계속된다. 100킬로미터 행군이 시작된다. 사흘 밤낮 구분 없이 완전군장을 메고 걸어야 하는 훈련이다. 발에 물집이 잡히고, 절뚝거리면서도 행군 임무를 완수해야 한다. 일행 중에 낙오자가 발생하면 일행들이 업어서라도 함께 가야 한다. 단 한 명의 낙오자도 허락하지 않는다. 혼자만 잘한다고 되는 것이 아니다. 훈련 참가자 모두가 함께 행군 임무를 완수해야 한다. 수개월의 훈련을 마치자마자 기차를 타고 이동한다.

　베트남은 프랑스 식민지로 고통을 받고 있었고, 2차 세계대전 시기에 일본에게 점령당한다. 일본이 패망하자 베트남은 한국처럼 남북으로 갈리는 운명에 처하게 된다. 북위 17도 선을 기준으로 북은 중국과 소련 공산당의 지원을 받게 되고, 남쪽은 미국의 지원을 받게 된다. 미국은 우방국들과 합세하여 공산당의 남하 저지를 위하여 본격적인 개입을 시작한다. 한반도에 이어서 아시아 지역이 계속 공산화에 직면하고 있다. 거대한 중국이 공산화되어 버렸고, 대한민국의 남한도 공산군의 침략을 받아 전쟁이라는 엄청난 희생의 대가를 치르고 나서야 공산화 전략을 저지했다. 공산당 팽창주의 도미노 현상을 우려한 미국은 베트남에 관여하기 시작한다. 남베트남마저 공산화되는 것을 막기 위함이다. 월남에 파병됐던 프랑스군이 북베트남군에게 공격당하여 물러간다. 그 후에 미국이 베트남 내전에 관여하기 시작한다. 북베트남군이 미군 함정을 공격한 통킹만 사건이 발발한다. 북베트남군이 미군을 공격함으로써 미군이 본격적으로 월남에 개입하는 결과를 초래한다. 미국은 본격적으로 남베트남이 공산화되는 것을 막기 위한 본격적인 행보에 들어간다. 미국은 우방국들에 지원 요청을 한다. 한국을 비롯한 14개국에서 호응하여 베트남 전쟁에 공동으로 대처하게 된다. 한반도에서 일어난 전쟁과 비슷한 양상을 띠게 된다. 베트남의 북방은 공산당이 지원하고, 남방은 민주주의를 앞세운 미국을 비롯한 우방국들이 지원하게 되는 전쟁이 되어 간다. 미군 개입에 의한 전쟁이 본격화되자, 미국은 베트남에 한국군의 파병을 요청한다. 미국으로부터 베트남전의 파병 요청이 전달되자 한국은 여러 각도의 고민을 거듭한다.

대한민국으로서는 '6·25 전쟁 때 도와준 자유 우방의 지원에 보답한다.' 또한 '국제 신의'의 차원과 '동남아시아의 공산주의 팽창 방지에 동참해 세계 평화와 한국의 안보에 기여한다.'라는 명분이 제시된다. 근본적인 배경은 국가 이익을 극대화하기 위한 것이다. 단순히 베트남 공산화를 막기 위한 전략이 아니라, 아시아 지역의 공산화 팽창주의 저지 전략의 일환으로 본 것이다. 인도차이나반도 공산주의 세력 확장 도미노 현상은 곧 한반도의 안보와도 직결되는 일이라고 여긴 것이다. 6·25 전쟁을 겪으며 공산화가 될 뻔한 한반도가 우방국들의 도움을 받았고, 현재도 미국의 상호방위조약으로 도움을 받고 있다. 반공 제일주의를 내세우고 있는 한국과 맞아떨어지기도 했다.

한국은 고민 끝에 처음에는 전투병이 아닌 비전투병을 소수만 파병한다. 한국은 1차 파병으로 이동 외과 병원과 태권도 교관단을 파병한다. 2차 파병은 건설지원단(비둘기부대)을 파병한다. 2차 파병 후 미국은 한국에 전투부대의 파병을 요청한다. 3차 파병은 전투 병력의 본격적인 파병으로 이어진다. 전투병 파병 조건으로 한국 외무부장관과 미국 브라운 대사 간에는 협상을 통하여 '한·미 간의 합의 의사록' 협약을 문서화한다.

군사협조에는 향후 수년 내에 한국군 현대화를 위해 상당량의 장비를 제공한다. 베트남 파병에 소요되는 장비와 일체의 경비를 부담한다. 추가 파병되는 병력 대체를 위한 소요 장비, 훈련경비 소요 재정을 부담한다. 대간첩작전 능력 개선을 위한 공동연구 결과 소요되는 요구 충족에 기여한다. 한국의 탄약 증산을 위한 병기창 확장용 시설을 제공한다. 서울과 베트남 주둔 부대 간의 원활한 통신을 위해 전용 통신 시설을 제공한다. 베트남 주둔 한국군 지원을 위해 C-54 수송기 4대를 한국 공군에 제공한다. 군사원조계획(MAP) 잉여물자 매각 대금을 활용, 한국군 시설 개선 소요 재원을 제공한다. 주둔 베트남 한국군 전원에게 합의된 해외 근무수당 경비를 제공한다. 베트남 전쟁에서 발생한 사상자의 보상금을 2배로 인상한다.

경제협조에는 1개 예비사단, 1개 예비여단 또는 지원부대의 동원, 유지에 소요되는 예산을 방출한다. 한국군 2개 사단이 베트남에 파병되어 있는 동안, 한국 내에서의 군원 이관을 중지한다. 파병된 한국군에 소요되는 물자를 최대한 한국에서 구매하며, 미군과 남베트남군의 물자 중 결정된 품목과 기타 소요되는 품목을 최대한 한국에서 구매한다. 한국 기업의 남베트남 진출 기회와 용역 사업에 참여할 기회를 제공한다. 수출 진흥을 위한 전 분야에서 기술 협조를 강화한다. 약속한 AID 차관에 추가해 한국의 경제개발을 위한 차관을 추가 제공한다. 한국의 남베트남 수출지원을 위해 1억 5천만 달러(Program Loans)를 제공한다.

만약에 북한이 남한을 침공할 시에는 미군이 즉각 한국에 출병한다는 한·미 상호방위조약을 약속한다. 파병에 소요되는 경비를 미국이 부담한다는 조건이다. 전쟁에서 한국군이 사용할 군수품과 각종 물품 중 군복, 군화, 식량, 김치 통조림… 200여 종을 한국에서 직접 공급하고, 한국 기업이 남베트남 시장에 진출하여 군용 막사, 도로 건설도 보장한다는 조건도 함께 제시된다. 병사들에게 지급되는 달러를 포함하여, 기업이 진출하여 벌어들이는 이익금은 경제 부흥을 위해 달러가 절대적으로 필요한 한국에 송금하여 경제 부흥의 토대가 되고 있다. 전투병 파병으로 그야말로 미국과 밀고 당기는 회담이 계속 이어져 왔다. 우여곡절을 겪으며, 베트남에 전투병 파병이 결정된 것이다.

철영의 부대는 부산항에 도착한다. 3천 명이 승선 가능한, 빌딩처럼 거대한 배에 신속히 승선한다. 배를 처음으로 타 보는 철영은 감개가 무량하다. 항구에는 월남으로 향하는 장병들을 격려하는 환송식이 열린다. 수많은 사람이 태극기를 흔들어 댄다. 항구에는 수많은 환송객이 몰려들었다. 철영은 가족에게 연락도 하지 않았기 때문에 아는 사람을 찾으려 하지 않는다.

자유 통일을 위해서 조국을 지킵시다.

조국의 이름으로 님들은 뽑혔으니

그 이름 맹호부대 맹호부대 용사들아

가시는 곳 월남 땅 하늘은 멀더라도

한결같은 겨레 마음 님의 뒤를 따르리다.

한결같은 겨레 마음 님의 뒤를 따르리다….

'맹호들은 간다' 군가가 항구에 힘차게 울려 퍼진다. 군악대의 신나는 팡파르에 맞추어 철영은 목이 터지도록 군가를 부른다. 배에 올라탄 전우들도 손에는 태극기를 들고 힘차게 박자에 맞추어 흔든다. 우렁찬 군가 소리는 심장을 요동치게 한다. 이 거대한 군무는 그야말로 사람의 마음을 한곳으로 모이게 하는 마법이 생겨나게 한다. 철영이 느끼기에는 집단으로 파월 장병을 환송하는 모습이 마치 사이비 집단의 광기 어린 몸짓으로 여겨진다. 모두가 똑같은 몸짓과 목소리뿐이다. 일심동체의 생각에서 벗어날 수가 없다. 부산항을 출발하는 군인들에게 자신감과 용기를 주고 있다. 파병을 환송하는 시민들의 함성에 철영은 힘이 솟는다. 철영은 군가를 부르면 부를수록 가슴이 벅차올라 눈물이 저절로 흘러내린다. 군가를 부르며 내 나라, 내 조국을 이토록 가까이 불러본 적이 있었던가? 애국심이 최고조로 달하여 그야말로 감동적이다. 공산당을 쳐부수려고 월남 땅을 향하는 순간에 자부심이 솟는다. 자신감은 하늘을 찌를 기세다. 반드시 공산군을 무찌르고 살아서 돌아오리라 다짐한다.

"이기고 돌아오라!"

이기고 돌아오라는 현수막이 걸려 있다. 군중들이 흔들어 대는 태극 물결은 철영의 머릿속에 계속 남아 있다.

부산항에서 환송식을 마친 거대한 미군 수송선은 군인들을 태우고 망망대해를 향해 움직인다. 며칠째 거센 파도를 헤치며 배는 월남을 향해 항해를 계속한다. 삼 일째 되는 날은 뱃멀미를 견디지 못하고 정신이 혼미하다. 병사들이 곳곳에서 쓰러져 버린다. 철영도 음식물을 토하고 식은땀을 흘리며 견딘다. 처음 맛본 미국식의 음식도 입에 맞지 않아 배탈이 나 버린다. 배는 망망대해를 하염없이 달려간다. 7일 만에 배는 항구에 다다른다.

왜행 왜행 왜행-.

배 안에 갑자기 사이렌 소리가 요란하게 울린다.

"비상! 비상! 비상!"

비상 상황이 전달된다. 배 안에서 비상 상황이 걸린 것이다. 배는 월남 항구에 곧 도착한다는 안내 방송이 나온다. 배에 탄 군인들은 즉시 완전무장을 하라는 명령이 전달된다. 무더운 날씨이지만 무더위를 느낄 새도 없다. 군인들이 일사불란하게 완전무장을 한다. 월남 땅에서는 공산당인 베트콩과 치열한 전쟁을 하고 있다고 들었다. 어렸을 때 반란 사건과 6·25 전쟁을 경험한 철영은 공산당과의 싸움이 얼마나 무서운 것인지를 알고 있다. 공산당과 싸우러 월남에 도착한 순간이다. 긴장한 군인들은 일사불란하게 지휘관의 명령에 따른다. 철영은 월남에 파견되기 전에 강도 높은 군사훈련을 받긴 했지만, 막상 월남 땅에 도착한다고 생각하니 겁도 나고 긴장감에 휩싸인다. 멀리 월남 땅이 눈에 들어온다. 철영에게 긴장감이 몰려온다. 완전무장을 하는 전우들도 바짝 긴장하며 월남 땅을 바라보고 있다. 월남 땅에 도착하기도 전에 적이 공격을 해 오지는 않을까? 철영은 베트남 항구에 도착하기도 전에 훅 불어닥치는 무더운 열기로 온몸이 땀으로 범벅이 된다. 월남 땅이 덥다고 들었지만 이렇게까지 무더운 열기가 훅 덮쳐 올 줄은 몰랐다. 월남에는 이미 비둘기부대와 태권도 교육단과 외과 병원 팀이 파병되었다. 이어서 전투병이 수만 명이 파병되어 미국을 중심으로 우방국들과 함께 베트콩 섬멸에 투입되고 있다고 들었다. 우리 부대가 처음 도착하는 부대가 아녀서 다행으로 여긴다. 처음 도착하는 부대이면 얼마나 긴장되고 무서웠겠는가? 거대한 수송선은 서서히 베트남 퀴논 항구에 도착한다. 항구에는 미리 도착한 한국 군인들이 곳곳에 보인다. 미군들도 곳곳에 총을 들고 서 있다. 바짝 긴장한 몸으로 항구에 발을 내디딘다.

항구에 도착하고 나서야 철영은 긴장이 풀린다. 차를 타고 항구를 떠난다. 차가 움직일수록 월남 땅이 눈에 들어온다. 월남 사람도 가끔 눈에 띈다. 월남 사람들의 옷차림을 신기한 듯 바라본다. 옷차림에서 월남 땅이 무더운 날씨라는 것을 실감하게 된다. 차가 들판을 가로질러 간다. 들판에는 누런 벼 이삭이 고개를 숙이고 있다. 추수하는 월남 사람들이 눈에 띈다. 대부분 검은색 옷을 입고 돌아다닌다. 머리에는 삿갓 모자를 쓰고 있다. 뜨거운 태양을 피하기 위한 것인 듯싶다. 누런 벼 이삭을 수확하고 있는 곳도 있고, 벼 수확을 마친 논에 모내기하는 곳도 눈에 띈다. 월남은 1년에 2, 3모작을 하고 있다는 정보를 들었다. 추수하면서 곧바로 모내기하는 들판을 바라보자 호기심이 가득해진다. 달리는 도로에는 야자수 나무가 늘어서 있다. 야자수 나무 꼭대기에는 야자열매가 달려 있다. 그야말로 이국적인 풍경이 눈앞으로 빠르게 지나간다. 한참을 달리자 하늘에 미군 헬리콥터가 요란한 소리를 내며 날아다니고 있다. 부대가 가까워졌음을 알리는 신호이기도 하다. 헬기의 요란한 소리를 들으며 부대에 도착한다.

부대 배치를 받자마자 월남에 대한 전반적인 교육과 훈련을 추가로 받는다. M16 신식 총이 병사들에게 지급된다. 처음 만지는 총으로 분해 조립을 하며 계속 숙련시킨다. 매일 사격 연습에 돌입한다. 새로운 신식 총에 익숙해지도록 사격 연습을 반복한다. 사격 훈련을 통해서 전투력을 올리는 데 주력한다. 월남의 지형지물에 대한 교육을 매일 받으면서 월남에 대해 차차 알아 간다. 베트남 지도를 펼쳐 놓고 우리 부대가 현재 주둔하고 있는 곳을 알려 준다. 북위 17도선 부근이 베트콩이 자주 출몰하는 지역임을 알려 준다. 베트콩은 밀림 전 지역 땅속에 숨어 있다고 한다. 부대 인근까지 땅굴을 파고 들어오는 중인지도 모른다고 한다. 언제, 어디서 나타날지 모르는 상황에 긴밀하게 대처해야 한다. 경계 근무만큼은 철저히 서야 한다고 강조한다. 경계 근무를 소홀히 하는 것은, 본인의 목숨은 물론이고 부대원 전체를 한순간에 몰살시킬 수 있을 만큼 중요한 임무임을 숙지시킨다. 경계 근무 시에는 절대로 졸거나 한눈팔지 않아야 한다. 나의 조그만 실수 하나가 전우들을 몽땅 죽일 수도 있는 전쟁터다. 계속되는 교육과 훈련은 긴장감을 높여 준다. 12월이지만 베트남은 한여름이다. 푹푹 찌는 여름 날씨에 적응하느라 땀을 계속 흘린다.

교육을 받으면서 각자에게 2개의 봉투와 편지지를 나누어 준다.
"자, 주목!"
병사들은 지휘관에 집중한다.
"봉투에는 먼저 계급과 성명, 고향 집 주소를 적는다. 다른 봉투에는 본인의 손톱 5개, 발톱 5개, 머리카락 10개를 봉투에 담아 제출한다. 남의 것을 담으면 안 되고 반드시 본인의 것을 담아야 한다. 그리고 고향에 계신 부모님께 편지도 써서 보낸다. 알겠나?"
"예."
장병들의 대답은 군기가 바짝 들어 있다. 이걸 고향으로 보낸다고? 철영은 어머니를 떠올린다. 고향에 계신 어머니가 이걸 받으면 얼마나 놀라실까. 군에 보내는 아들을 차마 볼 수 없어 눈물을 흘리시던 어머니가 생각난다. 군에 간 줄로만 알고 계실 텐데, 한국이 아닌 월남에 와 있다고 하면 얼마나 놀라실까. 월남이 현재 전쟁 중이란 걸 아시면, 아들 걱정에 잠을 못 주무실 텐데, 불효를 저지른 것 같아 철영은 가슴이 먹먹해지고 눈시울이 붉어진다.

'어머니!'

철영은 어머니를 속으로 부르자마자 가슴이 먹먹해진다. 눈가에는 어느새 눈물이 가득 고인다. 반란 사건에 남편을 잃고, 졸지에 빨갱이 가족이 되어 버린 파란만장한 신세가 되어 버린 어머니. 남의 눈치를 이겨 내고, 어린 자식을 위해서 살아 내셨던 어머니. 신세를 한탄하기보다, 정면으로 맞서 살아가는 모습에 저절로 가슴이 뭉클해진다. 장터에서 국밥집을 하고 계시는 어머니가 아른거린다. 마음 깊은 곳에서 어머니를 향한 애절함이 저절로 솟아오른다. 철없는 불효자는 이유도 없이 수시로 엇나가기만 했었다. 친구들과 주먹다짐도 수없이 해 댔다. 어머니를 전혀 고려하지 않고 반항적 기질만 보여 줬다. 본인도 왜 그랬는지 모를 일이다. 그 당시에는 마음속에 불만이 가득 차 있었다. 불효를 저지른 것만 같아 미안하기만 하다. 어머니를 생각하면 생각할수록 가슴이 먹먹해진다. 어머니를 위해서라면 월남에서 집으로 돌아갈 때까지는 비밀로 하고 싶었는데, 그것도 맘대로 되지 않는다. 이 편지를 보내지 않으면 어머니는 아들이 한국 땅에서 한국군으로 근무하고 있는 줄로만 알고 계실 터이다. 어머니를 위해서라도 월남에서 살아 돌아가야 한다. 꼭 살아 돌아가서 어머니께 효도해야 한다. 철영은 고인 눈물을 훔친다.

철영은 봉투에 손톱, 발톱, 머리카락을 정성스레 담는다. 편지도 한 장 쓴다. 월남에 도착하여 잘 지내고 있으니 걱정하지 말라는 내용으로 마무리한다. 내가 월남 전선에서 싸우다가 죽으면 손톱, 발톱만 남게 되는 건가? 부모님께 보내는 나의 마지막 유품인가? 이 편지가 나의 마지막 유서가 될 수도 있다고 생각하니 철영은 마음이 착잡해진다. 철영뿐만 아니라, 장병들 모두가 숙연해진다. 눈물을 흘리는 병사들도 보인다. 고향 부모님 생각에 차마 편지를 쓰지 못하는 병사도 있다. 어떻게 해서라도 살아 돌아가리라 다짐한다. 고향에 계신 어머니를 위해서도 몸조심하리라 다짐하지만, 기분이 묘하다.

도착 후, 훈련 5일이 지나자 대대 전체가 전선에 투입된다는 소식을 듣는다. 그만큼 전선은 긴박하게 돌아가고 있다. 월남에 도착한 부대를 5일 만에 전선으로 뛰어들게 하다니, 철영은 긴장감에 휩싸인다. 얼마나 전투가 치열하길래 한국에서 도착한 부대에 곧바로 출동 명령이 떨어졌을까? 소대원끼리 웅성거리며 서로의 얼굴을 쳐다본다. 한국에서도 강도 높은 훈련을 받았기 때문에 어떠한 임무가 주어져도 완수해 낼 수 있다고 여긴 것이다. 새로 받은 M16 소총으로 사격할 수 있는 능력을 갖췄다. 그만큼 전투력은 충분하다고 판단한 것이다.

"와따, 그래도 그렇지. 오자마자 전투에 투입되는 걸 봉께로 급하긴 급한가 보네."

철영은 대원들과 서로 얼굴을 쳐다보며 고개를 끄덕인다. 월남 땅에 도착하자마자 훈련을 계속 받았기 때문에 병사들은 사기가 충천해 있다. 밀림 지역에서 전선이 확대되면서 아군의 병력이 긴급하게 필요하다는 것이다. 전쟁이 벌어지고 있는 지역으로 곧바로 투입되는 것이다.

이른 새벽에 기상 신호가 전달된다. 아직 동이 트기 직전이다. 신속하게 완전군장을 꾸린다. 대기하고 있는 차량에 신속하게 올라탄다. 아직 잠이 깨지 않을 시간이지만 모두가 긴장된 얼굴로 서로의 얼굴을 확인한다. 소대원들끼리도 아직 서먹한 관계이다. 소대장은 더욱 눈을 반짝거리며 소대원을 한 명씩 챙긴다. 차량에 올라탄다. 차량은 어둠을 헤치고 움직이기 시작한다. 차량이 이동하는 도중에 급하게 무전기를 통해 명령이 계속 하달된다. 한참을 달리던 차량은 급하게 정지한다. 주위를 살펴보니 밀림 속으로 들어와 있다. 작전 지시에 따라 부대원들은 차에서 내려 신속하게 움직인다. 소대별로 밀림 속으로 숨죽이며 천천히 이동한다. 계속 이동하다 보니 아침이 밝아 온다. 태양이 떠오른다. 아침부터 태양이 뜨겁게 작열하고 있다. 주변에는 마을도 보이지 않는다. 밀림이 우거진 들판과 산이 보인다. 산 쪽에서 치열한 전투가 벌어지고 있다.

　쾅- 쾅- 쾅-.

　멀리서 포격 소리가 간간이 들려온다. 포격 소리를 들으니 그야말로 전쟁이 벌어지고 있음을 실감한다. 훈련을 받을 때와는 전혀 다른 긴장감이 엄습한다. 포탄 소리가 들려올수록 지휘관의 명령에 따라 일사불란하게 움직인다. 철영의 부대는 베트콩과 전면전을 치르고 있는 곳으로 진격하라는 명령이 하달된다. 철영의 부대는 베트콩과 처음으로 격전을 치러야 한다. 월남의 전선은 그야말로 무더위와도 싸워야 한다. 땀이 비 오듯 온몸을 적신다.

　헬리콥터가 요란하게 소리를 내고 있다. 요란한 헬리콥터 소리를 들으며 소대별로 전열을 정비한다. 정글로의 이동은 헬리콥터를 타고 이동해야 한다. 요란한 헬리콥터 소리를 들으며 신속하게 분대별로 탑승을 한다. 헬기에 탑승하자마자 헬기가 상공을 박차고 오른다. 철영은 처음 타 보는 헬기 위에서 바짝 긴장한다. 움켜쥔 손잡이를 꽉 잡는다. 얼마나 긴장을 하고 있는지 헬리콥터 손잡이를 움켜쥔 손바닥이 땀으로 흥건히 젖는다. 헬기는 밀림 속으로 계속 날아간다. 헬기가 정글 속에 철영의 분대를 내려놓고 즉시 이륙한다. 철영의 중대 병력도 헬기를 타고 속속 도착한다. 밀림 속에 대대 병력이 몽땅 투입된다. 지휘관의 지시에 따라 자리를 잡고 경계에 들어간다.

　밀림 속에서는 며칠째 전투가 벌어지고 있어서 쌍방 간에 희생자가 많이 발생하고 있다. 오죽하면 이제 막 월남에 도착한 부대를 추가 병력으로 투입시킬까 생각해 본다. 그만큼 한 치도 양보할 수 없는 격전이 치러지고 있는 전쟁터다. 적을 죽이지 않으면 아군이 죽어야 하는 전쟁터다. 무전기를 통해서 지휘관들은 즉시 전진 명령을 내린다. 베트콩이 주둔하고 있던 밀림 지역을 한국군이 점령하는 작전이 일주일째 진행되고 있는 지역이다.

철영의 부대는 밀림 속으로 깊숙이 진격을 해야 한다. 베트콩이 숨어 있는 지역을 완전하게 아군의 진지로 만드는 작전이다. 이미 철영의 부대가 도착하기 전에 다른 부대가 전면전을 치른 상태다. 조금만 더 공격을 가하면 베트콩이 밀림 지역을 포기하고 도망을 칠 기세라 한다.

쾅, 쾅, 쾅-.

포 사격이 계속되고 있다. 포 사격이 끝나자마자, 아군은 총공격을 감행하기 시작한다. 넓은 지역을 빈틈없이 수색하면서 계속 전진을 한다. 부대 뒤편으로는 헬리콥터가 요란하게 소리를 내며 상공을 날아간다. 곳곳에 무기와 식량을 공급하고 있다. 부상병도 긴급하게 후송하는 임무를 수행한다. 베트콩이 숨어 있는 밀림 속을 공격해 나가는 중이다. 쉬지 말고 전진하라고 철영의 부대에게 전진 명령이 계속 하달된다. 중대장은 밀림 속으로 전진하라고 손짓으로 신호를 보낸다. 밀림 지역에 출동한 부대 전원이 일시에 서서히 움직인다. 베트콩이 밀림을 빠져나가지 못하도록 촘촘하게 배치한다. 밀림 속은 구릉으로 물이 허리까지 찬다. 구릉 지역을 통과해야 한다. 총을 겨누며 계속 전진한다. 구릉을 지나서 언덕에 올라서면 야산으로 이어지는 지역이다. 함포 사격으로 계속 총탄을 퍼부었기 때문에 베트콩은 나타나지 않는다. 능선까지 걸어서 진격에 성공한다. 많은 대원이 능선에 다다랐을 때다.

"펑! 펑!"

폭발음이 갑자기 터진다. 베트콩이 은밀하게 설치해 놓은 폭탄이 연속해서 터진 것이다. 능선에 모여 있던 병사들이 피할 새가 없다. 폭탄은 많은 사람의 목숨을 순식간에 앗아 간다.

"악!"

파편을 맞은 병사들이 즉사하거나 상처를 입고 소리를 지른다.

"아! 살려 주세요!"

총탄을 맞은 병사는 그야말로 처절하게 소리를 지르고 있다. 고통을 참지 못한다. 철영의 부대원 중에 서너 명이 파편에 맞았다. 피를 철철 흘리며 쓰러져 죽어 있다. 동료들이 달려와 부상자를 치료한다. 피를 흘리는 전우를 치료하는 몸에도 피로 범벅이 된다. 피비린내가 진동한다.

상처를 입지 않은 병사들은 폭약이 또 설치되어 있는지 조심스럽게 확인한다. 철영은 다치지 않은 것만으로도 가슴을 쓸어내린다. 나도 언제 폭탄이 터져서 죽을지 모를 일이다. 적이 갑자기 나타나지 않더라도, 적이 은밀하게 설치해 놓은 부비트랩 폭탄에 의해 죽을 수도 있는 것을 경험한 것이다.

탕! 탕! 탕!

총소리가 밀림 속에 갑자기 울린다. 주변의 전우들은 긴장한다. 베트콩이 나타났다면 곧바로 응사해야 한다. 즉각 방아쇠에 손을 가져간다. 일촉즉발의 순간이다. 총소리가 갑자기 멈춘다. 베트콩이 나타난 흔적은 발견하지 못한다.

"아~!"

비명이 갑자기 밀림 속의 고요를 깨트린다. 전우들이 천천히 소리가 나는 쪽으로 이동을 한다. 서로에게 손짓으로 신호를 보내며 조 일병이 있는 곳으로 계속 모여든다. 조 일병이 머리를 감싸며 소리를 지르는 소리다. 조 일병이 공포에 휩싸여 총을 팽개치고 머리를 감싸고 있다. 조 일병이 쏜 총소리였음을 확인한다. 전우들은 조 일병의 모습을 보고 조심스럽게 가까이 다가간다. 겁에 질린 얼굴로 벌벌 떨고 있다. 공포에 질린 조 일병을 감싸안아 준다. 조 일병은 눈물을 흘리며 와락 달려든다. 전우의 피비린내를 목격한 조 일병은 공포로 인한 정신이상이 생겨 버린 것이다. 극도의 불안감에 시달리게 된 것이다. 이를 극복하지 못한 조 일병이 순간을 견디지 못하고 총을 난사하는 사건이 발생했다. 아직 나이 어린 조 일병의 마음에 심경의 변화가 갑작스럽게 일어났다. 순간적으로 허공을 향해 총을 난사한 것이다. 총을 난사한 후, 그 자리에 앉아 눈의 초점을 잃어버렸다. 얼마나 긴장을 했으면, 본인을 통제할 수 없는 지경까지 이른 것이다. 서둘러 조 일병은 후방으로 후송된다.

한국군은 점령한 지역을 점점 확대해 나간다. 철영은 눈에 쌍불을 켜고 눈앞에 베트콩이 나타나기만을 고대한다. 눈이 이글거리다 못해 활활 타오른다. 전우의 죽음을 목격한 철영은 복수심으로 가득 차 있다. 베트콩이 나타나기만 하면 수십 발의 총구가 즉시 불을 뿜을 기세다. 온몸은 뜨거운 열기로 넘친다. 계속 전진하면서 긴장한다. 너무 긴장한 탓인지, 몸이 많이 경직되는 느낌이다.

푸드덕!

밀림 속에서 새가 한 마리 날아간다. 철영은 깜짝 놀라며 걸음을 멈춘다. 잔뜩 긴장에 휩싸인다. 곧바로 손가락으로 방아쇠를 더듬거린다. 방아쇠를 즉시 당기려는 준비 태세에 돌입한다. 베트콩이 아니라 다행으로 여긴다. 긴장을 한시도 놓칠 수 없다. 중대장은 손을 휘저으면서 전진하라고 신호를 보낸다. 신호를 접수한 병사들은 사방을 경계하며 천천히 전진을 계속한다. 중대장은 전진하면서 무전을 계속 주고받는다. 밀림 속 언덕에 진지를 구축한다. 헬리콥터가 요란한 소리를 내며 다시 나타난다. 밀림 지역은 도보나 자동차 이동이 어려운 지역이다. 아군 지역으로 완전히 장악할 때까지는 헬기로 모든 것을 해결해야 한다. 헬기를 통해서 보급품이 전달된다. 전투식량과 탄약이 계속 전달된다. 헬기가 계속 드나들면서 다친 군인이나 사망자도 헬기를 통해 이송된다. 철영의 부대는 월남 도착 5일 만에 죽음을 맛보았다. 옆에 있던 전우가 피를 흘리며 죽어 나갔다. 밀림을 경험한 철영은 긴장을 늦추지 않는다.

  살인적인 무더위를 이겨내야 한다. 무더위에도 차차 적응해 가고 있다. 뜨겁게 내리쬐는 태양의 열기도 그저 대수롭지 않게 여긴다. 인간은 적응의 동물이다. 최악의 자연환경에도 차차 적응할 줄 아는 게 인간이다. 당장 명령을 완수하기 위해서 날씨는 문제가 되지 않는다. 계속되는 전투로 죽어 나가는 전우들을 생각하면 나도 언제 어디서 베트콩의 공격을 받아 죽을지 모르는 전쟁터다. 나 혼자 잘한다고 되는 일이 아니다. 부대 전체가 일사불란하게 움직여서 적을 물리쳐야만 살아남을 수 있다. 지휘부의 작전 전략이 우선 중요하고, 그 지휘 계통의 명령을 받은 부대원들이 얼마나 잘 전투에 임하느냐에 달린 셈이다.

  각 부대는 점령지역에 참호를 파고 경계 업무에 들어간다. 베트콩의 구역이기 때문에 적들도 밀림 속으로 진격해 온 한국군을 계속 노리고 있다.
  따다다다다- 탕, 탕, 탕-.
  "악!"
  따발총 소리가 요란하게 들린다. 시야에서 보이지 않던 베트콩이 갑자기 나타났다. 나무가 서너 그루 서 있는 곳으로 갑자기 나타나서 아군을 공격한 것이다. 나무 밑으로 베트콩의 땅굴이 연결되어 있었던 것을 모르고 있었다. 경계 근무를 서고 있던 아군들은 일시에 총소리가 나는 방향을 향해 집중 사격을 퍼붓는다.

따다다다다- 탕, 탕, 탕, 탕-.

철영은 총을 쏜 후에 참호 속에서 고개를 푹 숙인다. 적에게 노출되지 않도록 본능적으로 몸을 피해 보는 것이다. 갑자기 나는 총소리를 듣고 정신을 못 차린다. 입이 바짝 마르고 목구멍이 따갑게 느껴진다. 총구에서 뿜어져 나오는 화약 냄새가 코를 찌른다. 폭탄이 터지면서 일어나는 먼지도 함께 시야를 가린다. 먼지와 화약 냄새까지 어우러진 매캐한 공기는 견디기 힘들다. 일어서면 죽는다는 공포가 엄습해 온다. 적을 향해 총을 쏴야 하는데, 적이 어느 곳에 있는지 분간도 못 한다. 적이 있는 방향을 알면 그 쪽을 향해서 총을 쏴야 하는데, 무서움 때문에도 고개도 들지 못하고 머리를 참호에 처박고 몸을 최대한 낮춘다. 총탄은 인정사정 없이 콩 튀기듯이 날아왔다. 주변의 잡목을 쑥대밭으로 만들어 버렸다. 나무가 서 있던 자리는 집중 사격으로 나무가 쓰러져 버렸다. 꼼짝하지 않고 참호 속에서 한참을 기다린다. 총소리가 나지 않는다. 고개를 살며시 들어 올린다. 참호 밖을 살핀다. 베트콩도 숨어 버렸는지 공격을 해 오지 않는다. 베트콩은 어디로 갔는지 개미 새끼 한 마리 얼씬거리지 않는다. 주변을 둘러본다. 김 상병이 쓰러져 움직이지 않고 있다. 신음도 내지 않고 있다. 베트콩의 공격 시 참호에서 머리를 들다가 총알이 머리를 관통한 것이다. 부상 부위가 머리였기 때문에 신음도 내지 못하고 죽어 간 것이다. 철영은 죽은 김 상병의 시체를 보자 심장이 뛰기 시작한다.

전우가 죽어 나가는 것을 바로 옆에서 겪은 순간이어서 어쩔 줄을 모른다. 소대장이 달려온다. 김 상병이 죽은 것을 확인하고는 빨리 시체를 옮기라고 명령한다. 이곳에서 어물거리다가는 또다시 베트콩이 공격해 오면 낭패다. 철영을 포함한 소대원들이 달려들어 김 상병을 후방으로 빠르게 옮긴다.

철영은 경계 근무를 서면서 겁을 잔뜩 먹었던 마음은 사라져 버렸다. 월남에 도착하여 계속되는 전투에서 동료 전우가 죽은 것을 눈으로 보자, 마음은 복수심으로 불타오른다. 베트콩이 눈앞에 나타나기만을 오히려 기다리게 된다. 베트콩이 눈앞에 나타나기만 하면 즉시 총알을 난사하고 싶은 강한 욕구가 생긴다. 죽음은 죽음으로 갚아 주고 싶은 충동이 강하게 일어난다. 전우가 죽었는데 아무 일도 할 수 없다는 패배감에 기분이 우울하기만 하다.

긴장감 속에 밤이 된다. 밤안개가 끼어 천지를 분간할 수 없을 만큼 시야가 확보되지 않는다. 칠흑의 어둠뿐이다. 밀림 속에는 풀벌레 소리가 요란하다. 낮에 들리지 않았던 각종 소리가 합창 소리로 변해 버렸다. 침묵의 어둠 속에서는 소리가 모든 것을 지배하는 세상이 되어 버린다. 밤의 세계는 소리의 세계이다. 짐승 소리, 바람 소리, 풀벌레 소리에 예민하게 반응하기 때문이다. 그 소리에 익숙해져야 한다. 안개가 걷히자 정글 속으로 비치는 희미한 달빛이 정겹다. 습도는 최고조에 달하여 숨이 턱턱 막힐 정도로 무더위가 엄습해 온다. 밤이 깊어질수록 다시 밤안개가 몰려든다. 밤안개는 그야말로 어둠을 삼켜 버린다. 한 치 앞도 분간이 어렵다. 달빛도, 반딧불이도 깜빡거리지 않는다. 긴장감은 최고조에 달한다. 베트콩이 바로 코앞에 나타나도 모를 만큼, 밤안개는 그야말로 경계 근무를 서는 데는 최악의 조건이다. 안개가 낀 밤에는 소리로써만 주변 상황을 감지해야만 한다. 긴장감은 최고조에 달한다. 철영 옆에서 갑자기 심한 악취가 난다. 근처 참호 속에서 소대원이 대변을 보는 중이다. 똥 냄새가 심하게 나지만 꾹 참아 낸다. 움직이지 않고 참호 속에서 대변을 보는 일에 오히려 손뼉을 쳐 주어야 할 일로 여긴다. 너무 긴장한 나머지, 대소변을 참지 못하는 상황까지 다다른다. 참호 속에 앉아서 꼼짝하지 않아야만 경계 근무를 유리한 조건에서 보낼 수 있다. 소대원 모두에게 해당하는 일이다. 만약에 대소변이 급해도 참아 내야 한다. 참을 수 없을 때는 참호 속에서 앉아서 해결해야 한다. 참호 속에서 앉아서 해결하지 못하고 대소변을 보기 위하여 참호 밖으로 나오기라도 하면 적으로 간주되기 십상이다. 아군의 총에 맞아 죽어도 할 말이 없다. 참호 속에서 변을 봐야 정상이다. 아주 고약한 똥 냄새가 코를 찌르더라도 오히려 참아야 한다. 변을 마치고 나서 흙으로 덮어야만 경계 근무를 무사히 완수하는 일이기 때문이다. 주변 소대원들이 변을 보더라도 고약한 냄새를 참아 내야 한다. 그만큼 야간 매복 작전을 수행하는 시간에는 철저하게 지켜져야 할 수칙과도 같은 일이다.

밀림 속에서 경계 근무를 서는 날이다. 비가 추적추적 내리고 있다. 비가 오더라도 베트콩 지역을 아군이 점령했기 때문에 안심할 수가 없다. 지휘관들은 참호를 돌아다니면서 작전 지역 경계를 충실히 하라고 독려하고 있다.

"이곳은 베트콩이 주둔하고 있었던 지역이다. 한국군이 점령한 지역이기 때문에 베트콩은 교묘하게 땅굴로 곳곳을 요새화해 놨다고 들었다. 언제, 어디서 베트콩이 나타날지 모르는 지역이다. 경계를 철저히 하도록!"

"예!"

베트콩들이 점령지역을 빼앗겼기 때문에 복수심에 불타 있을 줄로 안다. 언제라도 반격을 해서 타격을 입힐 염려가 있는 지역이다. 밀림을 정복할 때는 한국군은 아주 불리한 조건에서 싸워야 한다. 지형지물도 생소한 곳이다. 베트콩은 지형지물을 잘 알고 있다. 베트콩은 언제라도 기습 공격을 해 올 수 있다. 베트콩의 기습 공격을 받으면 속수무책으로 당할 수밖에 없다.

철영이 판초 우의를 둘러쓰고 경계에 임한다. 비가 오는 날이라, 베트콩이 설마 나타나리라고는 예상을 못 한다. 철영의 부대는 월남에서의 베트콩과의 전투나, 경계 근무 경력도 부족한 상태다. 빗소리로 주변의 소리에 점점 무감각해진다.

검은 물체가 갑자기 시야에 나타난다. 철영의 눈앞에서 검은 물체가 순식간에 나타났다가 사라진다. 철영은 바짝 긴장한다. 가슴이 두근두근 뛰기 시작한다. 비가 오는데 설마 베트콩이 나타난

걸까? 검은 물체가 다시 움직이자마자 철영은 총을 발사한다.

탕, 탕, 탕-.

총소리가 나자마자 검은 물체는 사라져 버린다.

펑-.

철영이 총을 쏘자마자 베트콩이 감춰 둔 폭탄이 철영의 바로 옆에서 터진다.

"아~ 악!"

곳곳에서 비명이 들린다.

따다다다다- 탕탕탕-.

일시에 총소리가 요란하게 터진다.

슈슝~ 펑!

하늘에서 조명탄이 터진다. '펑펑'거리며 조명탄이 하늘로 계속 솟구쳐 터지며 주변이 조금 훤해진다. 비가 내리고 있어서 시야는 확보되지 않는다. 조명탄 덕분에 칠흑 같은 어둠에서 조금 벗어난다. 베트콩이 어디서 나타났는지 넓은 지역에 걸쳐서 총격전은 계속된다. 총소리와 포탄 터지는 소리에 철영은 더 납작하게 자세를 낮춘다. 눈앞에 움직이는 물체만 보이면 곧바로 사격할 태세를 갖추고 긴장을 늦추지 않는다. 요란하던 총소리는 주변 곳곳에서 계속 울려댄다. 격전이 계속 벌어지고 있다. 철영은 참호 속에서 움직일 수도 없는 상황이다. 참호에서 벗어나면 베트콩이 공격해 오지 않더라도 아군이 적군으로 오인하여 총을 난사하기 때문이다. 중대장 옆에 있는 통신병은 전황을 계속 주고받고 있다. 긴급 시에는 지휘관의 명령에 따라서만 움직여야 한다. 우비를 입고 꼼짝하지 못하고 참호 속에서 밤을 꼬박 새운다. 다리에 쥐가 난다. 몰려오는 통증에 인상을 쓰며 참아 낸다. 장시간 앉아 있지 못한다. 참호에 기대어 일어선다. 비스듬히 기대어 있다가, 다시 참호 속에 앉아서 전방을 계속 응시한다. 졸음도 참아 낸다. 악몽의 밤이 계속된다.

날이 밝아 오자, 곳곳에 베트콩의 시체와 아군의 시체도 보인다. 철영은 시체를 보자 두근거리는 가슴을 쓸어내린다. 곳곳에 시체가 널브러져 있는 모습을 보니, 비위가 약한 병사들은 헛구역질을 계속해 댄다. 부대원들이 소대장을 중심으로 모인다. 기본 경계병들을 제외하고는 시체와 부상병들을 옮기느라 분주하게 움직인다. 멀리서 헬리콥터 소리가 요란하게 들려온다. 지휘부가 있는 곳으로 헬리콥터가 내려앉아 보급품을 내려놓는다. 헬리콥터는 밤사이 교전으로 죽은 병사의 시신을 실어서 상공으로 날아간다. 부상병도 계속 후송한다. 밤사이 교전으로 수십 명의 사상자가 발생했다. 다행히도 철영의 소대원들은 부상자만 1명 발생했다. 정글 속에서 매일 전우들이 죽어 나간다. 정신을 차리지 못한다. 밤이 지나고, 낮이 되어도 긴장감에서 벗어나지 못한다.

헬기를 통해서 씨레이션과 칠면조 고기가 두둑하게 공수된다.

크리스마스 이브가 시작되는 날이다. 철영은 소대원들과 함께 칠면조 고기를 처음으로 맛본다. 맛있는 고기가 질기게 느껴지고, 맛도 느끼지 못한다. 많은 전우가 죽어 나간 시체를 보았기 때문에 입맛이 확 달아나 버렸다. 밀림 속에서 전쟁과 함께 처음 맞이하는 크리스마스다. 전투 지역이 아닌 후방 지역이었으면 성탄 축하 찬송을 부르며 크리스마스 기분을 조금 낼 수 있었을 텐데, 전투 지역은 밀림 속이다. 겨울이 아닌 무더운 여름이다. 저녁이 되어서야 칠면조 음식과 달콤한 과자로 크리스마스를 느낀다. 한국에서 보내진 위문편지가 중대원들에게 배달된다. 학생들이 보낸 위문편지 내용을 바라본다. '국군 장병 아저씨께.' 철영은 꾹꾹 눌러쓴 위문편지를 보며 흐뭇한 미소를 짓는다.

"선애야! 철영이 오빠한테서 편지가 왔다. 얼릉, 우리 집으로 올라와서 읽어 줘라!"

송정댁은 새뜸샘에서 아랫집을 향하여 선애를 큰 소리로 부른다. 송정댁의 목소리를 들은 선애는 부엌에서 뛰어나온다.

"예! 큰어머이!"

국민학교에 다니고 있는 선애는 화개댁과 함께 송정댁 집으로 들어선다. 바위를 깎아서 그 위에 지은 초가집은 썰렁한 분위기다. 싸리로 엮어 만든 울타리와 출입문이 말라비틀어졌다. 살짝 건드리기만 해도 쓰러지기 일보 직전이다.

"성님! 날씨가 겁나게 춥네요."

"어서 오소."

"군대 간 철영이한테서 편지가 왔다고요? 요롯케 추운 날씨에 철영이는 잘 있능가 모르것네."

"그렁깨로. 날씨까정 요롯케 추운데, 철영이한테서 편지가 왔다고 하마. 우체부 아저씨가 철영이한테서 온 편지라고 하니까 그런 줄 알지. 나야 까막눈이라서 편지를 봐도 누가 보냈는지 알 수가 있어야지."

"성님만 까막눈인기요? 지도 성님처럼 까막눈인데."

화개댁도 송정댁처럼 글을 모르기는 마찬가지이다. 어디서 편지가 와도 아이들을 시켜서 읽어 달라고 해야만 편지 내용을 알 수가 있는 처지이다.

"선애야, 얼릉 편지를 뜯어 봐라."

송정댁은 편지를 선애에게 내민다. 선애가 송정댁에게서 편지를 건네받는다. 송정댁은 군대 간 아들이 처음으로 보낸 편지라서 궁금하기만 하다.

"철영이한테서 온 편지가 맞나?"

"예. 철영이 오빠가 보냈그만요. 그리고 봉투가 하나 더 들어 있어요."

"편지부텀 얼릉 읽어 봐라."

송정댁은 궁금해서 재촉한다. 선애가 편지를 또박또박 읽는다.

어머님 전상서

어머니! 불효자 문안드립니다. 그동안 별고 없으셨는지요. 저는 군에 입대하여 강원도 최전방 휴전선에서 근무하다가 갑자기 월남 땅으로 왔습니다. 부산항을 떠나서 월남 땅에는 무사히 잘 도착하였습니다. 어머니와 미리 상의하고 알려야 했는데, 월남 오는 일을 워낙 급하게 결정해야 하는 바람에 상의도 하지 못했습니다. 월남은 1년 내내 여름 날씨라고 해서 걱정을 많이 했는데, 월남은 우리나라 여름 날씨와 비슷합니다. 덥기는 해도 견딜 만합니다. 한국에는 벼농사를 1년에 한 번씩만 심어서 수확하지만, 여기 월남은 1년 내내 여름 날씨이기 때문에 벼농사를 1년에 2번씩이나 합니다. 벼를 심고, 수확한 자리에 다시 논을 갈아엎어서 그 자리에 곧바로 모를 심고, 또다시 수확해 냅니다. 들판에는 1년 내내 벼가 무럭무럭 자라고 있습니다. 벼 이삭을 보니까, 고향 시골집에서 벼농사를 짓던 일이 생각납니다. 벼를 수확하고, 다시 심는 농번기에는 군인들이 들판에 나가 월남 농민들을 돕기도 합니다.

제가 월남에 온 이유는 어차피 군대 생활 하는 동안만이라도 잘 견디면 돈을 많이 준다고 하여 지원했습니다. 이왕이면 돈도 벌고 군대 생활도 마치는 데 좋을 것 같아서 지원한 겁니다. 월남 땅은 저만 온 것이 아닙니다. 한국군이 수천, 수만 명이 함께 온 것이라서 견딜 만합니다. 특히 미군들과 함께 공산당을 무찌르는 일이라서 크게 걱정을 안 합니다. 미군들과 함께 공산당을 무찌르는 데 1년만 고생을 하면 된다고 하니 그때까지 잘 견디어 보겠습니다.

어머님. 너무 일 많이 하지 마시고, 항상 건강을 챙기시기 바랍니다.

불효자 이철영 올림

선애가 편지를 다 읽어주자, 송정댁은 눈물이 그렁그렁해진다. 송정댁은 철영만 생각하면 그저 눈물이 난다.

"철영 오빠가 월남을 갔다네요!"

선애가 철영이 월남에 갔다고 하자 송정댁은 깜짝 놀란다.

"아니, 뭐시여? 우리 철영이가 월남을 가 뿌렀다고?"

"강원도에 있다가 월남을 갔다고 한당께요. 편지에는 어무이한테, 미리 말하지 못하고 와 뿌렀다고 하네요. 월남에 잘 도착했다고 그러마요."

"불쌍한 내 새끼. 애비도 없이 그동안 얼마나 고상을 하고 살았는디, 그 험한 월남까정 가 뿌렀다니. 흑흑흑…"

"진짜로 철영이 월남을 갔다고?"

화개댁도 놀라서 되묻는다.

"그렇당깨요."

"월남은 전쟁이 터졌다고 들었는디, 철영이 갸가 어쩌려고 전쟁터로 가 뿌렀다냐? 우리 성님, 걱정이 이만저만 아닐 텐데."

선애는 편지를 읽고 나서 편지와 함께 들어 있던 접힌 봉투를 다시 뜯어 본다. 봉투 속에는 뭐가 들어 있다. 편지는 아니다. 뭐지? 선애는 궁금해 하면서 봉투 속에 들어 있는 것을 선애 손바닥에 쏟는다. 손바닥에 손톱과 발톱이 떨어진다. 머리카락도 봉투에서 나오다 말고 남아 있다. 선애가 봉투를 털어서 머리카락까지 봉투에서 꺼낸다. 송정댁과 화개댁이 뚫어지게 바라본다.

"손톱과 발톱. 머리카락이 들어 있네요."

"뭔 일이다냐. 철영이 손톱, 발톱과 머리카락일까?"

"그런가 봐요!"

"아니. 뭔 일이다냐? 손톱, 발톱, 머리카락은 왜 보냈을까?"

세 사람은 궁금해 한다. 송정댁은 손발톱을 보자 철영의 것임을 직감한다. 철영의 것이라고 판단되자 왈칵 눈물이 쏟아진다. 선애에게서 손발톱을 송정댁 손바닥으로 옮긴다. 그것을 받아 들고 하염없이 눈물을 흘린다. 복받치는 울음을 쏟아 낸다. 손발톱이 철영의 일부라고 생각하니 불쌍한 생각만 난다. 남들은 좋은 환경에서 잘 자랐지만, 없는 살림에 제대로 된 옷 한 벌 못 사 입히고, 먹이지도 못하고, 고생만 하다가 군대에 간 철영이 안쓰럽고 미안하기만 하다.

"제대로 된 옷 한 벌 사 입히지도 못했는데…"

송정댁은 중얼거리며 계속 훌쩍거린다. 자식을 향한 미안한 마음이 계속 맴돌기만 한다.

"아이고, 어쩌자고 그놈이 전쟁터로 갔는지… 하늘도 무심하시지."

송정댁은 철영이 전쟁터에 갔다고 하자 죽을까 봐 걱정한다. 전쟁에서 얼마나 많은 사람이 죽고, 상처를 입었는지 봐 왔기 때문이다. 아들이 전쟁터에서 죽을까 봐 복받치는 설움에 송정댁은 계속 눈물이 멈출 줄을 모른다.

"아이고, 불쌍한 것. 즈그 아부지도 죽어 뿔고, 동생도 죽어 뿔고, 그놈까정 전쟁터에서 죽어 뿔면 나는 어찌 살라고…."

초상이라도 난 집처럼 송정댁은 큰 소리로 울어 댄다. 이렇게라도 실컷 울어야만 할 것 같다. 송정댁은 철영이 전쟁터에서 죽을까 봐 걱정이 태산이다.

"성님 너무 걱정하지 마씨오. 철영이 야무져서 잘 견디어 낼꺼요. 이왕에 이렇게 되어 버린 것, 이제 무사허니 집으로 돌아오라고 천지신명께 빌 수밖에 없다 아입니까. 그렁깨로 너무 상심허지 마소. 철영이 아직 죽은 것도 아닌데, 뭘 그렇게 속상해 하씨오. 그만 울어랑깨라."

화개댁이 송정댁을 위로한다.

"아이고, 내 팔자야! 서방 복도 없는 년이, 자식 복도 없다는 말이 하나도 안 틀린당깨로."

"아이고, 성님. 그런 말 마씨요. 갸가 불한당처럼 성질은 급해도, 이제는 철이 들어서 속은 깊웅깨로. 나중에 성님에게 효도 할런지 압니까? 아, 전에도 서울 가서 돈도 잘 벌고, 일도 잘한다고 했잖쏘! 월남도 돈을 많이 준당깨로 갔다고 안 그러요. 그렁깨로 고만 우씨오. 어짯튼 철영이 무사허라고 열심히 공이나 드리소."

송정댁은 그동안의 설움을 화개댁 앞에서 울음으로 쏟아 낸다. 이왕에 월남에 잘 도착했다니, 무사하기만 바랄 뿐이다.

동이 터오는 이른 아침이다. 송정댁은 장독대 위에 물을 떠 놓고 두 손을 모아 계속 절을 한다.

"비나이다 비나이다…. 우리 철영이가 무사하기를 간절히 비나이다."

베트콩 지역을 점점 정복해 가는 한국군에게 계속 진군 명령이 하달된다. 철영의 부대에는 산간지대에 있는 마을을 급습하여 베트콩의 진원지를 발본색원하는 임무가 떨어졌다. 철영의 부대가 마을로 접근해 간다. 마을 수백 미터 전방에서 박격포로 공포 사격을 먼저 한다.

쾅- 쾅- 쾅-.

박격포 공격에 놀란 주민들은 집 안에 꼭꼭 숨어 있다. 마을 안으로 진입할 때까지는 아무런 대응이 없다. 마을 땅속에 베트콩이 숨어 있을 걸 예상한다. 마을 안으로 들어서면서 경계를 늦추지 않는다. 평범한 주민도 갑자기 베트콩으로 돌변할 수 있기 때문이다.

탕탕탕… 따다다다다다….

공포탄을 계속 발사하면서 마을로 천천히 진입한다. 마을 사람들은 베트콩과 긴밀하게 연결되어 있다고 단정 짓는다. 마을 사람들 자녀 중에 베트콩에 지원한 젊은이들이 많이 있다고 들었다. 마을을 정복하는 데도 마을 사람까지 적으로 간주하고 작전을 수행한다. 요란한 포 소리와 총소리에 놀란 주민들은 바짝 긴장한다. 주민들은 집 안에 꼭꼭 숨어서 마을에는 사람 움직임이 없다. 주민들은 2층 집을 짓고 살고 있다. 1층은 가축을 기르고, 2층에서 모든 가족이 함께 생활하는 가옥 구조다. 집집이 방문하여 총을 겨누며 2층으로 올라간다. 방 안 이불 속에서 숨죽이고 있다. 이불 속에서 움직임이 보인다. 이불을 확 걷어낸다. 이불 속에는 어린아이와 여자들이 벌벌 떨며 움츠리고 있다. 철영의 부대원들은 소리를 지르며 총구를 겨눈다.

"손을 들고 밖으로 나가!"

일어나서 밖으로 나가라고 명령한다. 아이가 눈물을 흘리며 겁에 질려 있다. 아이는 다리를 붙잡고 있다. 다리는 피로 범벅이 되어 있다. 마을에 진입하기 전에 박격포로 먼저 선제공격을 하였을 당시에 포탄 파편을 다리에 맞아 상처를 입었다. 큰 상처가 아니어서 다행이다. 다리에서 나오는 피를 멈추게 하려고 다리를 붙잡고 있다. 다리에 피는 멎었지만, 아이는 겁에 질려 울 생각도 잊어버렸다. 군인들이 들이닥치자 공포에 질려 울음소리도 못 내고 있다. 철영의 부대원은 아이를 번쩍 들어 올려 아이를 밖으로 데리고 나간다. 밖으로 나간 후에는 다리 상처를 지혈하고, 소독약을 발라 준다. 붕대로 칭칭 감아 준다. 벌벌 떨고 있던 아이들과 여자들은 밖으로 나와 마을 앞으로 모여든다. 마을 입구에 모여든 아이 중에는 10살쯤 되어 보이는 앳된 소년들도 눈에 띈다. 부대원들은 마을 안에 무기가 있는지 철저히 수색한다. 마을에서는 무기를 발견하지 못한다. 그저 평범한 마을 주민들의 일상이 이루어지고 있을 뿐이다. 마을 주민들은 베트콩과 은연중에 연결되어 있지만, 총을 겨누며 나타나는 한국군 앞에서는 티를 내지 않는다. 앳된 소년들도 고개를 숙이며 벌벌 떨고 있다. 노인과 아이들, 여자들을 모아놓고 주민들을 계몽한다.

"우리 부대는 당신들이 싫어하는 공산당을 무찌르기 위해서 왔다."

베트콩이 있는 곳을 알면 신고하라고 교육한다. 마을에서는 아무 소득도 없이 철수한다.

다음 목표는 밀림 속에 떨어져 있는 인근 마을로 향하려고 움직인다. 마을 곳곳에 베트콩과 연결이 될 만한 단서를 찾아서 근거지를 없애는 일이다. 베트콩에게 기습 공격을 당하지 않게 미리 방어하기 위한 작전이다. 주변에서 멀리 떨어져 있는 마을을 향해 또 진격을 서두른다.

마을을 100여 미터 떠나면서 뒤를 돌아본다. 마을에서는 아까 벌벌 떨고 있었던 앳된 소년 2명이 마을 앞에서 빠르게 움직이는 모습이 포착된다. 대수롭지 않게 여기던 앳된 소년들이 움직이고 지나가자 갑자기 총소리가 난다. 베트콩들은 10살 정도밖에 되지 않는 앳된 소년들까지 연락병으로 활용하고 있다. 무기도 가지고 있지 않은 앳된 소년들을 포로로 미리 잡아갈 수는 없는 일이다. 베트콩은 의심이 덜 가는 그런 아이들을 태연하게 작전에 이용한다.

탕탕탕-.

철영의 부대는 즉시 그 자리에 엎드린다. 총소리가 나는 곳은 정글 속의 마을로 진입하기 전의 마을 쪽에서 나는 소리이다. 베트콩이 철영의 부대를 향해서 쏘는 총소리다. 마을과 마을 사이의 중간쯤에서 베트콩이 사전 공격을 감행해 오고 있다. 중대장은 긴장한다. 베트콩은 밀림의 어느 지역에 숨어 있는지 모를 일이다. 마을의 앳된 소년들이 인근 땅속에 숨어 있는 베트콩에게 연락을 취한 것이다. 다시 공격해 오면 곧바로 응사하기 위해 사격 자세를 취한다.

탕탕탕-.

이번에는 마을에서 떨어진 반대편에서 사격해 오고 있다. 사방팔방에서 마을이 아닌 곳에 베트콩이 숨어 있다는 표시를 계속 알리고 있는 듯하다. 마을에는 베트콩이 숨어 있지 않고 마을에서 떨어진 산악 지역에 숨어 있으니 이곳으로 수색을 하러 오라는 소리같이 들린다. 베트콩은 땅속에 진지를 만들어 사방팔방으로 통로를 구축해 놨다. 기동성을 발휘하여 땅속 통로를 통해 이곳저곳에서 튀어 올라와 기습 공격을 감행하고 있는 듯하다. 베트콩은 미리 마을 주변에 폭탄을 곳곳에 설치해 두었다. 적이 공격해 오면 살상할 준비를 마쳤다. 중대장은 현명하게 판단해야 한다. 마을을 습격하여 베트콩의 잔재와 연락의 흔적을 찾아낼 것인가? 산악 지역에 들어가서 베트콩과 전면전을 치러야 할 것인가? 고민에 빠진다. 중대장은 통신병더러 대대장에게 무전을 치라고 지시한다. 대대장은 연락을 받고 지원부대와 함께 도착한다. 본격적인 베트콩과의 한판 대결을 벌일 각오를 다진다. 마을 곳곳이 베트콩의 은신처가 되고 있다. 마을 사람들도 은밀하게 베트콩들에게 도움을 주고 있는 듯하다. 마을 주민들이 베트콩에게 협조하지 않으면 은밀하게 죽여 버리기 때문에 마을 주민들도 참으로 어려운 형국이다. 대대장은 먼저 박격포로 공격 명령을 내린다. 박격포를 발사한다.

쾅- 쾅- 쾅-.

박격포는 마을 입구에 떨어진다. 대대장의 전진 명령이 떨어지자 병사들은 마을을 향해 진격을 서두른다. 조심스럽게 접근해도 베트콩이 설치해 놓은 폭탄을 모두 발견해 내기는 어려운 일이다. 마을 가까이 다가가자 부비트랩이 터진다.

펑!

폭탄이 터지면서 주변에 있던 병사가 소리를 지르며 쓰러진다. 땅속에 묻어 둔 폭탄 파편을 정통으로 맞고 쓰러진다. 소리를 지르며 피를 흘리고 있다. 부상병이 소리를 지르자 철영과 소대원들은 갑자기 적을 향한 복수심이 솟아오른다.

펑!

숨겨 놓은 폭탄이 곳곳에서 터진다. 주변을 지나던 병사들은 파편을 맞아 사상자가 계속 늘어난다.

쾅!

베트콩이 발사한 박격포가 병사들에게 명중한다.

"악! 아~!"

곳곳에서 총탄에 맞고 병사들이 죽어 나간다. 부상병도 계속 늘어난다. 그야말로 베트콩과 한국군 간의 전면전이 벌어진다. 베트콩이 눈앞에 나타나기만을 기다린다. 전진하면서 죄 없는 마을 사람들에게까지 복수심이 불타오른다. 마을을 향해 총으로 공포탄을 난사한다. 순간적으로 올라오는 복수심을 공포탄으로 풀어 보려고 한다. 마을 사람들도 적으로 간주해 버린다. 적을 죽여야만, 내가 살아날 수 있는 전쟁터다. 사람을 죽이는 일에 죄의식도 느끼지 못한다. 내가 살아남기 위해서는 어쩔 수 없는 일로 여겨 버린다. 인간의 폭력성이 무디어져 버리는 순간이다. 양심의 가책을 느낄 시간이 없다. 양심을 느끼는 순간에 적은 나를 향해서 총을 겨눈다. 내 목숨을 양심과 바꿀 수는 없는 일이다. 눈 깜짝할 사이에 목숨이 달려 있다. 전쟁이야말로 야만적인 싸움터다. 죄 없는 월남 사람들이 불쌍해 보이지 않는다. 모두가 베트콩의 일원으로만 보인다. 마을 사람들은 겁을 먹고 벌벌 떨면서 집 밖으로 손을 들고 뛰어나온다. 아이들은 울음을 터트리고 있다. 마을 입구에 마을 주민들이 모이자, 군인들은 마을 가까이 다가가서 화염방사기로 주택을 향해 불을 뿜는다. 집은 순식간에 화염에 휩싸인다. 목재로 지은 주택은 일시에 불이 붙는다. 활활 타오르는 주택이 점점 늘어난다. 마을 사람들은 화마를 피하고자 마을 밖으로 도망을 친다. '탕탕탕!' 군인들은 총을 계속 쏘아 댄다. 마을 사람 중 몇은 총탄에 맞아 죽는다. 도망치는 마을 사람들은 한곳에 모이게 한다. 마을 사람들은 무기도 들지 않았다. 노인과 여자와 아이들이 대부분이다. 젊은 남자들은 보이지 않는다. 이미 베트콩으로 지원했거나, 몸을 숨겼다. 대대 병력은 인정사정없이 마을을 불태워 버린다.

마을을 장악하면서 마을 사람들도 죽고, 순식간에 집도, 마을도 몽땅 불에 타 버렸다. 월남 주민들은 한국군이 원망스럽다. 베트콩을 몰아냈지만, 한국군도 많은 사상자가 발생하였다. 공포와 원한이 맺힌 월남 사람들은 울면서 소리를 지른다. 한 맺힌 울음소리다. 한국군의 무자비한 공격이 원망스럽기만 하다. 화가 잔뜩 난 할머니가 소리를 지른다.

"따이한 고 홈! 따이한 고 홈! 따이한 고 홈!"

울면서 소리를 지른다. 한국군이 주민들에게 철천지원수 취급을 당한다.

"씨브랄!"

중대장은 침을 뱉으며 주민을 향해 욕을 해 대고 있다.

"이거 억울해서 해 먹겠나. 우리가 지들을 위해서 베트콩을 죽이려고 왔지. 우리를 위해서 싸우고 있는 줄 알어? 우리 부하들도 죽었단 말이야!"

중대장은 단단히 화가 나서 풀리지 않는다. 미군 부대에도 우리랑 똑같은 현상이 벌어질 것으로 생각하니 어이가 없다. 미군도 공산당을 무찌르기 위해서 베트남에 와서 희생하고 있지 않은가. 국군도 마찬가지로 공산당인 베트콩을 무찌르기 위해서 이런 희생을 감수하고 있다고 생각하니 전쟁이란 참으로 아이러니이다. 승자도 패자도 없는 게임을 벌이고 있다.

목숨을 걸고 싸우고 있는 베트콩을 전멸시키는 일은 쉬운 일이 아니다. 베트콩은 본인의 조국을 지키기 위하여 목숨을 걸고 싸우고 있다. 베트콩은 사력을 다해 틈만 나면 게릴라식 공격을 가해 온다. 멀쩡한 주민들도 삽시간에 베트콩으로 변해 버리는 전략을 쓴다. 느슨하게 베트남 사람들을 대했다가는 큰코다치기 십상이다. 우리나라도 해방이 되자 미군과 소련군이 38선을 경계로 남과 북을 점령해 버렸다. 베트남 사람들에게는 미군과 한국군이 점령군으로 보인다. 남베트남이 공산화되는 것을 막기 위한다고 하지만, 베트콩 사람들에겐 점령군일 뿐이다. 베트콩은 점령군을 격퇴해야만 나라를 되찾는 길로 여길 것이다.

거센 비바람이 몰아친다. 열대 우림의 지역에 태풍이 상륙한 것이다. 거센 폭풍우는 정글을 초토화할 만큼 무서운 기세로 달려든다. 키가 큰 거대한 야자수 가로수가 비바람에 휩싸여 뿌리째 뽑혀 넘어진다. 바닷가에는 집채만 한 파도가 해안가를 덮친다. 시야는 전혀 분간이 안 된다. 폭풍우와 함께 모든 곳을 휩쓸어 갈 기세이다. 부대를 지켜야 하는 군부대 막사는 긴장한다. 폭풍우와 함께 살아온 베트콩들이 이 기회를 이용하여 공격하여 올까 긴장을 늦출 수가 없다. 이럴 때일수록 더욱 긴장하여 부대 진지를 경계하여 지키는 일에 몰두한다. 다행히도 폭풍우가 몰아치는 때에 베트콩은 나타나지 않았다.

부대 주변에는 잡목이 무성하다. 경계 근무를 서는 데 우거진 잡목이 걸림돌이다. 부대 주변으로 베트콩이 나타나면 사살하기 위해 시야를 확보해야 한다. 부대 반경 수십 미터에 고엽제를 살포한다. 마스크를 쓰고, 고엽제를 플라스틱 통에 붓고 물과 희석한다. 농약 성분의 고약한 냄새가 코를 찌른다. 고개를 돌려 냄새를 피하려고 해도 독한 냄새가 계속 난다. 냄새만으로도 구토를 일으킬 만큼 고약하다. 이토록 독한 농약 성분을 가진 고엽제이기에, 식물에 살포하면 식물이나 동물이나 독충들은 수 시간 내로 초토화되어 버린다. 그야말로 살상 무기나 다름없는 것이다.

"야! 그 냄새 한번 고약하네!"

한 손으로는 코를 막고, 한 손으로는 고엽제를 물에 희석한다. 부대 주변에 뿌리려면 고엽제 양도 제법 많다. 막대기로 휘휘 저어 가며 고엽제를 희석한다. 부대 근처는 항공기로 살포할 수 없으므로 병사들이 일일이 수작업으로 고엽제를 뿌린다. 고엽제를 물에 희석하여 바가지로 떠서 군데군데 골고루 뿌려댄다. 분무기를 등에 짊어지고 계속 뿌려댄다. 고엽제 물을 뒤집어쓴 나무에는 고엽제가 나무 물관부를 타고 올라가 결국에는 나무도 말라비틀어져 버린다. 고엽제 섞은 물을 분무기를 통해서 뿌리면서 얼굴이나 몸에도 조금씩 묻어난다. 고엽제에 대한 위험을 잘 모르기 때문에 손이나 옷에 묻는 경우가 종종 발생해도 대수롭지 않게 여긴다. 고엽제는 피부 속으로 스며들어 사람에게 해를 입힌다. 피부에 묻는 즉시 물로 깨끗이 씻어 내야 하는데, 작업이 끝나야만 물로 대충 씻는 게 대부분이다. 철영도 소대원들과 함께 부대 주변 고엽제 살포에 동원된다. 고엽제를 뿌리는 날에는 머리가 띵하여 정신을 차릴 수가 없다. 속도 메스꺼워 음식을 제대로 먹지 못하는 후유증에 시달린다. 고엽제를 뿌리고 나면 온몸이 가렵고 따끔거리는 증세가 나타나기도 한다. 고엽제가 피부에 닿아 피부 속으로 스며들어서 생긴 현상으로 여긴다. 고엽제 살포를 하기 싫어서 서로 꺼리지만, 부대 주변에는 고엽제를 수시로 뿌린다. 큰 나무 밑에 상처를 내고 고엽제를 뿌려 댄다. 고엽제 성분이 나무 꼭대기까지 타고 올라가 스며드는 것이다. 고엽제를 뿌린 부대 주변은 풀과 나무가 몽땅 말라 죽는다. 물웅덩이에도 고엽제를 살포한다. 모기도 박멸하는 효과를 본다. 부대 주변 반경 수십 미터는 고엽제 살포의 효과를 톡톡히 본다. 고엽제를 뿌리지 않으면 나무와 숲이 곧바로 우거지기 때문에 베트콩을 방어하는 데 많은 장애물로 작용한다. 고엽제 살포의 효과로 부대 주변은 경계 근무를 서는 데도 시야가 확보된다. 부대 주변에는 수상한 사람이 가까이 접근하거나, 개미 새끼 한 마리 얼씬거리지 못하도록 주변 경계를 철저히 한다.

철영의 부대는 베트콩의 주력부대가 숨어 있는 넓은 정글 속에 있는 진지를 정복하라는 임무가 주어졌다. 한국군 연대 병력과 미군의 공군 지원으로 연합하여 움직이는 작전이다. 마을을 지나서 정글 속으로 진격해야 하는 작전이다. 날이 밝아 온다. 무전 연락을 받은 비행기가 상공에 나타난다.

윙윙윙….

비행기가 미리 숲을 향해 날아간다. 비행기에서 고엽제를 살포한다. 고엽제는 정글 숲에 뿌려진다. 그야말로 공포의 살인 무기인 셈이다. 소리 소문 없이 고엽제는 숲속에 스며든다. 밀림을 향해 고엽제를 반복해서 뿌린다. 밀림이 방대한 지역이기에 비행기를 통한 고엽제 살포가 계속된다. 고엽제는 무시무시한 독성을 가진 농약이다. 고엽제가 식물에 닿는 순간, 태양이 비치면 고엽제가 닿은 식물은 그 자리에서 말라비틀어져 버린다. 나뭇잎에 고엽제를 살포하면 나뭇잎은 광합성 작용을 하지 못하기 때문에 성장이 멈춰 버리는 것이다. 밀림 속에 있는 곤충이나 동물들도 고엽제 농약 성분이 피부에 닿는 순간 독성이 온몸에 퍼지기도 한다. 사람이나 동물 피부에 닿았을 때는 물로 즉시 씻어 내야만 피해를 줄일 수 있다. 물속에 고엽제가 녹아 스며들면, 그 물을 마시는 생명도 모두가 큰 피해를 보게 된다. 그야말로 간접 살상 무기나 다름없다.

비행기를 통하여 고엽제를 뿌리고 간 자리의 정글 숲은 불에 타지도 않았는데도 나뭇잎이 대부분 말라비틀어져 있다. 초록 숲과 완전히 대조적이다. 키가 큰 나무의 잎이 몽땅 메말라 죽어 가고 있다. 나무는 줄기만 앙상하게 점점 변해 간다. 정글의 모습이 처참하다 못해 을씨년스럽다. 초록의 베트남 정글만 보다가, 군데군데 메말라 죽은 나무가 듬성듬성 서 있다. 땅바닥 부분은 초록이 조금씩 올라오고 있는 모습이 마치 유령의 소굴로 점점 변해 가는 느낌이다. 고엽제 독성이 나무 수관을 타고 들어가 나뭇가지도 점점 말라 죽어 가는 것이다. 숲 곳곳의 나무들이 말라비틀어져 죽어 가는 모습은 음산하기 짝이 없다. 열대 우림의 지역이라서 나무는 물론, 숲속의 기생충까지 박멸시켜 버리는 고엽제 살포 지역이지만 비가 자주 오고 그 빗물에 숲이 빗물 목욕을 여러 차례 하고 나면, 수개월 내로 초록은 점점 회복되리라 본다.

시야가 어느 정도 확보되자 포 사격이 일제히 불을 뿜는다.

쾅- 쾅- 쾅-.

수십 발의 포 사격이 이루어진 후에 한국군이 정글을 향하여 움직이기 시작한다. 베트콩은 고엽제를 통해서 숲이 몽땅 말라비틀어져도 개의치 않는다. 베트콩은 한국군이 정글 속으로 이동하고 있다는 것을 미리 파악한다. 고엽제가 살포되면, 적이 정글 속으로 진격해 오리라 예상한다. 적으로부터 이미 베트콩의 진지가 발각됐다고 여길 뿐이다. 베트콩은 땅굴 속에서 적이 들어올 때까지 기다리는 작전이다. 한국군이 정글 속으로 들어갈수록 긴장감은 고조된다. 키 큰 나무 뒤에서 베트콩이 언제 갑자기 달려들지 모르는 일이다.

피웅- 피웅- 피웅-.

베트콩이 아군을 향해 총격해 온다. 베트콩은 한국군의 진군을 막기 위하여 저항해 오는 것이다. 베트콩의 총격 소리가 났지만, 베트콩은 보이지 않는다. 베트콩은 총을 쏘고 나서, 땅굴을 통하여 잽싸게 이동을 한 것이다. 그들이 파 놓은 땅굴은 시야에서는 보이지 않지만, 교묘하게 깊은 땅속으로 연결되어 있다. 쥐도 새도 모르게 총을 쏘고는 숨어 버리면 그만이다. 땅굴을 찾아낸다 해도 미로처럼 얽혀 있는 땅굴을 찾아내기란 불가능한 일이다.

철영은 순간적으로 몸을 움츠린다. 바위나 나무 뒤로 몸을 숨긴다. 적이 어느 곳에서 공격을 해 오는지 알 수가 없다. 어디서 총알이 날아왔는지 찾으려고 안간힘을 쏟는다.

지휘관의 진격 신호는 계속된다. 연대 병력이 움직이고 있지만, 상호 간에는 무전 연락을 통해 정글은 빠르게 정복되어진다. 철영의 중대도 전진 명령을 잘 수행하고 있다. 계속 전진하면서 정글 속에서 숨죽이며 전방을 바라보고 있다. 밀림 속으로 전진하지만, 아군의 피해는 없어야 한다. 베트콩이 어디에 숨어 있는지 찾아내야 한다. 열대 관목 사이에 조그만 움직임도 놓치지 않는다. 정글 속에 설치해 놓은 각종 폭탄을 조심해야 한다.

펑!

폭탄 터지는 소리가 모두를 긴장시킨다. 주변에 있던 병사들이 파편을 맞고 사상자가 발생하였다. 사상자를 후방으로 이송하느라 빠르게 움직인다. 나머지 대대 병력은 정글 속으로 계속 전진한다. 철영의 중대가 전방 언덕에 있는 땅굴을 발견한다. 베트콩의 은신처로 의심되는 곳이다. 대대장에게 연락을 취하여 지휘관들이 신속하게 모여든다. 병사들은 지휘관의 지시에 따라 화염방사기를 준비한다. 주변에 있던 소대원들은 땅굴을 향해 총을 겨누며 베트콩이 땅굴에서 뛰쳐나올 때 즉시 사격을 할 자세를 취한다. 소대원이 땅굴을 향하여 화염방사기로 불을 뿜는다. 화염방사기로 땅굴을 난사해도 땅굴 속에서는 전혀 반응이 없다. 베트콩이 이미 도망을 쳐 버린 것이다. 땅굴 속은 시야가 확보되지 않은 관계로 수류탄으로 2차 공격을 시도한다. 땅굴을 향하여 수류탄을 일시에 던진다.

펑! 펑! 펑!

수류탄은 일시에 땅굴 입구에서 폭발한다. 수류탄 터지는 소리가 크게 울린다. 수류탄이 터져도 땅굴 속은 고요하다. 매캐한 연기가 계속 땅굴 속에서 뿜어져 나오고 있다. 땅굴 속에서 불이 붙은 것 같다. 한참을 기다리고 있으니 연기가 잦아든다. 소대원들이 천천히 땅굴 속으로 진격한다. 수류탄 공격으로 베트콩의 땅굴 속은 곳곳이 무너져 내렸다. 땅굴 속은 베트콩의 진지와 연결되어 있었다. 동굴 벽이 무너지면서 곳곳에 베트콩들이 쓰던 물건이며, 공간 곳곳이 파괴되었다. 베트콩들이 달아나면서 무기와 탄약은 이미 옮겨 놨으리라 여긴다. 인명 피해를 주거나 무기를 확보하지는 못했지만, 베트콩의 아지트를 박살 내 버린 성과를 올린다. 한국군이 철수한 뒤에 땅굴 속에 폭약을 설치한다. 땅굴 밖에서 조종하여 땅굴을 폭파해 버린다.

쾅- 쾅- 쾅- 쾅- 쾅-.

땅굴 속에서는 폭약 터지는 소리가 계속 울린다. 드넓은 지역의 밀림 지역을 한국군이 완전히 점령에 성공한다.

고엽제가 살포되지 않은 밀림 지역 속으로 계속 전진한다. 고엽제가 뿌려진 곳과 뿌리지 않은 원시 밀림 지역은 천지 차이가 난다. 그 지역을 지켜내기 위한 경계 업무에 돌입한다. 한국군의 진지를 사수하기 위하여 부비트랩 폭탄을 곳곳에 설치해 둔다. 베트콩이 다시 나타나면 부비트랩 폭탄으로 사살시키는 것이다. 철영의 중대도 경계 업무에 돌입한다. 낮의 경계 업무보다 밤의 경계 업무가 훨씬 힘든 일이다. 낮에는 시야가 확보되니까 적이 나타나도 즉각 대처할 수 있다. 베트콩은 낮에 잘 나타나지 않는다. 밤이 되면 한국군을 향해 공격해 오는 일이 많다. 밤에 경계를 설 때는 모기와의 전쟁이 시작된다. 바르는 모기약과 뿌리는 모기약을 철저히 준비한다 해도 계속 달려드는 모기 앞에서는 대책이 어렵다. 정글 속의 밤은 거머리와도 사투를 벌여야 한다. 거머리는 정글 물속이나 진흙 밭에서만 자라는 게 아니다. 나무를 타고 올라가 나무에서도 살아간다. 물속에 들어가지 않아도 나무에서 거머리가 사람 위로 떨어진다. 사람의 피 냄새를 맡고 사람에게 달려들어 공격하는 경우가 종종 있다. 본인도 모르게 나무에서 떨어진 거머리는 스멀스멀 살갗을 탐내며 몸으로 파고들어 피를 빨아대기 시작한다. 거머리가 달려드는지도 모르고 있다가 통증을 느낄 때 거머리가 몸에서 피를 빨았음을 알아차린다. 거머리는 온

몸을 파고들기 때문에 어디에 달라붙어 피를 빨지 예상 못 한다. 머리에서 피가 흐르는 모습을 동료 전우가 먼저 발견하기도 한다. "너 얼굴에 피가 흐르는데"라고 알려 줬을 때 부랴부랴 철모를 벗어 보면, 철모 속에서 여유롭게 피를 빨아대고 있는 때도 있다. 더워서 철모를 잠깐 벗는 순간에 거머리가 머리에 떨어진 것이다. 땀이 온몸에 비 오듯 흘러내리는 고온다습한 더위 속에서 전투에 정신을 쏟다 보면 거머리가 피를 빨아도 통증을 느끼지 못한다. 그만큼 열대 우림의 거머리는 무서운 존재다. 독충과 뱀에 물리지 않으려면 신경 써야 한다. 열대 우림 속에는 독충이 곳곳에 도사리고 있다. 병사들은 전투하면서도 몸에 바르는 끈끈이 모기약과 독충을 예방하기 위한 예방약을 수시로 바르느라 정신이 없다. 미리 바르지 않으면 정신없는 사이에 모기가 사람 피를 빨려고 달려든다. 각종 독충이 인간을 향해 총공격을 해온다.

철영이 말라리아에 감염이 되었다. 월남 땅 전역이 1년 내내 고온다습한 환경으로 인하여 모기가 서식하기에 좋은 환경이다. 근무하면서 모기와 계속 사투를 벌이다 보니, 병사 중에도 말라리아에 감염이 되는 경우가 많이 나타난다. 정글이 아닌 지역도 조금만 방심하면 모기에게 공격을 받는다. 밤에 왕성한 활동을 하는 모기를 퇴치하기 위한 노력을 계속한다. 야간 경계 근무를 나갈 때는 모기에 물리지 않으려고 모기약을 미리 바른다. 예방 조치를 해도 소용이 없는 경우가 많다. 정글 속으로 작전을 나갈 때는 그야말로 베트콩과 전쟁을 치르기 전에 모기와 먼저 전쟁을 치르는 경우가 많다. 철영이 고열에 시달리고 식은땀을 계속 흘린다. 철영은 헬기를 타고 긴급하게 군인 병동으로 이송된다. 군인 병동에는 수많은 부상병이 치료를 받고 있다. 철영은 군인들의 긴급 치료를 받자마자 깊은 잠에 빠진다.

밤에 칼을 움켜쥔 베트콩이 본인에게 달려든다. 베트콩은 칼로 철영의 목을 찌르려고 한다. 깜짝 놀란 철영은 칼을 쥐고 있는 베트콩의 손목을 붙잡는다. 있는 힘을 다해 베트콩의 손을 밀어낸다. 베트콩은 철영에게 지지 않고, 더욱 세게 힘을 주며 철영을 압박한다. 칼이 철영의 눈앞에 가까이 다가온다. 칼날을 보니 섬뜩하다. 칼이 목에 닿으려는 순간, 철영은 안간힘을 쓰며 베트콩의 손목을 비틀어 댄다. 베트콩이 철영의 옆으로 쓰러진다. 철영이 베트콩의 몸 위로 올라탄다. 베트콩의 손목을 휘어잡으며 칼을 떨어뜨리게 한다. 베트콩은 철영의 압박으로 칼을 떨어트린다. 칼이 바닥에 뒹군다. 철영의 눈에 칼이 들어온다. 철영은 칼을 잽싸게 집어 든다. 칼로 베트콩을 향해 찌르려고 달려든다. 베트콩도 철영의 손목을 낚아챈다. 철영이 베트콩을 찌르려 하자, 안간힘을 쓰며 철영을 밀어낸다. 두 사람의 힘겨루기가 계속된다. 베트콩이 철영의 손목을 비틀어 댄다. 철영이 들고 있던 칼이 바닥으로 떨어진다. 두 사람은 이제 맨주먹으로 상대방을 제압하려고 힘을 가한다. 주먹으로 얼굴을 가격한다. 엎치락뒤치락 공방전이 계속 벌어진다. 서로에게 주먹질은 계속된다. 철영이 힘을 가하자 베트콩은 땀을 뻘뻘 흘리며 철영을 밀어낸다. 철영도 베트콩에게서 굴러떨어진다. 베트콩이 잽싸게 일어나서 뒤로 돌아선다. 철영 옆을 지나쳐 도망을 친다. 철영은 전우를 죽인 베트콩을 죽이려는 복수심이 아직 가라앉지 않았다. 철영이 일어나서 베트콩을 잡으려 한다. 내 손으로 베트콩을 죽여야 한다. 발걸음을 떼어 보지만, 베트콩은 철영에게서 점점 멀어져 간다. 철영은 더 빠르게 몸을 움직인다. 발걸음이 떼어지지 않는다. 안간힘을 써 보지만 베트콩은 철영에게서 사라져 버린다. 철영은 땀을 뻘뻘 흘리며 움직이려고 몸부림을 친다. 몸은 점점 더 무거워진다. 한 발자국도 떼지 못한다.

손을 허공으로 휘두른다. 헛소리를 하며 악을 쓴다. 잠꼬대에서 한동안 벗어나지 못한다.

잠자리에서 눈을 뜬다. 월남의 뜨거운 열기가 온몸으로 달려든다. 찌는 무더위가 아직도 기승을 부리고 있다. 밖은 칠흑처럼 어둡다. 누워 있던 자리에서 몸을 일으킨다. 꿈속에서 베트콩에게 죽임을 당할 뻔한 악몽에서 아직 헤어 나오지 못하고 있다. 죽음의 트라우마가 계속 맴돈다. 적을 죽여야만 내가 살아남을 수 있다. 천천히 몸을 일으킨다. 한참을 멍하니 앉아 있다.

여기가 어디지? 철영의 몸은 팬티만 걸치고 있고, 맨몸으로 누워 있다. 옆에서는 강한 선풍기가 철영을 향해 돌아가고 있다. 철영의 말라리아 증상이 심해서 군의관들이 강한 약을 투여하자마자 깊은 잠에 빠진 것이다. 워낙 말라리아 증상이 심해서 강한 약을 투여했다. 약 중독에 빠진 것이다. 탈수 증세로 인하여 손목에는 수액 주사까지 꽂아 놨다. 강하게 돌아가는 선풍기로 인하여 철영의 몸은 더운 날씨를 느끼지 못한다. 군인 의사와 간호원들이 들락거리며 철영의 몸을 계속 점검한다. 응급조치의 효과가 서서히 나타난다. 시간이 지날수록 열이 많이 내리고 있다. 병동에는 전투 중에 다친 병사들이 수도 없이 많이 입원해 있다. 다리를 다친 병사, 팔에 깁스한 병사. 머리에 붕대를 칭칭 감아 놓은 병사, 휠체어에 앉아서 이동하는 병사, 병상에 누워서 움직이지 못하는 병사… 철영은 병동에 있는 병사들을 보자, 기분까지 우울해진다. 전쟁으로 많은 사상자와 부상병이 생기고 있다. 철영도 월남 땅에 도착하자마자 5일 후에 곧바로 전투에 투입됐지만, 중대원이 죽임을 당하였다. 철영을 포함하여 다른 중대원들은 무사했지만, 중대원이 계속 죽어 나갔다. 언제, 어디서 전투 중에 상처를 입을지 아무도 예측할 수 없는 전쟁터다. 여러 번의 전투를 경험했지만, 큰 상처를 입지 않은 것만으로도 다행으로 여긴다. 철영은 말라리아에 걸려 병동에 실려 왔지만, 다행이라고 여긴다. 철영은 며칠간의 병동 신세를 지고 나서 부대로 복귀한다.

고국에서 밀림 속으로 위문 공연단이 왔으니 모이라는 통지를 받는다. 이곳은 가끔 베트콩이 공격을 해 오는 작전 지역의 외곽이다. 이 밀림 속에 무슨 공연단인가? 연대 지휘부가 있는 곳으로 군인들이 모여든다. 연대 지휘부가 있는 곳은 조금은 안전한 구역이긴 하지만, 적군과 아군이 전투가 벌어지면 총격 소리가 희미하게나마 들리는 곳이기 때문이다. 위문 공연을 보려는 장병들도 야전 공터에서 총을 든 채로 위문 공연 장소에 모여든다. 총을 어깨에 걸치고 땅바닥에 앉는다. 유사시에는 총을 들고 싸워야 하고, 즉시 출동할 수 있는 만반의 준비를 하고 위문 공연을 기다린다. 위문 공연단도 헬기를 타고 정글 속으로 이동을 해 왔다. 공연단은 정글 속으로 들어오기 전에, 한국군을 위한 공연 중에 죽어도 상관없다는 각서까지 쓰고 왔다. 임시 가설무대가 만들어졌다. 악기를 연주할 악단도 함께 무대 위에서 악기를 연주하며 흥을 돋우고 있다. 가수들의 노래 공연이 시작되자 장병들은 환호성을 지른다.

"와~."

공연이 시작되자마자 포격 소리가 멀리서 들려온다.

펑, 펑, 펑-.

멀리 정글 쪽에서 포격 소리가 공연장까지 들린다. 크게 나는 포격 소리는 아니지만, 위문 공연단 사람들은 겁을 먹는다. 소리가 나는 곳을 향하여 고개를 돌린다. 포탄 터지는 소리로 공연이 제대로 될지 걱정을 하는 눈치다. 병사들은 늘 듣는 소리이기에 대수롭지 않게 여긴다. 가까운 곳에서 나는 총소리가 아닌 이상, 총을 들고 있어도 출동 태세를 갖추지 않는다. 빨리 무대에서 공연이 시작되었으면 하는 눈치다. 포격 소리를 들으면서도 무대에서는 악기가 연주된다. 가수가 음악 소리에 맞추어서 무대 위로 올라온다. 오랜만에 들어보는 고국의 노래가 가슴을 울리게 만들고, 기뻐서 환호하게 만든다. 철영도 노랫소리에 귀를 기울인다. 남자 가수가 무대에 올라와 배호 노래를 부른다.

    안개 낀 장충단 공원 누구를 찾아왔나
    낙엽송 고목을 말없이 쓸어안고 울고만 있을까
    지난날 이 자리에 새긴 그 이름 뚜렷이 남은 이 글씨
    다시 한번 어루만지며 떠나가는 장충단 공원….

철영도 흥얼거리며 노래를 따라 부른다. 그야말로 간만의 노랫소리로 그동안의 스트레스가 몽땅 날아가는 기분이다. 병사들도 어깨를 들썩이며 노래를 따라 부른다. 오랜만의 고국의 음악 소리에 잠시 시름을 잊는다. 공연단 일행 중 코미디언의 만담에 폭소를 터트린다. 병사들도 들떠서 위문 공연에 푹 빠진다. 시간 가는 줄 모르고 웃고 떠들며 즐겁게 지낸다. 위문 공연단 사람들의 얼굴만 봐도 웃음이 저절로 난다. 이런 기회가 자주 있었으면 좋겠다는 생각을 가져본다. 이역만리 타국까지 날아와, 전쟁터의 한복판에서 위문 공연을 해 주는 모습이 고맙기만 하다. 잠깐의 위문 공연이지만, 머릿속에 오래 남아 있다.

철영은 월남에 도착한 지 8개월이 됐다. 휴양소에 지낼 수 있는 특별휴가를 줬다. 부대원들은 환호성을 지르며 휴양소에 입소한다. 휴양소는 바닷가에 있다. 숙소에 도착하자 웃옷을 벗어 버리고 팬티만 입는다. 철영은 소대원들과 함께 휴양소 정문 앞에 나란히 선다. 기념사진을 찍는다. 휴양소는 그야말로 천국이다. 군 복무에서 힘든 심신을 휴양소에서 쉬라고 보내 주는 특별휴가인 셈이다. 휴식을 맘껏 취하며 해변에서 여유롭게 즐기는 기간이다. 휴양소에서는 점호도, 교육도, 군사훈련도 없다. 그야말로 자유로운 휴식 시간이다. 철영은 바닷가로 나간다. 야자수가 곳곳에 서 있다. 파도가 넘실거리는 바닷가는 그야말로 이국적인 풍경이다. 파라다이스에 온 기분이다. 처음 와보는 바닷가 백사장의 모습에 소대원들도 한껏 들뜬다.

"야호!"

백사장에서 달리기 시합을 한다. 맨발로 백사장을 달리는 기분은 하늘을 나는 듯이 가볍기만 하다. 하얀 백사장에 드러누워 본다. 파란 하늘이 유난히 밝게 빛나고 있다. 하얀 백사장이 드리워진 휴양소는 휴가를 즐기는 군인들로 넘쳐난다. 곳곳에 멈춰 서서 사진 촬영을 한다. 추억으로 남기기 위한 사진을 찍느라 정신이 없다.

바다에서 군용 보트를 타고 신나게 헤엄을 친다. 밀려오는 파도를 가르며 바다로 전진하는 재미에 푹 빠져든다. 휴양소에는 한국에서 직접 공수된 한국식 씨레이션도 넉넉하게 공급된다. 한국 김

치 통조림과 함께 식사도 맛있게 제공된다. 부대 안에서는 술이 허용되지 않았지만, 휴양소에서는 얼마간의 술이 허용된다. 철영은 소대원들과 함께 PX에서 맥주를 1인당 1병씩만 구매를 한다. 얼마만의 술인가? 브라보를 외치며, 맥주를 병째 들고 마신다. 휴양소에서 여유를 즐긴다.

때마침 휴양소에서 멀지 않은 곳에 위문 공연단이 왔다는 소식을 듣는다. 휴양소에서 휴가를 즐기고 있는 병사들과 함께 버스를 타고 위문 공연장으로 향한다. 군복을 입고 공연장에 들어간다. 공연장은 군인들과 군인 가족들로 인산인해를 이루고 있다. 수백 명의 군인이 고국에서 온 위문 공연단의 공연에 빠져든다. 공연이 시작되자 병사들의 함성이 공연장이 떠나갈 듯 메아리친다. 넓은 운동장에 공연 무대가 설치되고, 무대 위에서는 가수들의 노래가 계속된다. 최희준과 문주란이 노래를 부르고 남보원의 원맨쇼에 이어서 코미디언들의 만담도 계속 이어진다. 코미디언들의 만담에 배꼽을 잡고 웃어 대다, 이미자가 무대에 올라오자 장병들의 환호 소리는 하늘을 찌를 듯하다.

"와!"

'동백 아가씨'의 음악이 울려 퍼지자 장병들은 환호한다. 철영도 소리를 지르며 환호하자 얼굴이 활짝 펴진다.

헤일 수 없이 수많은 밤을
내 가슴 도려내는 아픔에 겨워

얼마나 울었던가 동백 아가씨

그리움에 지쳐서 울다 지쳐서

꽃잎은 빨갛게 멍이 들었소….

연병장이 떠나가도록 이미자를 따라서 노래를 함께 부른다. 고국에 대한 그리움을 노래로 달래 보는 시간이 된다.

휴양소에서 부대로 돌아오자마자, 20킬로미터를 행군하는 훈련이 시작된다. 시간은 오전 7시에 시작하여 오후 5시까지 도착해야 하는 도보 행군이다. 적의 기습 공격에 대비하여 완전군장을 짊어지고 총을 들고 가야 하는 행군 훈련이다. 보병들은 체력도 점검하고, 적으로부터 경계도 하면서 하는 행군이라서 쉽지 않은 훈련이다. 중간 곳곳에 경계병을 세우기도 하고, 헬기가 중간에 하늘을 날아다닌다. 행군 훈련을 가미하면서 방어 태세를 철저히 갖추고 실시한다. 훈련 중에 쓰러지는 병사를 위해서 의료 체계를 비상 대기시키고 있다. 행군 지역은 완전 정글 지역은 아니고, 마을과 마을을 이어 주는 수풀이 무성한 민간인 지역을 훈련 장소로 삼은 것이다. 훈련 부대가 출발하는 지역은 부대 안에서 출발하여 외곽 지역 마을에 도착하는 것이다. 군장 속에는 점심과 비상식량과 수통에 들어 있는 물뿐이다. 훈련 중에 낙오병이 나와서는 안 되는 처절한 고난의 행군이다. 도보 행군은 휴식이 없다. 시간 내에 부대 전원이 한 명의 낙오자 없이 걸어서 도착해야 한다.

한국에서 월남에 파병되기 전에 실시했던 2박 3일간의 100킬로미터 행군과는 조금 다르다. 밤낮으로 행군하고 밤에 야전에서 살아남는 방법까지 소화해 내야 하는 행군은 아니다. 소대원 중 한 명이라도 낙오자가 생기면 그 소대원 전체가 연대 책임을 지게 하는 작전이다. 중간에 문제가 생기면 낙오자는 들판에 놔두고 가야 하는, 처절한 개인과의 싸움이다. 연대 책임이라 중대원들이 도움을 준다고 하지만, 중대원에게 피해를 끼치는 행위이다. 모두가 힘든 일이다. 부대를 출발한 대원들은 5시간을 쉬지 않고 걸어서 버티어 낸다. 점심을 중간에 앉아서 먹고 나자, 낙오자가 발생하기 시작한다. 만약에 보도 행군 훈련 시 낙오병은 1달간의 특별 훈련을 별도로 받아야 한다. 낙오하면 소대장은 물론이고 중대장까지 연대 책임을 묻게 되는 훈련이다. 행군 대열에서 낙오병이 생기기 시작한다. 소대장은 한 명의 낙오자도 발생시키지 않기 위해 낙오병과 함께 어깨동무하며 걷는다. 절뚝거리는 낙오병과 함께 걷는 모습이 눈에 띈다. 소대원 중 한 명이라도 낙오가 생기는 소대는 절대로 용납되지 않는 훈련 지침이다. 행군의 무리함은 오후 3시를 넘어서자 절정에 다다른다. 절뚝거리는 낙오자가 생기고, 온몸의 고열 환자가 발생한다. 지칠 대로 지친 대원은 길바닥에 그대로 누워서 일어나지 못한다. 중대장이 다가와 쓰러진 병사를 일으켜 세워 보려 하지만, 지친 병사는 눈을 감아 버린다. 아무리 흔들어도 일어나지 못한다. 중대장은 "김 일병!" 하면서 흔들어 보지만 꼼짝하지 못한다. 오후의 땡볕이 병사들을 가만두지 않는다.

강하게 내리쬐는 태양은 모든 대원을 집어삼킬 기세다. 땀을 뻘뻘 흘리는 행군은 체감 온도를 점점 높여 준다.

"김 일병! 일어나! 나 중대장이다. 나 안 보여?"

얼굴을 때리며 정신 차리게 한다. 아무리 일으켜 세워 보려 하지만, 도저히 일어날 가망이 없어 보인다. 밀림 속에서 누워 있다가 뱀이나 적에게 노출되기라도 한다면 위험한 상황이다. 낙오자를 그냥 두고 갈 수도 없는 일이다. 소대원들을 불러서 김 일병을 일으켜 세우게 한다. 소대원 중에서 고참인 이철영에게 김 일병을 일으켜 세우라는 명령이 떨어진다. 철영이 김 일병에게 다가간다. 철영도 힘이 없기는 마찬가지이다. 중대장까지 다가와 서너 명이 한 사람에게 달려들어 행군을 계속하도록 책임을 지워 준다. 철영이 김 일병을 일으켜 세워 어깨동무한다. 군장과 총은 다른 소대원에게 맡긴다. 군장과 총을 2개씩이나 짊어진 소대원도 힘들기는 마찬가지이다. 아무리 힘들어도 절대로 소대원 중에 행군 낙오자가 생겨서는 안 되는 훈련이다. 동료를 밀림 속에 혼자 놔두고 갈 수는 없는 일이다. 내 목숨이 전우의 목숨과도 같은 것이다. 동지애를 시험하는 훈련이기도 하다. 단체 의식이 없으면 전장 속에서 모두가 살아남지 못한다. 한 명의 부상자나 낙오자가 생겨도 연대 책임을 지는 일은 중요한 임무이기도 하다. 철영의 중대는 낙오자 없이 목적지에 모두 도착한다. 땀이 비 오듯 쏟아지지만, 훈련을 통해서 동지 의식을 더욱 느끼게 하는 훈련이었다. 보도 행군 훈련이 마무리된다.

월남 주민들과도 원만한 관계를 이루기 위해서 대민 봉사가 활발하다. 태권도 교관이나 병원 부대도 월남 주민들을 위해서 많은 봉사활동을 베푼다. 비둘기부대는 공병대를 동원하여 어려운 지역에 학교를 지어 주기도 하였다.

철영이 속한 부대가 대민 지원 활동을 나가는 날이다. 부대원들은 대민 지원 마을에 도착한다. 벼를 수확한 자리에, 논을 갈아엎어서 모를 다시 심는 일이다. 철영은 농촌에서 자라면서 모를 심는 일은 실제로 해 왔던 작업이다. 모를 심기 전에 소를 이용해서 써레질하는 광경이 친근하다. 논바닥을 평평하게 한 다음에 곧바로 사람들이 줄을 맞추어 모를 심는 일이다. 철영은 부대원들과 함께 논으로 들어선다. 줄을 맞추어 선다. 줄잡이가 못줄을 양쪽에서 잡는다. 못줄에 맞추어 모를 심는다. 한 손에는 모를 들고, 한 손으로는 빠르게 모를 서너 포기씩 떼어서 논에다 심는 일이 즐겁다. 계속 반복되는 모심기는 허리가 아픈 일이지만, 고향을 생각나게 하는 대민 지원은 그야말로 몸도 마음도 느슨해지는 일이다. 혹시라도 주민 중에 베트콩이 있다손 치더라도 무기를 들고 있지 않고 민간인들과 어울리는 자리에 총격을 가할 베트콩이 아니다. 철영은 웃으면서 모심기를 마치고 주민들과 함께 음식을 먹는다. 고향에서도 모를 심고 마을 사람들과 함께 못밥을 먹던 일이 생각난다. 모심는 일이 기쁘기만 하다. 주민들로부터 월남 음식을 대접받고, 한국 군인들은 전투식량을 마을 주민들에게 나누어 준다. 한국 씨레이션을 준비하여 월남 주민들과 바꾸어 먹는다. 주민들은 한국 씨레이션을 먹으면서 즐거워한다.

"따이한 최고!"

월남 주민들은 한국군에게 최고라고 치켜세운다. 이토록 평화롭게 매일 지내면 얼마나 좋을까? 베트콩과 대치 중인 정글 지역에서는 매일 전투가 벌어지고 있다. 당장 내일이라도 출동 명령이 떨어지면 정글 속 전투 지역으로 완전무장을 갖춘 채 총을 들고 뛰어 들어가야 하는 현실이 서글프기만 하다. 월남 주민들도 마찬가지로 괴롭다. 공산당인 베트콩이 수시로 마을로 접근하여 주민들에게 해를 입히고 있다. 철영은 공산화를 막기 위하여 젊음을 바친다는 일념으로 버티어 내고 있다.

철영이 월남을 떠나야 하는 시간이 점점 다가온다. 밀림 속에서 베트콩과의 전투는 계속되고 있다. 소대원들도 많은 변화가 있었다. 어느새 철영이 최고 고참 병장이 됐고, 소대원들도 새로 많이 보강되었다.

"야, 조 일병! 월남에 온 지 얼마나 됐지?"

"열흘 됐습니다."

"열흘? 한국으로 돌아가려면 아직 일 년이나 남았구나. 일 년이 돌아올까?"

철영은 새로 전입한 조 일병을 놀려 대고 있다. 일 년이 얼마나 긴 세월인지 경험한 사람만 아는 일인 것이다. 그야말로 목숨을 담보로 수시로 동원되는 전투에서 살아남았다는 일이 기적 같은 일이기 때문이다.

"겁나게 고상들 해라. 잉!"

철영은 월남을 떠나려니 남아 있는 후배 소대원들이 안쓰럽게 여겨진다. 한국으로 돌아가기 위하여 귀한 물품들을 챙긴다. 고향 사람들이 한 번도 맛보지 못했던, 쓰디쓴 커피와 달콤한 미국산 초콜릿도 두둑이 챙긴다. 집안 친척들에게 맛보게 하려고 많은 양을 준비한다. 양담배도 넉넉하게 챙긴다. 카메라도 챙기고 싶지만, 사지 않는다. 한 푼이라도 더 챙겨 가서 고향에 도착하면 송아지도 처음으로 사고, 논을 살 꿈을 꾼다. 농촌에서는 농지만 한 게 없다는 걸 잘 알기 때문이다. 이제부터는 객지에 나가지 않고, 어머니를 모시고 고향에서 농사를 지을 기대에 부풀어 있다.

철영이 탄 배가 부산항에 발을 들인다. 군악대의 팡파르가 부산항에 메아리친다. 철영은 배에서 한 걸음, 한 걸음 내려오는 발걸음이 붕붕 떠 있는 기분이다. 전쟁에서 죽지 않고 살아 돌아온 병사들의 사기는 하늘을 찌를 듯하다. 미리 마중 나온 환영 인파는 태극기를 흔들고 있다. 철영은 월남에서 떠나기 전에 고향에 편지하지 않았다. 편지를 미리 띄운다 해도 부산으로 마중 나올 사람은 없기 때문이다. 부산항에서 월남으로 떠나는 환송식보다 더 기쁜 얼굴로 태극기를 흔들고 있다. 곳곳에는 현수막이 걸려 있다. 태극기를 흔들며 만세를 부르기도 한다. 자식 이름을 부르는 소리, 가족을 부르는 소리…. 자식이 살아 돌아온 기쁨으로 서로 얼싸안고 눈물을 흘리는 가족들이 많다. 부상병들은 목발을 짚고 어기적거리며 배에서 내린다. 전쟁을 치르면서 살아 돌아온 것만으로도 환영을 받는다. 부산항을 출발할 때는 '이기고 돌아오라!'라고 태극기를 흔들어 댔던 기억을 떠올린다. 철영이 살아 돌아온 기분은 하늘을 나는 듯이 자신감으로 충만해 있다.

'장하다 개선 용사!' '개선 용사 만세!' '대한민국 만세!'

> 월남에서 돌아온 새카만 김 상사 이제서 돌아왔네
> 월남에서 돌아온 새카만 김 상사 너무나 기다렸네
> 굳게 닫힌 그 입술 무거운 그 철모 웃으며 돌아왔네
> 어린 동생 반기며 그 품에 안겼네 모두 다 안겼네
> 말썽 많은 김 총각 모두 말을 했지만
> 의젓하게 훈장 달고 돌아온 김 상사
> 동네 사람 모여서 얼굴을 보려고 모두 다 기웃기웃
> 우리 아들 왔다고 춤추는 어머니 온 동네 잔치하네
> 폼을 내는 김 상사 돌아온 김 상사 내 맘에 들었어요
> 믿음직한 김 상사 돌아온 김 상사 내 맘에 들었어요….

'월남에서 돌아온 김 상사' 유행가가 울려 퍼진다. 철영은 서둘러 고향 집으로 향한다.

군복을 입고, 얼굴이 검게 그을린 철영이 고향 집에 들어선다.

"어머이!"

철영이 사립문 안으로 들어서면서 어머니를 크게 부른다. 철영의 목소리를 들은 송정댁은 부엌에서 달려 나온다. 이게 꿈인가? 생시인가? 송정댁이 매일 새벽에 일어나 정한수를 떠 놓고, 아들이 무사하기만을 빌고 또 빌었다. 월남에 갔다던 아들이 살아 돌아온 목소리를 듣는다. 송정댁은 하늘을 날 것처럼 달려 나온다. 철영이 군복을 입고 늠름한 모습으로 서 있다.

"아이고, 내 새끼!"

부엌에서 달려 나온 송정댁은 철영을 안아 준다. 송정댁은 눈물을 쏟는다. 철영도 울음이 왈칵 쏟아진다. 얼마나 그리웠던 어머니인가? 철영과 송정댁은 한동안 눈물을 쏟으며 떨어질 줄 모른다. 그동안의 그리움은 눈물로 보상이 된다. 송정댁은 철영의 얼굴을 쓰다듬으며 계속 눈물을 쏟아 낸다. 철영이 무사히 어머니의 품에 안기는 순간이다. 너무나 기쁘고, 서러웠던 마음이 한꺼번에 몰려온다.

"그래, 고상 많았다."

어머니의 고생했다는 말 한마디가 철영의 마음을 모두 헤아리게 만든다.

"아이고, 우리 철영이가 살아서 돌아왔구나. 느그 어매가 천지신명께 살아서 돌아오라고 얼마나 공을 드렸는데… 보람이 있구나."

화개댁이 마당으로 들어서며 철영을 반긴다. 친척들과 마을 사람들도 철영의 집으로 몰려온다. 인석도 철영과 반갑게 악수를 하며 고생했다고 격려한다.

"우리 철영이가 월남에서 돌아왔다메?"

경자가 집 안으로 들어선다. 천변댁도 철영을 반긴다.

"철영이 고상 많았다."

인영이 목발을 짚고 천변댁과 함께 집 안으로 들어선다. 인영은 전쟁터가 얼마나 위험한 곳인 줄 안다. 큰 부상 없이 살아 돌아왔으니 다행으로 여긴다.

"우리 철영이 고생 많았다. 전쟁 통 속에서 무사히 돌아왔다니 참말로 잘했다!"

월남에서 돌아온 철영의 얼굴을 보기 위해 마을 사람들이 계속 모여든다. 철영의 손을 잡고 등을 다독거리자, 철영은 웃으면서 인사를 한다.

"우리 철영이 고생 많았다."

"고맙습니다."

"철영이 오빠!"

"그래, 선애야. 잘 있었어?"

"오빠가 보낸 편지를 내가 큰어머니에게 읽어 줬어!"

선애는 철영에게 자랑하고 싶었다. 철영은 아직 어린 선애가 귀엽기만 하다. 철영은 선애에게 초콜릿을 손에 쥐어 준다. 선애는 처음 보는 초콜릿을 입에 넣는다. 처음 맛보는 초콜릿의 달콤한 맛에 웃음을 짓는다.

철영은 휴가를 마치고 강원도 군부대로 복귀를 서두른다. 군부대에서는 월남 파병을 다녀온 고참이 됐다. 월남에서는 아직도 전쟁이 계속되고 있다. 부대에서는 월남 파병 장병들을 계속 모집 중이다. 파병할 장병들을 훈련시키는 일도 계속되고 있다. 철영은 월남 파병을 지원한 병사들을 훈련시키는 조교로 발탁된다. 훈련장에서 훈련 조교 역할을 담당한다. 빨간 모자를 쓰고 있는 모습이 늠름하다. 조교가 되어 철영은 월남에 파병할 병사들을 혹독하게 훈련시킨다. 유격 훈련도 함께한다. 병사들은 땀을 뻘뻘 흘리며 훈련에 여념이 없다.

"여러분이 훈련 때 흐르는 땀방울이 전쟁터에서는 곧 생사를 가르는 척도가 될 수도 있다. 알겠나?"

"예!"

훈련병들은 철조망을 통과하느라 빠르게 움직이고 있다.

"동작 봐라! 이리해서 베트콩을 잡기나 하겠나? 더 빠르게 통과해야 한다!"

철영은 훈련병들을 향해 계속 소리를 지른다. 훈련이 끝나고 정신 교육 시간에는 훈련병들에게 월남에서 경험했던 전투 경험과 현지 사정에 대해 교육한다. 전투가 벌어지는 월남에는 별별 사건이 벌어지고 있다. 정신 무장을 단단히 하도록 훈련병에게 알려준다. 무엇보다도 정신 무장을 강하게 하는 일이 중요하기 때문이다. 강인한 정신 무장이야말로 어떤 어려움이 닥치더라도 정신력을 잃어버리지 않게 하는 것임을 강조한다.

장터 국밥집에 지서장이 들어선다.

"어서 오세요!"

송정댁은 박 지서장 일행을 반갑게 맞이한다.

"이짝으로 앉으세요!"

송정댁은 친절하게 빈자리에 지서장 일행을 안내한다. 국밥집은 장날이라 사람들로 문전성시를 이룬다.

"아따, 여기 국밥집에 불이 나는구먼! 여기 국밥 좀 주씨오!"

송정댁은 손님들을 접대하느라 눈코 뜰 새가 없이 바쁘다. 장날은 손님이 많은 관계로 일을 도와주는 아주머니도 함께 손님을 맞이하느라 정신이 없다. 지서장 일행은 국밥을 맛있게 먹고 국밥집을 나선다. 송정댁은 장이 끝날 때까지 국밥 장사를 하느라 정신이 없다. 장이 파하자 국밥집도 한가해진다.

날씨가 점점 추워진다. 장이 끝나고 손님이 없는 해 질 녘이다. 저녁 늦게까지 술손님이 있을 때도 있지만, 오늘은 늦게까지 술을 마시는 손님도 없다. 일을 도우던 아주머니도 퇴근하고 없다. 송정댁 혼자 국밥집을 지키고 있다. 지서장이 국밥집에 들어선다.

"어서 오세요!"

"아따, 여기 국밥집이 한가해졌네요! 낮에는 장날이라 앉을 자리도 없던데요."

"예. 장날은 손님이 워낙 많아서 눈코 뜰 새가 없그만이라. 시방은 장이 파해서 한가해졌구먼이라."

"여기 국밥 하나 주씨오!"

"예."

지서장은 송정댁을 유심히 바라보며 국밥을 주문한다. 송정댁이 싹싹하고 참해 보인다. 손님을 맞이하는 목소리도 상냥하고, 부드럽고 온화하게 들린다. 억척스럽게 국밥을 가져다주던 모습이 오히려 애처롭게 보인다.

지서장은 여수에서 발령이 나서 광의 지서로 새로 부임을 했다. 지서는 전쟁 후에 건물을 현대식인 양옥으로 새로 지었다. 무기고도 튼튼한 붉은 벽돌로 지었다. 관사도 지서 건물과 분리되도록 뒤편에 담장을 두르고 한옥으로 지었다. 담장 중간에 출입문을 냈다. 지서에서 사택으로 통로가 가능하다. 지서 주변은 어른 키 높이보다 훨씬 높게 돌담을 쌓았다. 돌담 중간에는 적이 공격해 왔을 때를 대비해서 중간에 숨구멍을 곳곳에 만들어 밖을 바라볼 수 있고, 전투가 벌어졌을 때 숨구멍을 통해서 총으로 적을 쏠 수 있을 만큼 튼튼하게 만들어져 있다. 그야말로 요새처럼 튼튼한 벽을 만들었다. 지서 안에 무기고도 있는 만큼, 빨치산의 기습 공격을 막기 위해서도 철저하게 방어벽 역할을 할 수 있게 돌담을 높게 쌓았다. 지서 안으로는 개미 새끼 한 마리 얼씬거리지 못한다. 지서 정문이나 지서장 관사 후문으로만 접근할 수 있다. 유사시에는 정문과 후문을 철저히 방어만 하면 빨치산의 기습 공격에도 끄떡없다. 전쟁이 끝났지만, 만일을 대비해서 지서 주변을 튼튼하게 만들어 놨다.

지서장 가족들은 여수에 머물고 있고, 혼자서만 지서 관사에서 지내고 있다. 혼자 생활하기는 별 어려움이 없지만, 매끼 식사를 해결하는 것이 제일 큰 문제다. 관사에서 밥을 해 먹어도 되지만 취사도구도 준비해야 하고, 혼자서 음식을 해 먹기가 어렵다. 혼자 음식을 해 먹은 경험이 없어 스스로 음식을 해 먹는다는 것은 포기해야 할 일이다. 밥이야 곤로에다 올려놓고 할 수 있다 치지만, 반찬을 수시로 만들어 먹을 수는 없는 일이다. 음식을 누가 가져다준다 해도 보관이 어렵다. 생김치도 가져다 놓으면 금방 익어서 혀가 꼬부라지도록 쉬어 버린다. 다른 음식도 저장할 곳이 없어서 금방 상해 버리기 때문이다. 혼자서 끼니를 해결하겠다고 매일 음식 만드는 일에 신경 쓸 여유가 없다. 근처 식당을 정해서 식사를 해결해야 할 판이다.

박 지서장은 여수에 근무하였다. 여수는 항구다. 수많은 배가 드나들면서 밀수도 성행하는 곳이다. 경찰은 밀수를 막기 위하여 많은 인원을 투입하는 실정이다. 경찰이 밀수를 막고는 있지만, 항구에 드나드는 모든 배를 검문하는 데는 한계가 있다. 밀수꾼들은 그 틈 사이로 밀수를 계속해 오고 있다. 모든 밀수꾼을 막아 내지 못한다. 지서장은 밀수꾼과 공모하여 밀수하는 일을 봐주는 대가로 돈을 받아 챙겨 왔다. 밀수꾼을 잡더라도 적당한 선에서 돈을 받고 봐주는 일이 종종 있다. 밀수꾼들도 밀수하다가 잡히면, 은밀하게 담당 경찰을 돈으로 매수하여 밀수의 범죄에서 벗어난다.

　경찰은 밀수 방지를 위한 특별 기간을 설정한다. 밀수꾼 일당이 잡히고, 밀수꾼들을 압박 조사한다. 밀수꾼들은 경찰의 압박 조사를 견디지 못하고 사건 전모를 자백하게 된다. 박 지서장과 함께 경찰 조직이 연루되어 있음이 밝혀진다. 그 바람에 지서장이 밀수꾼들을 봐주었던 대가로 돈도 챙겨 받았고, 수시로 접대부 집에서 접대를 받아 왔던 사실도 밝혀진다. 비밀리에 행해졌던 과거가 모두 들통이 나 버린다. 밀수꾼을 막아야 할 경찰이 본분을 잃어버리고 범죄자들과 함께 밀수하는 데 도움을 줘 왔다. 그 일로 경찰복을 벗을 위기에 처하였지만, 가까스로 상부 지휘관에게 뇌물을 주고 경찰복을 벗는 일은 면하게 된다. 대신 구례 산골짜기 지서까지 좌천이 되어 왔다. 이곳에서 죽은 듯이 지내다가 다시 여수 경찰서 쪽으로 가려고 숨죽이고 있다.

　"이 집은 장날이 아니라도 점심, 저녁 식사는 계속하는 거요?"

　식사를 마친 지서장은 송정댁에게 묻는다.

　"아니여라. 장날은 이른 아침부터 저녁 늦게까정 식사가 되지만, 장날이 아닌 날에는 점심 장사를 쉴 때도 있그만이라. 그래도 저녁 장사는 매일 하그만요. 술손님들이 계속 들어오거든요."

　"이왕에 하는 국밥집인깨로 점심 장사도 해야 우리겉이 점심을 사 묵어야 하는 사람들에게는 점심때도 국밥이 꼭 필요하단 말이요. 쩌그 여수옥에 점심을 해 달라고 하기도 어려운 일이고… 점심 장사를 매일 해 달라고 요청하면 해 줄 수 있나요?"

"아이고, 지서장님이 필요하다면, 지가 힘들어도 점심 장사를 해야 하지다."

송정댁은 지서장과의 관계를 잘 유지하기 위해서 점심 장사를 하겠다고 나선다. 이런 좋은 기회를 놓칠 수 없다고 여긴다. 언제 지서장같이 높은 사람을 모실 수 있겠는가. 그동안 철영이 크면서 사고를 쳤을 때, 빽 있는 사람이 그렇게 부러울 수가 없었다. 그런 경험을 했던 송정댁은 지서장의 부탁이라면 당연히 들어줘야 할 일이라고 여긴다.

지서장은 국밥집에서 식사를 해결하게 되어 때가 되면 국밥집으로 향한다. 국밥집에서는 매일 따뜻한 국밥을 준비해 놓는다. 지서장은 수개월째 국밥집에서 식사를 해결한다.

북풍한설이 강하게 휘몰아치는 겨울 날씨다. 지서장이 국밥집으로 들어선다.

"아따, 날씨가 엄청나게 춥네."

"어서 오세요. 지서장님!"

송정댁은 지서장을 반갑게 맞이한다. 송정댁은 가마솥에 불을 지피고 앉아 있다.

"날씨가 겁나게 춥지라. 추운데 오시느라 애썼그만이라. 추운데 이리 불 앞으로 앉으세요. 불을 쫴고 앉아 있으면 금방 따뜻해질 거그만요."

송정댁은 불을 계속 지피면서 지서장에게 불 앞으로 앉으라고 엉덩이를 옆으로 비켜 준다. 지서장은 송정댁이 걱정해 주는 마음이 고맙게 느껴진다. 송정댁 엉덩이를 뒤에서 보자 펑퍼짐한 엉덩이가 탐스럽게 보인다. 지서장은 송정댁이 혼자 사는 과부임을 알고 있다. 혼자서 국밥집을 지키는 송정댁에게 은근히 관심을 가져 왔다. 오늘따라 날씨도 춥고 아궁이 앞에서 활활 타오르는 불 앞에서 불을 쬐고 있는 모습을 보자, 엉큼한 생각이 발동한다.

"아따, 송정댁 엉덩이를 보니께로 겁나게 튼실하게 생겨 부렀구먼."

지서장은 엉큼하게 송정댁 엉덩이를 칭찬한다. 송정댁은 엉덩이에 대한 지서장의 칭찬이 싫지가 않다. 어떻게 해서든 지서장의 마음에 쏙 들기만 바라던 차다. 식사 시간이 되면 매일 밥을 챙겨 주지만, 감히 높은 양반으로부터 마음에 들었는지 궁금하던 차다. 어쨌든 칭찬을 해 주니 고맙기만 하다.

"하이고, 지서장님도 별말씸을 다 하시네."

송정댁은 엉덩이 칭찬에 부끄럽기도 하다. 웃음을 보이면서 고개를 숙인다. 지서장은 송정댁이 부끄러워하면서 대답을 하자, 본인의 엉덩이로 송정댁의 엉덩이를 툭툭 친다.

"어째. 엉덩이가 펑퍼짐하다고 하니 좋아?"

"아이 지서장님도. 칭찬해 주는데 좋아하지 않는 사람이 어디 있어요?"

송정댁은 지서장이 엉덩이를 툭툭 치자 기분이 좋다. 그만큼 지서장과 가까워졌음이 싫지는 않다. 기분이 오히려 좋다. 지서장은 송정댁이 싫어하는 기색이 없자 엉큼한 상상에 빠져든다.

"이 방에는 국밥을 끓이느라 불을 활활 지피니까 방이 설설 끓겠네."

"그러지다. 그래서 겨울에는 집에 들어가지 않고 여기서 잠을 자 그만요."

"아, 그러겠네. 그럼 혼자서 자는 건가?"

"그러지다. 나 혼자 자지. 누구랑 자겠어요?"

"아, 겨울밤이 길 텐데… 외롭지 않은가?"

"지서장님도 별말씀을 다 하시네."

"아, 나도 긴긴 겨울밤을 혼자서 지내 보니까 외로워서 하는 소리야."

지서장은 노골적으로 송정댁에게 외롭다고 말한다. 송정댁은 무안하여 웃으면서 국밥을 떠서 상 위에 올려놓는다.

"지서장님 이짝으로 오셔서 국밥이 식기 전에, 얼릉 잡수세요. 뜨신 국물을 잡수면 몸이 금방 풀릴 겁니다."

"밤이 외로우면 언제라도 연락하시오. 내가 당장 달려올 거니까."

지서장은 능청스럽게 계속 송정댁을 꼬드긴다. 송정댁은 싫다는 표정을 짓지 않고 웃음을 계속 짓는다. 지서장 바로 앞에다 대고 싫다는 표현을 할 수도 없는 일이다.

박 지서장은 늘 외로움을 느낀다. 부인이 찾아올 법도 하지만, 자주 찾아오지도 않는다. 박 지서장이 밀수꾼들과 어울리면서 뒷돈이나 받기도 해서 면직될 위기까지 몰렸지만, 반성할 기미도 없는 사람이다. 접대부 집에 드나들면서 오입질이나 해대는 파렴치한 사람이다. 바람기가 다분히 있는 사람이다. 남자가 그 정도의 바람을 피우는 일은 대수롭지 않게 여긴다. 지서장까지 승진한 경찰의 신분에 누가 함부로 시비를 걸어오지 않을 거라는 교만에 빠져 살아온 인생이다. 수시로 바람을 피워 대니 부인도 멀어져 버렸다. 지리산 시골 촌구석으로 발령이 났지만, 찾아와 보지도 않는다. 그럴수록 박 지서장은 외로움을 견디지 못한다. 부부 관계도 한동안 없었고, 촌구석으로 밀려나 여자와 관계를 한 지도 오래되었다. 과부로 국밥집을 하는 송정댁을 어떻게 해 보려고 은근히 노리고 있다. 송정댁이 혼자 사는 과부라서 더더욱 음탕한 소리를 지껄이며 다가가려고 한다. 송정댁이 강하게 싫어하는 내색을 보이지 않자, 노골적으로 음탕한 말을 수시로 해 대며 접근한다. 송정댁도 박 지서장이 자주 하는 농담이려니 하고 거부감을 느끼지 않는다.

차가운 눈보라가 거세게 불어오는 저녁이다. 박 지서장은 거센 바람을 맞으며 장터 국밥집에 들어선다. 방 안에 있던 송정댁이 방문을 열면서 지서장을 맞이한다.

"어서 오세요."

"아따, 뭔 놈의 바람이 이렇게 불어 댄 대야. 차가운 바람이 얼마나 쎄게 불어 대는지, 장터 다리를 건너오면서 날아가는 줄 알았네."

"그러게 말이에요. 다리 건너오시느라 고상 많았구먼요. 이리 방으로 들어와 아랫목에 앉으세요. 아랫목이라 뜨뜻해서 금방 몸이 풀릴 것이그만요."

지서장은 송정댁이 방으로 들어오라는 소리에 냉큼 방 안으로 들어선다. 아랫목에 앉으며 손을 댄다.

"아따, 아랫목이 뜨뜻하구먼."

"아랫목이 뜨뜻하지라. 거기 엉덩이를 대고 앉아 있으면 몸이 금방 풀릴 것이그만요."

날씨가 춥고 손님이 없는 날은 지서장 밥상을 방 안에서 차린다. 송정댁이 밥상을 차리기 위해 방에서 나온다. 밥상을 차려서 들고 방 안으로 들어온다.

"추우신데, 얼릉 국밥을 드세요."

지서장이 숟가락을 들고 뜨거운 국물을 후후 불면서 입으로 떠 넣는다.

"아따, 국물을 먹으니 금방 몸이 풀리네. 국물도 시원하니 좋네. 역시 송정댁 음식 솜씨가 최고라니까. 내가 이 집에서 맛난 음식을 대접받고 있는데, 나도 송정댁에게 빚을 갚아야 하는디, 언제 갚지."

"별말씀을 다 하시네. 그냥 공짜가 아니고, 돈 받고 해 주는 건데 뭔 빚을 갚는다고 그랬쌓소!"

송정댁은 오히려 지서장의 말이 고맙기만 하다. 국밥을 먹으면서 지서장은 막걸리를 시킨다. 송정댁은 막걸리를 주전자에 담아

52. 월남 파병   303

상 위에 올려놓는다. 지서장은 막걸리를 그릇에 따라서 벌컥벌컥 마신다.

"아따, 술맛 끝내주네. 오늘따라 술맛이 꿀맛이네."

지서장은 남은 술을 그릇에 따라 마셔댄다. 방 안 아랫목도 따뜻하고, 막걸리를 마셨더니 얼큰하게 술기운이 올라온다.

"오늘같이 이렇게 차가운 바람이 불어 대는데, 이 집에 국밥 먹으러 누가 오겠어요. 오늘 같은 날은 손님 받지 말고 일찌감치 문을 닫지."

"그러겠지다. 누가 이 차가운 바람을 맞고 국밥집에 오지 않겠지라."

"그럼. 날도 이제 어둑해졌는데, 누가 국밥을 먹으러 오겠어. 이런 날은 따땃한 아랫목에 앉아서 나올 생각을 하지 않을 날씨라니까. 일찍이 문을 닫으라니까."

"지서장님 가시면 그래야지다."

"오늘 같은 날에는 나도 뜨뜻한 아랫목에서 푹 쉬고 싶구먼. 관사에 가 봐야 혼자 독수공방해야 하는디. 오늘은 여기서 송정댁과 함께 지내야 쓰것그만."

박 지서장은 송정댁이 어떻게 나오나 은근히 기대하면서 말한다.

"아이고, 숭해라. 누가 들으면 어쩔라고 그런 소리를 한다요."

송정댁은 그동안 지서장이 엉큼한 농담을 해도 그러려니 했다. 지서장에게 밥을 해 주면서 돈을 받고 있기 때문에라도 그런 농담쯤이야 웃으면서 받아넘겨 왔었지만, 여기서 함께 잠을 자고 가겠다고 하니 이건 너무 농담이 심하다고 여긴다.

"안 되어라. 밥을 먹었응께로 얼릉 관사로 가랑깨라."

송정댁은 지서장의 농담에 정색하며 빨리 관사로 가라고 말한다. 지서장은 송정댁이 농담을 받아들이지 않자, 웃으면서 말을 계속 걸어온다.

"아따, 나는 송정댁도 나랑 함께 있으면 좋아할 줄 알았지. 요렇게 정색을 할 줄 알았간디. 그나이나 나도 관사로 가면 아무도 없는 적막강산잉깨로 술이나 더 가져오씨오. 술이나 한잔 더 해야 쓰겠그망."

지서장이 술을 더 가져오라고 하자 송정댁은 방에서 나가 주전자에 술을 가지고 들어온다. 술을 가져오자 지서장은 술 주전자를 들고 술을 그릇에 콸콸 따른다. 술잔을 들고 술을 마신다.

"카. 오늘따라 술이 땡기네."

지서장은 송정댁이 빨리 관사로 가라는 소리를 하자, 술로 달랜다.

"송정댁도 한잔하실라요?"

지서장은 송정댁에게 술을 권한다.

"지는 술을 한잔도 못해요."

지서장이 술을 권하자 송정댁은 거절한다.

"아따, 날씨도 이렇게 춥고 바람까지 쎄게 불어오는데, 긴 밤을 어떻게 보낼라고 한다요. 내가 준 거니까 쬐끔만이라도 마셔 보랑깨."

지서장은 어떻게 해서라도 송정댁에게 술을 조금이라도 마시게 하려고 술을 권한다. 술 주전자를 들고 그릇에 술을 조금만 따른다.

"자, 요것만 마셔 보랑께."

지서장은 술을 거부하는 송정댁에게 술잔을 들어 올려서 술을 건네주려고 한다. 송정댁은 술이 조금만 담겨 있는 그릇을 바라보며 망설인다. 지서장이 계속 마시라고 독촉하자 지서장의 성의를 봐서라도 마셔 보려고 한다. 그동안 지서장 말이라면 그야말로 만사 오케이였다. 그동안 팔아 준 밥값만 해도 얼마인가. 고맙기만 하다. 지서장 같은 높은 사람과 친분을 유지해 왔다는 것만으로도 뿌듯하다. 송정댁은 마지못해 지서장이 따라 준 술잔을 받아 든다.

"자, 술을 한잔 마시면 몸도 금방 따뜻해질 거요. 그러면 잠도 푹 잘 온다니까."

지서장은 송정댁에게 술을 마시게 하려고 계속 독촉한다. 송정댁은 마지못해 술을 마신다. 전에도 일을 하면서 술을 입에 댄 적이 여러 번 있었다. 힘들고 고단할 때는 막걸리를 한 모금 마시면 기운도 났다. 막걸리가 배달되면 막걸리 맛이 싱거운지, 진한지 수시로 맛을 보다 보니 막걸리에 대한 거부감이 없다. 오히려 막걸리 감별사가 되었고, 입맛을 돋우어 주던 막걸리다.

지서장은 송정댁이 막걸리를 마시자 기분 좋아진다.

"송정댁 막걸리 잘 묵네. 나도 한 잔 따라 주씨오."

지서장은 송정댁에게 막걸리를 한 잔 따라 달라고 요구한다. 송정댁은 손님들에게 막걸리를 잔으로 많이 팔던 버릇이 있어서 지서장의 요구를 대수롭지 않게 받아들인다. 스스럼없이 막걸리를 그릇에 따라 준다. 막걸리를 그릇에 가득 따라 주자 지서장은 기분이 좋아 웃음이 저절로 나온다. 송정댁이 따라 준 막걸리를 들고 단숨에 마신다.

"카. 송정댁이 따라 준 거라서 술맛이 다르네."

지서장은 송정댁이 따라 준 막걸리를 마시고 다시 술잔에 막걸리를 다시 따라 준다.

"자, 한 잔 더 하시오. 한 잔 가지고는 간에 기별도 안 갔을 거 그만."

지서장은 송정댁에게 다시 술잔을 권한다. 송정댁은 지서장이 다시 술을 따라 주면서 권하자 거절하지를 못한다. 술잔을 들지 않자 지서장은 술을 마시라고 독촉을 한다. 송정댁은 거절하지 못하고 다시 막걸리를 마신다.

"이 집 아들은 월남까지 갔다 왔다메. 장한 아들을 두셨소."

지서장이 아들을 들먹이며 칭찬을 하자, 송정댁은 기분이 좋아진다. 막걸리도 한잔했겠다, 지서장 같은 높은 사람에게서 칭찬을 들으니 술기운이 조금 올라오면서 기분이 좋아진다.

"그렁깨로 말이어라. 우리 아들이 월남까지 갔다가 무사히 돌아와서 기분이 좋구먼이라. 월남은 전쟁터라고 들어서 얼마나 마음 졸이고 살았는지 몰라요. 지서장님이 우리 아들을 칭찬해 주니 기분이 엄청 좋구먼이라."

송정댁은 본인도 모르게 지서장의 칭찬에 기분이 달라진다. 그러면서 지서장 술잔이 비어 있는 것을 발견한다.

"지가 지서장님께 술을 한 잔 더 따라 드려야겠그만이라."

송정댁이 술을 다시 따라 준다고 하자 지서장은 기분이 좋아진다. 지서장이 술잔을 들고 있고, 송정댁이 막걸리를 따라 주자 공손하게 받는다. 지서장은 술잔을 들고 단숨에 술을 마셔 버린다. 그 술잔을 송정댁에게 건넨다.

"나도 기분이 좋고, 송정댁도 기분이 좋다고 하니까, 정식으로 내 술잔을 받으시오."

지서장이 술잔을 내밀자 송정댁은 술잔을 받아든다. 지서장은 술잔에 술을 조금만 따른다. 술잔을 받아 든 송정댁은 단숨에 술을 마신다. 오늘따라 술에 대한 거부감이 없다. 송정댁은 술잔을 다시 지서장에게 건넨다. 술잔에 술을 가득 따른다. 지서장은 술잔을 단숨에 비운다. 지서장은 송정댁과 술잔을 주고받다 보니 술기운이 점점 올라온다.

"아! 술기운이 올라와서 나 여기서 한숨 자고 가야 쓰겄네."

지서장은 술에 취한 척하면서 벌렁 눕는다. 송정댁은 지서장이 방에 누워 버리자 빨리 돌아가라고 독촉을 하지 못한다. 지서장이 방에 누워 눈을 감아 버리자 술상을 들고 방에서 나온다. 누가 혹시라도 들어올까 봐 출입문을 안으로 꼭꼭 잠근다. 지서장이 대낮에 수시로 식사하러 들어오긴 하지만, 밤에 방 안에서 자고 있다는 소문이 날까 봐 걱정된다. 식당에 불도 꺼 버린다. 송정댁이 문단속을 하고 나서 방으로 들어오자 지서장은 코를 골며 잠이 들어 있다. 송정댁은 이불을 챙겨서 지서장에게 덮어 준다. 송정댁은 지서장 옆에서 바느질을 하려고 챙긴다. 불을 끄고 함께 잘 수는 없는 일이다. 지서장이 깨어날 때까지 앉아 있을 참이다. 지서장이 일어나면 보내 놓고 잠을 잘 생각이다. 송정댁은 지서장이 줬던 술을 연거푸 받아 마셨더니 술기운도 은근히 올라온다. 바느질에 집중하지 못하고 꾸벅꾸벅 존다. 졸다가 깜짝 잠에서 깬다. 다시 바느질을 해 보려고 하지만 집중이 되지 않는다. 졸음을 이겨 내지 못한다. 다시 꾸벅꾸벅 존다. 그러다가 방바닥에 쓰러져 버린다.

코를 골며 잠을 자던 지서장이 눈을 뜬다. 국밥집 방 안이고 불이 환하게 켜져 있다. 옆에서 송정댁이 쓰러져 잠들어 있다. 지서장은 일어나서 불을 끄면서 엉큼한 웃음을 짓는다. 지서장은 술기운이 아직 남아 있다. 송정댁 몸을 더듬으며 옷을 벗긴다. 옷을 벗기고 몸을 더듬자 송정댁이 잠에서 깬다. 깜짝 놀란 송정댁이 반항을 해 보지만, 지서장의 억센 힘은 송정댁을 꼼짝 못 하게 한다. 둘은 알몸이 된다. 지서장이 송정댁 몸에 올라탄다.

9권에서 계속